Julia Dankers

Herzkasper

—Young Adult—

JULIA DANKERS

Herzkasper

Roman

ULRIKE **HELMER** VERLAG

www.ulrike-helmer-verlag.de

Printausgabe gedruckt auf
säurefreiem, alterungsbeständigem Werkdruckpapier
ISBN 978-3-89741-348-1
Printed in Germany

Originalausgabe

Covergestaltung: Atelier KatarinaS unter Verwendung des Fotos
»junge frau mit rotem iro schreit fäuste«© rico287 – Fotolia.com
Gesetzt aus der Sabon

E-Mail: info@ulrike-helmer-verlag.de

Kapitel eins

Lana

»Meine Güte, so eine verf...te Scheiße. Meinetwegen kann der sich die ganze Zettellage in den Allerwertesten schieben! Ist doch wahr!« Genervt bis zum Gehtnichtmehr schmeiße ich mir den zerschlissenen Bundeswehrrucksack auf den Rücken. Eigentlich würde ich ihn viel lieber direkt aus dem Fenster schleudern – oder noch viel besser in Herrn Milders bartstoppeliges Gesicht.

»Mensch, Lana, jetzt reg dich ab! Ich wäre froh, wenn ich eine Vier hätte, aber du weißt ja, wie doll Mathe und ich befreundet sind!«

Mein Kumpel Jon legt seine schwitzige, schwere Hand warm auf meinen Rücken, direkt zwischen die Schulterblätter.

Klar weiß ich, wie Mathe und er befreundet sind, nämlich gar nicht. Seine XXL-Skatershorts flattern ihm um die stämmigen Knie, während wir die Schultreppe hinunterrasen, als gäbe es kein Morgen mehr. Gibt es vielleicht auch gar nicht! Wenn ich nicht bald etwas zu futtern bekomme, werde ich noch zur Kannibalin. – »Aber ich bitte dich!« Jetzt lasse ich mal wieder den Oberlehrer heraushängen, ich merke es selber und hasse mich noch ein kleines bisschen mehr. »Das ist doch ganz was anderes! Wenn dieser Idiot von Milder mir nicht zwei Punkte wegen meiner angeblich unleserlichen Schrift abgezogen hätte, hätte ich noch eine Drei bekommen. Mensch, Jon! Ich *bin* schon einmal sitzengeblieben. Ich brauche echt ein Spitzenzeugnis! So ein Mist!«

Außerdem erschrecke ich fürchterlich, als Tabea, unsere Klassenkameradin, sich von hinten anschleicht und mir die Augen zuhält. So eine Unart! Wer findet das denn heute noch lustig? Ich habe den Sandkasten zum Glück hinter mir gelassen, darum fauche ich sie jetzt auch nicht etwa ganz fürchterlich an, sondern presse ein beherrschtes »Hi, Tabea« zwischen den Lippen hervor.

»Na, du hast ja 'ne geile Laune! Ist dir ein Elefant über die Leber gelaufen?« Energisch blickt sie mich durch ihre Nickelbrille an und zieht das Näschen kraus. Die langen blonden Locken fallen ihr ungestüm ins Gesicht.

Gott, was gäbe ich für solche Haare! Meine sind nur einfach ein bisschen glatt, ein bisschen gewellt und irgendwie straßenköterfarben.

»Ja, du hast gut lachen. Du hast ja eine Zwei! Und was soll ich sagen?« Ich erwarte logischerweise gar keine Antwort. Das Schuljahr läuft erst seit zwei Monaten und ich habe jetzt schon die Schnute voll!

War's das jetzt schon mit dem perfekten Realschulabschluss? Eigentlich wollte ich doch Abi machen! Ich könnte mir selber sonst wohin beißen!

»Mensch, Süße, *cool down*!«

Tabeas rehbraune Augen schieben sich mitten in meinen Blick, dass mir ein warmer Schauer über den Rücken jagt. Darf er das überhaupt? »Süße«, so etwas sollte doch kein Mädchen zu einem anderen sagen! Und *cool down* finde ich sowieso total panne ... panne, panne. Wenn man das Wort ganz oft hintereinander sagt, klingt es so albern – und man wird bekloppt, ganz nebenbei.

»Und nun?« Jon massiert sich genervt den ausrasierten Nacken.

Dass Jungs aber auch immer so saukurze Haare tragen müssen! Das ist doch gar nicht mehr die Mode, oder? Was weiß ich schon von Mode. Zweifelnd blicke ich an meinen ausgeleierten, durchlöcherten Jeans herunter. Wenigstens stimmt unter meinem Top alles und meine Laune hebt sich ein kleines bisschen, als Jons bewundernde Blicke mein Dekolleté treffen. Aber nur ein kleines bisschen.

»Was *und nun?*« Unsanft knuffe ich ihn in die Seite. Ich bin heute wirklich unausstehlich.

»Wo gehen wir jetzt hin? In dieser miesen Stimmung hast du bestimmt keinen Bock, alleine zu Hause herumzuhocken. Dein alter Herr arbeitet doch sicher noch!« Tabea kommt Jon zögerlich zur Hilfe.

Klar arbeitet der. Der brät bestimmt gerade eines seiner berühmten Riesenschnitzel, während ich hier abhänge und Kohldampf schiebe.

»Hast du nicht Klavierstunde?« Warum Tabea so viel Energie auf so ein langweiliges Instrument vertut, ist mir schleierhaft. Wenn sie spielt, hört es sich aber wirklich verdammt gut an, unter uns gesagt.

»Ja, habe ich. Das heißt jedoch nicht, dass ihr zwei beiden euch nicht irgendwie nett die Zeit vertreiben könntet – so zu deiner Entspannung, wo du gerade auf hundertachtzig bist.«

Tabea weicht zur Sicherheit einen Schritt vor mir zurück und wäre dabei beinahe die Treppe hinuntergefallen. Nur mühsam kann ich mich bremsen, ihr hilfreich meine Hand um die Schultern zu legen. Das wäre jetzt irgendwie deplatziert.

Tabea hat halt eine romantische Seele und versucht immer wieder, mich mit Jon zu verkuppeln, obwohl der nun so gar nicht mein Typ ist. Wirklich nicht! Lieb – das ja, aber sonst nichts weiter, ich schwöre!

»Also ich muss jetzt erst mal einkaufen.« Verdammt, das

hätte ich fast wieder vergessen. »Paps hat mir Geld mitgegeben. Wenn der abends nach Hause kommt, hat ja auch schon alles zu!«

Da hätte ich ja wieder beinahe vorm leeren Kühlschrank gehockt und mich noch frustrierter gefühlt. Toll, Lana! Wie soll das erst mit sechzig oder siebzig werden?

»Ich komm gerne mit. Ich mag shoppen bei Lidl oder Penny!«

Jon blickt mich mit seinem treuen Hundeblick an, dass ich einfach nicht nein sagen kann. Dass Jungs so etwas überhaupt können, die wollen doch sonst immer so stark sein.

»Mhhh!« Mit Ausrufezeichen.

Meine liebe Tabea, wenn du dir dein blödes Grinsen nicht gleich verkneifen kannst, werde ich ungemütlich – noch ungemütlicher!

»Okay, mal sehen, wie viel mein alter Herr mir eingepackt hat.« Hektisch durchforste ich die Untiefen meines Rucksacks – und finde haufenweise Bonbon- und Schokoriegelpapier, aber kein Portemonnaie. Keine Geldbörse, keine Brieftasche, kein Talersäckchen.

Mist!

»Mist, Mist, Mist!« Immer fahriger werden meine Handgriffe und wahrscheinlich kann ich von Glück sagen, dass wir nicht mehr oben auf der Treppe sind, sondern unten auf sicherem Boden. Das hätte sonst einen dicken Platsch gegeben, als ich den Rucksack fallen lasse und mich tief darüber beuge.

»Was' los?«

Jon kratzt sich mit aller Kraft den Kopf. Jon kratzt sich immer den Kopf, wenn er ratlos ist. Da möchte ich nicht Haarwurzel sein!

»Mein Portemonnaie ist weg, verflucht. Heut ist echt nicht mein Tag!« Mein Magen knurrt hart im Takt der dahingeblafften Worte. Murr, murr, murr!

»Sicher, dass du's Rucksack hast?«

Herrje, warum lässt der denn nur immer ganze Wörter weg? Das kann einen ja noch weiter auf die Palme bringen!

»Yo, wie krass checkst du, Alder?«, toppe ich seinen Spackensprechstil. »Ja, Mensch, natürlich hab ich das Geld einsteckt, ich bin doch nicht bescheuert!« Na ja, vielleicht doch – ein bisschen, aber nicht so sehr.

»Hey, ihr beiden. Sorry, aber ich muss los. Mein Bus kommt!«

Ein leichter Sommerkuss im Herbst auf meine wütenden Wangen hinterlässt eine kleine Schamesröte in meinem Gesicht, während ich Tabeas wild im Wind tanzenden Locken hinterherschaue.

»Tschüß«, schreie ich direkt in meinen blöden Rucksack hinein. Als ob sie das von der anderen Straßenseite aus überhaupt noch hören kann. Ich kann richtig merken, wie meine Lippen zittern.

»Mhhh! Und nun?« Jon kratzt und kratzt.

Na, was schon *und nun*!

»*Und nun* suchen wir noch mal alles ab. Also ich zumindest. Vielleicht hilfst du mir ja?!« Das war eigentlich gar keine Frage und wenig tut es mir im gleichen Moment auch leid. Dass ich aber auch immer an die Decke gehen muss! Da kann der arme Kerl doch nun wirklich nichts dafür. Nur der Hauch eines schlechten Gewissens beißt mir strafend in den Hintern.

»Okay!«

Bereitwillig trottet Jon die Treppe wieder hinauf, die Nase so dicht über dem Boden, dass man ihn beinahe wirklich für einen Hund halten könnte – einen kleinen, moppeligen Hund in Skaterhosen und Kapuzenpullover, der offensichtlich Flöhe hat, weil er sich immerzu kratzt.

Nichts, nichts, nichts der ganzen Abscheulichkeiten, die auf einem ordinären Schulfußboden herumliegen, erinnert auch nur im Entferntesten an meine Geldbörse. Noch mal Mist!

Aber ich frage mich ernsthaft, wer in Göttes Namen benutzte Tampons einfach so auf den Flur schmeißt. Jon wird ganz rot, als er das sieht. Mich ekelt es einfach nur, von den halbverschimmelten, angebissenen Pausenbroten ganz zu schweigen.

Ob die wohl zuerst angeschimmelt waren oder vorher angebissen worden sind?

Die sollten sich hier mal ernsthaft Gedanken über die Putzfirma machen, denke ich, während mein zerschlissener Basketballstiefel beinahe knöcheltief in einer Kaugummilache verschwindet.

Kaugummilache? Ja, richtig, ich hätte es auch nie für möglich gehalten.

»Hast du was?«

Was *was*? Gefunden, nehme ich an. Mein bester Kumpel ist eben kein Freund großer Worte.

»Eine ganze Menge, aber nicht das, was ich suche!« Fauchend werfe ich ein kleines Büschel Hundehaare von einer Ecke in die andere. Und frag jetzt bitte nicht: *Und nun?*

»Und nun?«

Das macht der immer wieder und ich kann ihm nur zugute halten, dass er es nicht mit Absicht tut. Daran glaube ich zumindest ganz fest.

»Ja, keine Ahnung. Hast du noch Geld?« Mir platzt fast der Schädel vor Genervtheit.

»Nö!«

Beschwichtigend zucken seine breiten Schultern, um die ich ihn fast ein bisschen beneide. Also, nicht dass ich lieber ein Kerl wäre, aber das kann ab und zu ganz schön praktisch sein. Zum Beispiel in der S-Bahn bei der Drängelei um den letzten freien Sitzplatz.

»Mhhh, ich habe Hunger. Riesenhunger!« Resigniert lasse ich mich auf die unterste Stufe der Treppe fallen und pule gedankenverloren Kaugummi von meinen Schuhen.

»Wir könnten zu deinem Dad ins Restaurant gehen?«

Mit Fragezeichen! Das ist mit Abstand die beste Idee, die Jon hätte haben können.

»Ich hab nämlich auch noch keine Lust nach Hause. Die Fünf in Mathe und das ...«

Ach, stimmt ja. Was rege ich mich eigentlich so auf? Der arme Kerl ist ja noch wesentlich schlimmer dran als ich selber. Und seine Eltern sehen das ganz bestimmt nicht locker mit Schulzensuren. Die waren ja schon im Kindergarten darauf aus, dass der möglichst schnell lesen und schreiben lernt! Dabei ist Jon nun einmal nicht der Schnellste, eigentlich in fast gar nichts. Ich finde das nicht schlimm und sogar ziemlich gut, dass wir uns schon so lange kennen. Da weiß man, woran man ist, definitiv.

»Gute Idee! Komm, ich lade dich ein.« Entschlossen hake ich mich unter seinen kräftigen Arm, den er immer etwas steif macht, wenn ich das tue – fast so, als habe er Angst. »Besser gesagt, Papa lädt uns ein. Hoffe ich!«

Papas Chef hat eigentlich nichts dagegen, wenn ich ab und zu nach der Schule zum Mittagessen ins Restaurant komme. Dann ist auch meistens nicht mehr so viel los, weil das Mittagsgeschäft schon vorbei ist und die Gäste sich vor dem Abendessen noch eine kleine Futterpause gönnen.

Auf dem Weg zum Goldenen Hirsch – ich weiß, ein wenig origineller Name – muss so ziemlich jeder Kieselstein dran glauben und wird mit meinen Kaugummischuhen fortgetreten. Ein Wunder, dass nicht der halbe Straßenbelag daran festklebt!

Das Restaurant liegt mitten im Zentrum unserer Kleinstadt und bietet neben einem etwas altertümlichen, schmuddeligen Ambiente die beste gutbürgerliche Küche, die ich je in meinem Leben gegessen habe. Gut, ich gebe zu, dass ich bisher nicht so viele Vergleichsmöglichkeiten hatte, weil mein Vater nun mal der Koch ist und auch bei uns zu Hause kocht, aber das sagen viele. Viele, viele, deshalb ist der Laden an den Wochenenden auch so gut wie ausverkauft.

Sagt man das überhaupt bei Restaurants oder nur bei Konzerten? Na ja, auf jeden Fall sind die Tische voll – voll mit Menschen, meine ich.

So gegen halb drei ist nicht so viel los, mit meiner inneren Wut hingegen immer noch eine Menge. Meine Güte, ich hätte eine Drei haben können! Und das mit der Geldbörse erst!

Deshalb bemerke ich die Gestalt auch nicht gleich, die mich beim Hineingehen ganz unverhohlen mustert, sondern nur das raue, ungestüme Gefühl in meinem Magen.

Von oben herab mustert, würde ich später aus der Erinnerung sagen, aber das ist auch nicht weiter schwer, denn sie ist mindestens einen halben Kopf größer als ich. Aber meine Wut trübt wohl meinen Sehnerv.

»Papa!« Als ob der so schnell alles wieder gutmachen könnte, wenn ich nur möglichst empört klinge.

»Lana-Schatz, wo brennt's denn?« Papa steht mit einem kleinen Pils am Tresen, die Kochjacke ziemlich weit aufgeknöpft, eine dampfende Zigarette im Mundwinkel – seine Pausenzigarette –, und unterhält sich mit einer Frau um die Vierzig. Auch dieser messe ich in dem Moment keinerlei Bedeutung bei.

»Der Milder hat mir eine Vier gegeben! Obwohl ich eigentlich eine Drei verdient hätte!« Meine Mundwinkel zittern verdächtig. Jetzt nur nicht auch noch anfangen zu flennen!

Was sollen denn die Leute denken?

Ich hasse es, in der Öffentlichkeit zu weinen, zumindest bei mir selber. Bei anderen bin ich da wesentlich toleranter.

»Sagt wer?«

Papa grinst ein bisschen amüsiert, nimmt mich aber sofort in seine Arme. Ich mag den Geruch von Bratfett, der schwer in seiner Kleidung hängt. Für mich ist es der Geruch nach Heimat, nach Zuhause eben.

»Hey, vereiere mich nicht! Der Milder hat gesagt, er zieht mir zwei Punkte ab, weil er meine Schrift nicht lesen kann. Das könnte 'ne Zwei, 'ne Sieben oder auch ein Häufchen Ameisenscheiße sein. Das ist ja so fies!« Vorsichtig reibe ich mein Gesicht an Papas Schulter trocken. »Hätte ich zwei Punkte mehr gehabt, hätte ich noch eine Drei bekommen. So ein Unhold!«

Unhold? Wie altertümlich! Und das aus meinem Mund.

»Also, mein Schatz, jetzt hast du eine Vier und davon geht die Welt nicht unter, oder? Beim nächsten Mal weißt du's und schreibst ein bisschen sauberer.«

Papa hat sich ein kleines Stückchen von der Frau an der Theke weggedreht, die uns amüsiert beobachtet.

Ihr rotes Haar glitzert etwas zu schrill, selbst in dieser Schummerbeleuchtung hier drinnen.

»Oh, Mann, Papa! Ich will *jetzt* eine Drei und nicht vielleicht nächstes oder übernächstes Mal! Das ist doch einfach oberfies von dem Typen!«

Meine Stimme wird immer weinerlicher und verzweifelter. Ein klein wenig fühlt es sich so an, als wäre der Boden wie Gummi unter meinen Füßen.

Jon blickt sich betont interessiert in der Gaststube um, obwohl da nun wirklich nichts massiv Spannendes passiert. Die Dame ist nämlich der einzige Gast.

Klar, dem ist das sichtbar peinlich, weil keiner sich um ihn kümmert und seine Arme irgendwie viel zu lang und überflüssig um seinen schweren Körper herumschlackern.

Der Arme, dem geht bestimmt der Arsch auf Grundeis wegen seiner eigenen Mathezensur und ich schleife den hier von Pontius zu Pilatus.

Wütend schlinge ich meine Arme fester um Papas Hüfte und verfolge Jons schwammigen Blick. Hinter der Kücheneingangstür bewegt sich etwas, etwas mit ziemlich grellen Haaren. Merkwürdig, ich dachte, die Küchenhilfe hätte letzte Woche gekündigt, weil sie schwanger ist und in die Nachbarstadt zu ihrem Freund zieht.

Wie hypnotisiert starre ich in Richtung Küche, kann aber durch die schmalen Bullaugenfenster nur hier und da das weiße Fizzelchen einer Kochjacke erkennen.

»Oberfies oder nicht, wer weiß das schon?«

Papa verdreht die Augen ausdrucksvoll gen Zimmerdecke, als würde er höchstpersönlich auf einer Theaterbühne stehen. »Jedenfalls weißt du jetzt, dass du es kannst. Davon geht doch die Welt nicht unter – oder, Jon?«

Zu allem Überfluss strubbelt Papa mir nun noch mit der Zigarettenhand durchs Haar, obwohl er weiß, dass ich das ganz und gar nicht ausstehen kann, während Jon einfach nur etwas debil in der Gegend herumnickt.

Verzweifelt versuche ich, Papa ein Zeichen zu geben, nur ja nicht nach dessen Note zu fragen. Aber sein ganzes Gesicht ist ein einziges Fragezeichen, das entschuldigend in Richtung der Rothaarigen blickt. Wer zur Hölle ist das eigentlich? Die kommt mir irgendwie bekannt vor.

»Und außerdem ist noch was total Schlimmes passiert!« Nachdrücklich puste ich aus dicken Wangen die ganze Luft heraus, die sich unter dem Druck der seelischen Erschütterung in meinen Lungen angesammelt hat.

»Noch so was Schlimmes wie eine Vier in Mathe?« Täusche ich mich oder nimmt der Mann meine Sorgen gerade nicht ganz so ernst wie ich selber?

Papa kippt sich kopfschüttelnd den letzen Rest Bier aus dem Glas in den Mund. Wie gerne hätte *ich* den jetzt getrunken!

»Ja, mindestens genauso schlimm. Das Portemonnaie, das du mir zum Einkaufen mitgegeben hast, wurde in der Schule gestohlen.« Es erscheint mir besser, die Schuld einem Dieb zuzuweisen als mir selber.

Jon glotzt mich ziemlich entgeistert an – so wie auch die

Frau in der weißen Kochjacke aus der Küche. Zwei stahlblaue Augen sind direkt auf mich gerichtet, mit einem Blick, der bis unter die Zähne bewaffnet wirkt. Ich komme mir vor wie bei dem Überfall auf den Nachtschalter der Tankstelle vor ein paar Wochen. Zumindest stelle ich mir den so vor, denn ich war ja logischerweise nicht dabei.

»Gestohlen?« Papa scheint überrascht. »Wie kommst du darauf?«

Das Mädchen aus der Küche lehnt gelassen an der Tür und mustert mich, die Arme vor der Brust verschränkt. Sie wirkt verschlossen und gepanzert.

Ihr kurzes Haar ist wasserstoffblondiert und zu einem kleinen, aber eindruckvollen Irokesenschnitt hochgegelt. Ziemlich gewagt, ziemlich mutig und dabei so ziemlich der coolste Iro, den ich je bei einer Frau gesehen habe.

Das würde ich vor ihr natürlich nicht zugeben, genauso wenig, dass ich die Geldbörse vielleicht auch einfach nur aus Schusseligkeit verloren habe.

Kopfschüttelnd wende ich den Blick ab, weil ich das miese Gefühl habe, diese Frau könne mir direkt meine konfusen Gedanken aus dem Kopf herauslesen, so schneidend tief sind ihre misstrauischen Blicke.

»Mann, Papa! Na, wie schon? Zuerst hat es in meinem Rucksack gelegen und dann war es fort. Gesehen habe ich den Dieb natürlich nicht. Sonst hätte ich den ja sofort gefasst!« Im gleichen Moment schäme ich mich ein klein wenig, weil ich meinem alten Herren so frech ins Gesicht lüge. Außerdem brennen mir die stechenden Augen dieser verrückt gestylten Küchenfrau penetrant im Genick.

»Und da bist du dir ganz sicher?« Papa hat sich wieder weiter von der Lady an der Theke abgewandt, das leere Bierglas fest mit den Fingern umschlossen.

»Pfft! Natürlich! Wo soll es denn sonst sein?« Hilfesuchend blicke ich in das überraschte Gesicht von Jon, der aufmerksam zwischen mir und dem blonden Mädchen hin und herblickt wie bei einem Tennismatch. Papa scheint in seinem Spiel nur der Balljunge zu sein.

»Tja, meine liebe Lana. Vielleicht kommt dir das hier bekannt vor?« Umsichtig wie er ist, zieht mein Vater mich ein paar Ellenlängen weiter hinter den Tresen und zückt – oh, Wunder! – eine dunkelbraune Cordlederbörse aus der Tasche seiner Kochhose. Ich brauche wohl nicht weiter zu erwähnen, dass es sich um exakt die Geldbörse handelt, die mir heute angeblich gestohlen worden ist.

Mist!

Jetzt stehe ich ziemlich dumm da!

Und alle, alle glotzen mich an, sogar der Postbote, der gerade zur Tür hereingeschneit kommt.

Jon blickt mürrisch zu Boden. Das muss wohl fremdschämen sein, denn sein Gesicht wird nach und nach von einer immer dichteren Röte überzogen. Natürlich sagt er nichts. Das würde ich auch nicht tun an seiner Stelle. Dafür kratzt er sich wie wild den Schädel. Man könnte meinen, ein ganzer Flohzirkus halte gerade darin seine Uraufführung.

»Ja, genau die … warst *du* heute in der Schule?« Mein entwaffnendes Lächeln gelingt mir, glaube ich, nicht so richtig.

Dafür grinst sie mich an, die Frau in der Tür der Küche, den Kopf lässig an den Rahmen gelehnt. Um ihre Mundwinkel bilden sich zwei kleine Grübchen, die ganz hervorragend zur Frisur passen. Allerdings ist mir das Grinsen ein kleines bisschen zu hämisch. Hämisch? Schadenfroh? Niederträchtig?

Das alles trifft es nicht so genau, dafür aber mich selber irgendwo tief drinnen, so dass es mir eine Gänsehaut über den Rücken jagt. Dieses Grinsen ist zwar beschämend, aber irgendwie auch ganz angenehm.

Der Boden unter meinen Beinen wackelt immer noch ein bisschen, als Papa mir seine Hand auf die Schulter legt: »Nein, mein lieber, kleiner Lana-Schatz, in der Schule war ich nicht, aber im Treppenhaus bin ich schon gewesen, auf dem Weg zur Arbeit. Und da hat es gelegen! Das wird wohl irgendeinem siebzehnjährigen Mädchen in der Eile aus der Tasche gefallen sein! – Lana, Lana! Kein Beinbruch, aber bitte lass nächstes Mal die Diebe außen vor, okay?«

Oh, ich schäme mich ja so, noch mehr, weil Papa absolut keinen Aufriss davon macht. Das Blut könnte in meinen Adern gefroren sein, so starr und unbeweglich fühlt sich mein ganzer Körper an – und ein bisschen flau um die Mitte.

»Okay!« Jetzt nur nicht heulen, jetzt nur nicht heulen! Das wäre pures Selbstmitleid – und brächte ein klein wenig Erleichterung. Die erste Träne rollt schon. Halt sie auf! Es scheint zu klappen.

»So ihr Lieben! Und ihr habt bestimmt Hunger, wie ich meine Tochter kenne. Ich habe von gestern noch ein paar Kohlrouladen mit Bratkartoffeln übrig, wenn ihr möchtet?« Papa wischt unauffällig die Träne aus meinem Augenwinkel fort und dirigiert mich und Jon zu einem der Tische in der hinteren Ecke. »Das ist übrigens Mira, unsere neue Küchenhilfe. Sie kommt eigentlich aus dem Ruhrgebiet und kennt sich hier noch nicht so blendend aus. Ich hab' ihr gesagt, wenn sie wissen will, wo es die nächste Disko gibt, kann sie sich gerne an dich wenden. Da kennt ihr jungen Leute euch wohl besser aus! Und darf ich vorstellen, meine kleine, große, vorlaute, wahnsinnig liebe Tochter Lana und ihr bester Kumpel Jon.«

Das mit der Disko stimmt bestimmt, denn Papa ist schon einundfünfzig. Der würde in unseren Läden ganz schön auffallen.

Mira nickt uns höflich zu. Die stahlblauen Augen blitzen immer noch, und das meistens in meine Richtung. Wenigstens bringt sie uns eine große Schale dampfender Rouladen.

Ich weiß im Moment nicht so genau, ob ich welche möchte, aber mein Magen möchte ganz bestimmt, so rabiat, wie der knurrt.

Jon pustet hektisch auf den ersten Bissen. Vorsichtig schließen sich meine Lippen um die heiße Gabel, bis wir beide um die Wette kauen, schmecken, schlemmen. Ich liebe Papas Essen und merke mit jedem Happen, dass sich Wut und Scham immer weiter in die Untiefen meines Verdauungstraktes verziehen. Vor lauter Essen bemerke ich nur am Rande, wie Papa der Rothaarigen vertraut die Hand auf die Schulter legt, bevor er wieder hinter der Küchentür verschwindet.

Kapitel zwei

Mira

Mir frieren gleich die Finger ab, dabei haben wir doch erst Ende Oktober!

Ächzend versuche ich meine knirschenden Knochen zu sortieren und mich in meinem kleinen Fiat Panda so gut es geht zu strecken. Da kann ich wohl nur von Glück sagen, dass ich damals keinen Porsche Carrera von Rüdiger, meinem durchgeknallten Chef, gekauft habe! Haha! Glück im Unglück.

Und so eine Kleinwagenrückbank ist wohl auch nicht in erster Linie dazu gedacht, um darauf zu schlafen. Meine Güte, ich glaube, ich werde alt!

Ein Blick in den Rückspiegel zeigt mir, dass ich ganz schön zerknittert bin und der Reißverschluss des Schlafsacks ein feines Muster auf meine linke Wange gezeichnet hat. Es wird wirklich Zeit, dass ich eine Wohnung finde. Das platte Land hier ist schon etwas anderes als der Ruhrpott.

Buxtehude, wo der Hund mit dem Schwanz bellt – dass ich nicht lache! Ich hätte nie im Leben gedacht, dass es das wirklich gibt! Eher hielt ich es für einen Märchenort, wo sich Meister Lampe und der Igel gegenseitig in die Pfanne hauen; bis ich das mal gegoogelt habe. Bauklötze gestaunt habe ich, als ich herausfand, dass die Stadt tatsächlich existiert. Das ist der Moment gewesen, in dem meine Entscheidung festgestanden hat. Wenn schon weg, dann auch richtig crazy! Nach Berlin gehen kann schließlich jeder.

Voilà, hier bin ich, Mira in Buxtehude, seit geschlagenen vier Tagen!

Hastig putze ich mir hinter meinem Auto die Zähne und spüle mit Selters nach.

Der Schlafsack verschwindet im Kofferraum, denn ich will mir ja nicht nachsagen lassen, ich sei unordentlich. Nicht dass es irgendjemanden interessieren würde. Überhaupt passen alle meine Sachen, die ich noch besitze, in meinen winzig kleinen Kofferraum.

Ein paar Papiere habe ich dagelassen in meiner alten Heimat, Klamotten und mein gesamtes Geschirr. Aber da mache ich mir keine allzu großen Hoffnungen auf ein Wiedersehen. Das wird aller Wahrscheinlichkeit nach schon in tausend Teile zerdeppert auf der Straße liegen. Wut ist nämlich ein echter Killer, eine Erfahrung, die mich die letzten Wochen mit absoluter Deutlichkeit gelehrt haben.

Ächzend und vor klirrender Kälte zitternd, verlasse ich den abgelegenen Parkplatz und mache mich auf den Weg zu McDonald's. Die haben einfach den besten Cappuccino, zuverlässig in jeder Stadt ... sogar in dieser – und man kann nebenbei für einen Euro um neun Uhr morgens einen Burger verdrücken. Mir geht nämlich so langsam das Geld aus. Viel gespart hatte ich ja bis zu meiner überstürzten Abreise nicht, was kein Wunder ist bei meinem mickrigen Lehrlingsgehalt im dritten Lehrjahr.

Zum Glück habe ich diesen Job als Küchenhilfe bekommen, in dem alten, abgefahrenen Restaurant. Der Koch ist wirklich supernett und steckt mir nach dem Dienst sogar noch Kleinigkeiten vom Vortag zu – wahrscheinlich, weil der selber eine Tochter in meinem Alter hat. Die Arbeit finde ich erträglich und nach getanem Werk steht mir eine heiße Dusche in dem kleinen Bad neben der Restaurantküche zu.

Es ist nicht das Hilton, aber das wäre mir auch etwas zuviel des Guten!

»Ein Cheeseburger und ein Cappuccino bitte!« Die Bedienung grinst freundlich und ein bisschen amüsiert. Es ist der gleiche Kerl seit vier Tagen, ein Langhaariger mit straffem Zopf und saumüden Augen. Eigentlich dürfte der meine Bestellung so langsam auf der Reihe haben, weil es jeden Tag dieselbe ist.

Bei McDonald's ist um diese Zeit immer eine Menge los. Das Ambiente bietet sich wohl an, um die Schule zu schwänzen. Hey, da vorne ist ja auch wieder die Kleine mit den rosa Haaren!

Es scheint wohl auch deren Lieblingslokal zu sein, so oft wie die hier an immer demselben Tisch sitzt.

Jessica heißt sie, das habe ich mir gemerkt, obwohl ich es eigentlich nicht so mit Namen habe. Und das weiß ich auch nicht von ihr selber, sondern weil der Langhaarige hinter der Theke sie so gerufen hat.

»Groß oder klein?« Die Stimme rauscht irgendwie an meinem Ohr vorbei. Das geht mir manchmal so, wenn ich richtig Kohldampf schiebe.

»Hä?« Mein Blick wandert von der mit den rosa Haaren wieder zu meiner persönlichen Bedienung.

»Na, der Cappuccino. Groß oder klein?« Ein paar dunkle Bartstoppeln lassen das Grinsen des Langhaarigen viel erwachsener erscheinen, als er ist. Also, nicht dass ich auf Bärte oder so stehe, aber dem hier steht es wirklich nicht schlecht. Das gibt ihm etwas Cooles, Unnahbares und versteckt die Freundlichkeit ein wenig.

»Mann, klein!« Ich will eigentlich gar nicht so unfreundlich sein, aber meine schlechte Erziehung zwingt mich dazu. Verlegen zucke ich die Achseln und schicke ihm ein verhuschtes

Grinsen, während ich im Spiegel gegenüber Jessica beobachte. Keine Ahnung, warum die mich so fasziniert.

Ich sie anscheinend nicht, denn sie nimmt nicht mal Notiz von mir, ist eher richtig verbissen in das Buch vor ihrer Nase.

Wenn ich mal eine Bleibe gefunden habe, kaufe ich mir auch wieder Bücher – und einen Fernseher. Ich liebe es, bei Kerzenschein vor der Glotze zu liegen und zu lesen. Dabei bin ich noch nicht einmal sonderlich multitaskingfähig. Mich beruhigen einfach die Stimmen und das flirrende Licht im Hintergrund.

»Ein kleiner Cappuccino für eine große Frau! Bitte sehr.«

Hey, verarscht der mich etwa? Leicht genervt und betont lässig werfe ich das Geld auf den Tresen und sehe zu, dass ich Land gewinne.

Aus den Augenwinkeln kann ich im Spiegel beobachten, wie Jessica leise lacht und mir für einen Moment nachschaut.

Und das deprimiert mich irgendwie. Zum ungefähr fünfhundertsten Mal, seit ich hier bin, habe ich das Gefühl, hier absolut nicht hinzugehören. Kühler Norden, kühles Wetter, aber bei Weitem kein kühler Kopf!

»Mist!« Der Burger landet unsanft in einer Pfütze, als ich tolpatschig über den Kantstein stolpere. Und das deprimiert mich nur noch mehr, zweitrangig aus dem Grund, weil das, was sich da gerade recht uncharmant in einer Wasserlache auflöst, nun wirklich der Rest meines Trinkgelds von gestern Abend gewesen ist.

Hoffentlich hat es keiner gesehen!

Wie bin ich denn drauf? In meiner alten Stadt hätte es mich nicht im Entferntesten interessiert, wer es gesehen haben könnte.

Noch ein kleines bisschen stinkiger, als ich McDonald's verlassen habe, schiebe ich jetzt die Tür zum Restaurant auf, obwohl ich viel zu früh bin. Ich hab den Fußmarsch kaum bemerkt, höchstens daran, dass der Cappuccino in meiner Hand jetzt fast genauso kalt ist wie sie selber. Wäre ich bloß mit dem Wagen gefahren, fluche ich über meine eigene Dusseligkeit. Das passiert mir auch manchmal. Dass ich so total in Gedanken versunken bin, meine ich.

Hier drinnen ist es wenigstens warm und wo soll ich auch sonst schon groß hin? Im McDonalds sitzen bleiben nach der Peinlichkeit und zum vierten Mal seit vier Tagen das Kinoprogramm studieren? Wohl kaum.

»Guten Morgen, liebe Sorgen! Seid ihr auch schon alle da …?« Der Koch des Goldenen Hirsch lehnt mit einer Tasse Kaffee am Tresen und blickt mich amüsiert an.

»Ja. Guten Morgen auch!« Mehr fällt mir dazu gerade nicht ein. Wie gesagt, mit der Schlagfertigkeit will es mir heute nicht so recht gelingen.

»Hey, was machst du denn für ein Gesicht? Das war doch nicht so gemeint!« Ein lustiges Grinsen spielt mit seinen Mundwinkeln.

Wie kann der morgens um die Zeit denn nur schon so fröhlich sein? Das ist ja regelrecht anmaßend.

»Bist wohl aus dem Bett gefallen!«

»Schön wär's!« Uff, das ist mir jetzt so herausgerutscht. Das ist schon das zweite Mal heute Morgen, dass ich mir Sorgen mache, was andere jetzt über mich denken.

»Mhhh?« Das Lächeln hockt immer noch in seinem Gesicht, aber es ist jetzt nicht mehr so klar.

»Ich habe gerade noch keine Wohnung!« Nun man Butter bei die Fische. Das sagt man doch so hier im hohen Norden. Ein Butterbrot wäre nicht schlecht, aber Fisch ist eher nicht so mein Ding.

»Und nun pennst du im Auto, oder wie? Auf der Straße? Hotel? Parkbank?« Seine Augen sind hell und klar – und was mich am meisten wundert – schauen ernsthaft interessiert.

»Ersteres.« Vorsichtig nippe ich an meinem eisigen Cappuccino. Prompt zieht sich mein Mund zusammen. Das ist wohl so, wenn man eher etwas Warmes erwartet hat. Jetzt friert sogar meine Zunge.

»Mädchen, Mädchen, warum hast du denn nichts gesagt? Dich schickt der Himmel. Hier hat noch keine so schnell Kartoffeln geschält wie du. Und dann rückst du erst nach Tagen damit raus, dass du keine Bleibe hast!« Routiniert langt der Mann einen Kaffeebecher aus dem Regal und schenkt ihn mir randvoll. Ich kann es vor Hitze richtig dampfen sehen – und es kaum erwarten, meinen Frust in heißem Kaffee zu ertränken.

Müde zucke ich die Achseln und lasse mich ächzend auf einem der Barhocker nieder.

»Und so was …«, er deutet missmutig auf den McDonalds-Pappbecher, »brauchst du hier auch nicht anschleppen. Du kannst so viel Kaffee haben, wie du willst. Versprochen!«

»Danke.« Meine Lippen zittern ein wenig, aber ich weiß nicht genau, ob ich das jetzt noch der Kälte zuschreiben kann, denn hier drinnen ist es wirklich brütend heiß. Also im Vergleich zu einer Nacht im Auto Ende Oktober auf jeden Fall!

»Ich mach dir erst mal 'ne Scheibe Brot. Nimmste Schinken?«

Klar nehme ich Schinken. Ich würde jetzt sogar ein Heringsfilet nehmen, so sehr knurrt mir der Magen. Mein Kopf nickt automatisch, während ich den Kloß in meinem Hals herunterwürge.

»Was machen wir denn nur mit dir? Ich würde dich ja bei mir schlafen lassen – auf dem Sofa. Aber das macht wahrscheinlich einen komischen Eindruck. Lana, meine Lütte, dreht bestimmt 'nen Riesenfilm daraus, wenn ich dich mitschleppe. – Ich kann mich ja mal umhören, ob irgendwo eine kleine Wohnung frei wird. Hier kommt ja viel Fußvolk vorbei!« Passend dazu schellt die Türglocke und eine ganze Frühstücksgesellschaft poltert ins Lokal.

Eigentlich bin ich ganz froh, dass unserer Unterhaltung eine kleine Pause gegönnt wird, während der Koch – ich blöde Kuh weiß noch nicht mal seinen Namen – mir wortlos die Wohnungsannoncen vor die Nase legt. Mit denen und dem Schinkenbrot im Gepäck verdrücke ich mich in die Küche und schmiere Brote, so schnell ich kann. So schnell wie der Teufel. So schnell, dass die da drinnen mit dem Essen kaum hinterherkommen.

Käse- oder Leberwurstschnittchen?

Das erinnert mich an den Film »Kein Pardon« mit Hape Kerkeling und ich glaube, das ist das erste Mal, dass ich heute grinsen muss. Das erste Mal seit langer, langer Zeit.

WG SUCHT MITBEWOHNER, steht da in Großbuchstaben, die sich augenblicklich in mein Gehirn einbrennen. Nichts weiter, nur eine Handynummer. Die kann ich mittlerweile schon auswendig, so oft fällt mein Blick darauf.

Was das wohl für Leute sind? Wie alt die wohl sind? Und wie viele? Und ob die Typen wohl im Stehen pinkeln? Ich habe echt eine krasse Fantasie und baue mir im Kopf schon mal eine hübsche Bilderbuch-WG zusammen mit gemeinsamem Abendessen und gemütlicher Bierrunde anschließend, wo jeder für den anderen da ist.

Leider ist das Leben kein Bilderbuch, sonst würde ich jetzt nicht hier stehen und kiloweise Kartoffeln schälen, nachdem ich die Nacht auf meiner Autorückbank verbracht habe.

Schnell schiebe ich den Gedanken beiseite – auf die Seite mit den schmutzigbraunen Kartoffelschalen, hinein in die Biotonne.

Schnitzel, Schnitzel, Schnitzel klopfen. Das vertreibt böse Gedanken – und ganz nebenbei sorgt es dafür, dass keine allzu großen Aggressionen aufkommen.

»Papa!« Die Stimme klingt verzerrt und ein bisschen grantig. Und ihre Besitzerin trampelt wie eine ganze Herde Elefanten. Neugierig luge ich durch eines der Bullaugenfenster.

Meine Güte, ich habe gar nicht gemerkt, wie die Zeit vergangen ist!

Das Mittagsgeschäft scheint längst vorbei. Nur die Rothaarige sitzt noch wie jeden Tag am Tresen und hält ein Pläuschchen mit dem Koch. Wirklich jeden Tag. Ob die beiden wohl was laufen haben? Kann mir ja eigentlich egal sein.

»… sooo ungerecht, so ungerecht!«, zetert die aufgebrachte Stimme des Mädchens durch die Gaststube.

Was regt die sich denn dermaßen auf? Die sollte sich lieber daran gewöhnen, dass das Leben ungerecht ist. Ungerächt!

Sie ist kleiner als ich, vielleicht einen Meter siebzig. Langes dunkelblondes Haar umspielt ihr hübsches Gesicht.

Auf den ersten Blick wirkt sie durchschnittlich, aber auf den zweiten fast schon schön. Bestimmt ist das eine ganz schön eingebildete Ziege und Papi macht alles für sie – wenn der nicht vorher zu Grunde gegangen ist, verbrannt am lodernden Feuer, das aus Töchterleins wütenden Augen zischt.

»… der Milder, mein Mathelehrer hat mir eine Vier gegeben, weil der meine Schrift nicht lesen konnte …«

Aha, sowas hätte ich mir denken können. Hört sich für mich so an wie »Huhuhu, huhuhu!« und kein Stück erwachsen. Pffft! Dass ich nicht lache!

Was soll *ich* denn sagen? Mich hat mein Chef erst vernascht, danach betrogen, als es ihm augenscheinlich zu langweilig geworden ist, und dann achtkantig hinausgeschmissen. Na gut, ich gebe zu, dass ich auch nicht gerade ein Unschuldslamm gewesen bin. Aber heule ich hier rum?!

Am liebsten würde ich, aber ich tu's halt nicht.

Der Koch legt liebevoll seinen Arm um sein Blondschöpfchen. Wenn die jetzt mal nicht wirklich anfängt zu plärren!

Leider kann ich nicht verstehen, was er sagt. Wie gut, dass die Fenster ein bisschen schmuddelig sind, so dass ich die gerade ganz, ganz dringend sauber machen muss – von außen und von innen.

Huch, wer ist denn der komische Kauz mit der kleinen Plauze? Ihr Macker, nehme ich mal ganz stark an. Und dem ist das voll peinlich, wie es scheint! Unsere Blicke treffen sich eher zufällig. Ziemlich schnell ist klar, dass wir uns nicht in die Quere kommen werden. Der Kerl ist zwar ziemlich bullig, aber ansonsten harmlos – und ein niedliches Lächeln hat er, so schüchtern.

Der könnte wohl keiner Fliege etwas zuleide tun.

Guter Fang, Kleine, denke ich und dass sie es vielleicht gar nicht zu schätzen weiß.

»Mira, sind noch Kohlrouladen von gestern da?« Der Koch hat sein Bier auf den Tresen gestellt und winkt mir zu, als sei ich gerade von einer Reise auf einem Kreuzfahrtschiff zurückgekehrt.

Gelangweilt nicke ich, da blicken die Augen der Blonden in meine. Und genau in dem Moment verrutscht irgendetwas in mir drinnen, holpern glühende Ziegelsteine durch meinen Magen, und dann startet ein Airbus – einer von den modernen.

Hoppla, du kleine Zicke, beinahe hätte ich meine eigene Zunge verschluckt!

Pass auf dich auf, Mira, sagt mir meine innere Stimme. Die spricht äußerst selten zu mir, aber meistens hat sie recht.

»Das ist Mira, unsere neue Küchenhilfe. Meine Tochter Lana – und ihr Kumpel Jon. Vielleicht könnt ihr Mira ja mal die Diskos hier zeigen?«

So etwas in der Art. Ich habe nicht mehr richtig zugehört, weil das ferne Meer in meinen Ohren rauscht. Das Kreuzfahrtfeeling verstärkt sich.

Betont höflich nicke ich den beiden zu und kann meine Augen einfach nicht von diesem lodernden Blick lassen. So etwas Teuflisches aber auch!

Teufel noch mal!

Und irgendwo dahinter ist sie so sanft wie ein Engel – zumindest als sie hört, was es zu essen gibt.

Ha, das ist es! Essen macht freundlich! Masse und Klasse. Dabei ist sie schlank, ziemlich viel obenherum, aber schlank.

Ich hätte nie für möglich gehalten, dass die drei Kohlrouladen schafft! Ihr Typ natürlich auch, aber das war ja klar. Jungen in dem Alter futtern nun mal.

Aufregung und Müdigkeit haben sich unter meine Deprimiertheit gemischt. Beides auf einmal ist ein bisschen zuviel für mich, so dass ich mich heimlich und leise in die Küche verdrücke und über die restlichen Rouladen hermache. Bevor sie die auch noch wegfuttern, versteht sich!

Ob sie wohl öfter hierherkommen? Ich schätze schon und es holpert immer noch brummend in meinem Magen. Kohl halt, rede ich mir ein, während ich vorsichtig durch das Bullauge blicke.

Im warmen Licht der Gaststube glänzt Lanas Haar beinahe golden und mein Mund will nicht aufhören, dümmlich zu grinsen.

War eine echt gute Idee von mir, die Branche zu wechseln und Reifenmontage gegen Kartoffelschälen zu tauschen …

Kapitel drei

Lana

»Verflucht!« Hastig werfe ich mir im Treppenhaus meine Jeansjacke über, obwohl es draußen schüttet wie aus Kübeln und die sich binnen Sekunden vollgesogen haben wird wie ein Schwamm. Noch mal verflucht.

Schon wieder verratzt! Dabei ist doch erst Dienstag.

Warum hat Papa mich denn nicht geweckt? Oder hat der mich am Ende geweckt und ich hab's verschlafen? Ich spreche nämlich manchmal im Traum. Vielleicht dachte der, dass ich wach bin.

Warum ist er überhaupt so früh schon weg? Fragen über Fragen rauschen durch meinen müden Schädel, während ich immer wieder über meine eigenen Schnürsenkel stolpere. Und Hunger habe ich auch schon wieder!

Zum dritten Mal verflucht.

Scheppernd donnert mein schwerer Schulrucksack gegen eine der Türen im ersten Stock. Schwer ist er nämlich in der Tat – dabei ist wahrscheinlich nur die Hälfte der Sachen drin, die ich heute brauche.

Mist, hoffentlich gibt das nicht auch schon wieder Ärger! Manche unserer Nachbarn schlafen ganz gerne aus. Viertel vor acht zeigt die Digitaluhr auf meinem Handy. Viertel vor acht, gefühlt: mitten in der Nacht.

Und prompt geht die Tür auf, wieder Mist. Ein müdes Gesicht streckt sich mir gähnend entgegen.

Puh, zum Glück ist das nur Felix, der Student von unten aus dem ersten Stock. Der ist eigentlich ganz nett – ein bisschen verpeilt, aber nett. Er hat mir damals geholfen, meinen Fahrradplatten zu reparieren und hat seitdem bei mir etwas gut. Nur passt mir das heute gerade gar nicht.

»Hey, Lana! Wie geht's, wie steht's?« Na, wie schon, schau mich an, ist mein erster Impuls, den ich gerade noch unterdrücken kann. Der kann ja auch nichts dafür, dass meine Laune im Keller ist. Außerdem ist der sogar ansatzweise süß.

Ein neuerliches Gähnen unterdrückend, schiebt er seinen schmalen Hintern durch die Tür. »Haste bei mir geklopft?«

»Nee, bin nur mit der Tasche dagegengeknallt.« Überdeutlich zeige ich auf seine Tür, als sei er halbgar oder sonstwas. Das mit der Tür kann der sich ja wohl logischerweise denken.

»Ach so. Spät dran heute?« Felix ist schon voll zum Gehen angezogen und trägt sogar eine Regenjacke, eine von diesen modischen mit Wolfstatze auf der Rückenseite.

»Sieht wohl so aus.« Manchmal hasse ich mich selber für meine Überheblichkeit und versuche ein verrutschtes Lächeln, ein Grinsen eher. Bestimmt ist Jon schon alleine losgegangen. Eigentlich treffen wir uns immer um zwanzig vor acht am Kiosk bei der S-Bahn und gehen zusammen zur Schule, um unterwegs dann noch kurz vor der Unterführung Tabea einzusammeln. Und die ist auf jeden Fall immer pünktlich, auf die Minute!

»Scheiß drauf, was? Kann ich dich zu einem Kaffee einladen? Dann wird's meistens besser.« Leicht unsicher schiebt er ein »Bei mir jedenfalls« hinterher.

Riesenfüße hat der und macht Riesenschritte. Das ist gar

nicht so schlecht, dann laufe ich nämlich auch automatisch schneller, um mitzuhalten.

»Nee, du. Lass mal. Ich bin echt auf dem Sprung. Außerdem bin ich doch an der Reihe, dich einzuladen!«

Unermüdlich peitscht der Regen uns ins Gesicht, seit Felix – ganz Gentleman – mir die Haustür geöffnet hat.

»Okay, gerne. Heute Abend?« Seine Augen treffen meine, bis er verlegen den Blick senkt und sie bewundernd an meinem Ausschnitt hängen bleiben.

Das und die Tatsache, dass er eben nicht ganz unsüß ist und ich hundemüde, bewegen mich dazu, ja zu sagen.

»Klar, auf ein Bier gerne. Kennst du das Moskito?« Ein Bier kann nicht schaden. Außerdem kenne ich dort massenhaft Leute von der Schule. Langweilig wird es also auf gar keinen Fall.

»Natürlich kenne ich das. Für wie alt hältst du mich?«

Seine Augenbrauen wandern neckisch nach oben. Logisch, nur weil er ein paar Jahre älter ist, fühlt er sich jetzt ein bisschen auf der Gewinnerseite. Die hellen Augen huschen immer wieder wie zufällig über meinen Ausschnitt, heften sich fest auf den einen oder anderen kleinen Regentropfen, der darin herunterrinnt.

Und ich könnte wetten, dass Felix jetzt liebend gerne für einen kleinen Moment sein menschliches Dasein gegen das Schicksal eines dieser Wassertropfen eintauschen würde. Das beflügelt mich.

»Dreiundzwanzig, schätze ich. Und sagen wir um acht.« Meine Stimme zittert ein wenig, aber das merkt er, glaube ich, gar nicht. Der ist viel zu sehr damit beschäftigt, den Pfützen auszuweichen und seine langen, dunklen Haare mit beiden Händen vor dem herabklatschenden Nass zu schützen.

In dem Moment rauscht ein neongelber, ziemlich schrottreifer Fiat Panda – ich vermute aus den Neunzigern – mit Karacho um die Ecke.

Oh la la, wer ist denn der Typ am Steuer, frage ich mich. Geil, mit so einem hellen Iro, steil nach oben frisiert!

Felix glotzt auch entgeistert – und reibt sich fluchend über das schmutzbedeckte Schienbein, weil vor dem Panda ein Mercedes S-Klasse direkt durch eine Riesenpfütze gekachelt ist. Der Panda hat in seinem Kielwasser gar nicht mehr so viel ausrichten können, bekommt aber logischerweise die Schuld, ganz einfach weil der schon so kaputt und fertig aussieht.

Auf der Beifahrertür prangt ein großes schwarzes Postzeichen, garantiert selbst gemalt und ziemlich cool, finde ich.

»Mann, Alter, kannst du nicht aufpassen?« Felix hebt fluchend den Arm, allerdings ziemlich halbherzig wegen der Ungeschütztheit seiner Frisur.

Der Typ sieht uns gar nicht, glaube ich, sondern blickt nur gedankenverloren abwechselnd aufs Straßenschild und die Zeitung in seiner Hand.

Mir ist es selbst schon unangenehm, hier wie angewurzelt mitten im Regen in einer Riesenpfütze zu stehen, um seiner schmuddeligen Karre hinterherzustarren. Trotzdem kann ich nicht damit aufhören, fast so, als würde ein unsichtbarer Magnet meine Blicke anziehen.

Die Haare sind echt der Hammer! Irgendwo habe ich die Frisur schon mal gesehen, könnte ich schwören. Nur wo? Es rattert und scheppert tief in meinem Kopf wie in einem Ersatzteillager.

Aus dem Augenwinkel sehe ich vorne beim Kiosk Jons knallrote Regenjacke unter einem knallblauen Schirm leuchten.

In seiner Hand wartet ein zweiter Schirm für mich, das weiß ich. Auf Jon kann ich mich absolut verlassen – und er sich auf meine Vergesslichkeit, weil ich wirklich nie ein und denselben Schirm mehr als einmal dabei habe. Ich trage einen Schirm nur, um ihn am selben Tag irgendwo zu verlieren.

Ich sollte rennen, das weiß ich, denn Jon winkt schon, obwohl der es hasst wie die Pest, die Aufmerksamkeit auf sich zu lenken. Trotzdem bleibe ich weiter stehen – wahrscheinlich sogar mit offenem Mund – und starre in den Panda, dessen Scheiben vom starken Regen inzwischen beinahe undurchsichtig geworden sind.

Die Tür geht auf, ganz langsam und zögerlich. Ich würde glatt lügen, wenn ich behaupten würde, dass mein Herz nicht schneller schlüge. Ganz automatisch wie in den Kinofilmen, wenn die Musik spannend wird und das Bild ein bisschen dunkler.

Das Bild wird tatsächlich ein bisschen dunkler, weil sich noch mehr Regenwolken vor die kärgliche Sonne schieben. Und vor der Innenseite meiner Augen wird es auch erheblich dunkler, als es *klick* macht und ich den Typen im Panda erkenne. Genau genommen ist es eine Frau – und zwar keine geringere als Papas neue Küchenhilfe.

Das darf doch nicht wahr sein!

Sie sieht mich nicht, sondern starrt immer noch auf die ziemlich nasse Zeitung in ihrer Hand und blickt sich von Zeit zu Zeit suchend um. Wen oder was sucht die denn? Und warum zur Hölle verwechsle ich ausgerecht diese arrogante Ziege mit einem süßen Typen?

Das darf niemand, aber auch gar niemand jemals erfahren, denke ich. Aber ich kann mich immer noch keinen Millimeter aus der Pfütze hinausbewegen.

»Hey, Lana. Da drüben steht jemand und winkt. Der scheint dich zu meinen.« Felix kneift angestrengt die Augen zusammen, ohne die Hände von seinen schönen, schönen Haaren zu nehmen. Sieht so Eitelkeit aus?

»Ist das etwa dein Typ?«

»Nein, auf keinen Fall!«

Bald fallen mir die Augen aus dem Kopf, wenn ich weiter so stupide glotze – und das ganz und gar nicht zu Jon hinüber, sondern der langen Irofrau hinterher, die gerade in unserem Hauseingang verschwindet.

Mist, was habe ich denn da jetzt wieder gesagt? Das »auf keinen Fall« war überhaupt nicht böse Jon gegenüber gemeint, eher bezüglich des großen, blonden Mädchens. Ich kann es immer noch nicht fassen, wer der Typ im Panda tatsächlich war!

»Hey, ich muss«, schicke ich launisch hinterher. Ohne Felix auch nur anzublicken, haste ich so eilig über die Straße, dass es mich beinahe aufs Pflaster geschmissen hätte.

Irgendwie muss ich wirklich. Meine Blase zwackt und zieht, der ganze Unterleib, genau genommen.

Platschender Regen prasselt unbarmherzig.

Um meine Füße, auf dem Radweg, auf der Straße, und irgendwo zwischen meinen Schulterblättern – verdächtig nahe der Gegend meines Herzens – rumpelt es wirr und undefinierbar.

»Mensch, Lana, schon wieder verpennt?« Jon hält mir kopfschüttelnd den zweiten Schirm hin, während wir wie irre in Richtung Schule hetzen.

Mehrere Male wäre ich beinahe über meine Schnürsenkel gestolpert, verschiebe aber das Zubinden auf einen ruhigen Moment im Trockenen, während ich die flirrenden Blitze der Anstrengung hinter meinen Augenlidern halbherzig ignoriere.

»Verpennt, ja klar. Aber ist ja erst das zweite Mal diese Woche.« Meine Beine sind schwer wie Blei.

Lauf, Forrest, lauf, denke ich und lege noch einen Zahn zu, als ich Tabeas hellgrüne Regenjacke hinter der Unterführung aufblitzen sehe.

Herrje, haben denn alle außer mir sich so wettergerecht angezogen? Da hat die Sonne ja gar keine Chance.

Mir fällt ein altes Lied aus dem Kindergarten ein und es ist seit zehn Jahren das erste Mal, dass ich überhaupt daran denke: »Liebe, liebe Sonne, komm ein bisschen runter. Lass den Regen oben, dann wollen wir dich loben …« Zu spät merke ich, dass ich leise vor mich hin singe, während die verwirrten Gesichter von Jon und Tabea auf mir ruhen.

»Lass mich raten. Lange Nacht im Moskito gehabt?« Tabeas Locken ringeln sich durch die Nässe noch mehr als sonst. Und ein bisschen sieht sie aus wie ein blinder Maulwurf – ohne Brille mit pitschnassem Gesicht, während sie vorsichtig mit dem Taschentuch die völlig nassen Augengläser abwischt, was allerdings nicht viel bringt.

Sind Maulwürfe nicht eigentlich immer blind?

Alles Gute kommt von oben, sagt man ja. So sicher bin ich da nicht. Im Moment kommt von oben nur *kalt* und *nass* – und das Geschrei vom Milder aus unserem Klassenfenster: »Tempo, Tempo, die Herrschaften!« Na herrlich, es hat bereits vor zehn Minuten geschellt.

»Nein, keine lange Nacht. Ich habe geschlafen wie ein Stein. Aber Papa hat offenbar vergessen, mich zu wecken!« Meine Schnürsenkel hinterlassen triefnasse Schleifspuren auf den schmuddeligen Aulafliesen und ich komme mir selber kindisch vor, das mein Vater für mich Wecker spielen muss.

Ein klein wenig Kaugummi hängt immer noch unter meinen Sohlen und macht bei jedem Schritt »quatsch«.

Quatsch, quatsch, quatsch, schnarrt es in meinem Kopf, hallt von den Wänden der leeren Flure. Ein sprechendes Mutantenkaugummi ist das.

So viel zu spät können wir doch gar nicht sein, oder?

»Du siehst aus, als hättest du einen Geist gesehen.« Jon schüttelt sich wie ein Hund. Plump und ein bisschen niedlich sieht das aus, kurz nach dem Welpenalter halt. Sein triefendes Gesicht macht den Eindruck, als habe er geweint.

»Habe ich nicht!« Meine Stimme kippt ins Quietschen.

Habe ich nämlich *doch*, im Grunde genommen, und ich wundere mich wie so oft, wie leicht durchschaubar ich für meinen Kumpel bin. »Habt ihr Lust, heute auf ein Bier mit ins Moskito zu kommen? Ich habe Felix aus dem ersten Stock eingeladen und keinen Bock, alleine dahin zu gehen.«

»Sind wir deine Bodyguards?« Tabea lacht amüsiert.

»Dann ist ja auch ziemlich klar, wer der Geist ist, den du gesehen hast.« Ihr Näschen kräuselt sich niedlich wie bei einem Meerschweinchen, ein Babymeerschweinchen zum Anbeißen, während sie mich neckend in die Seite boxt.

»Nee, so ist das nicht.« Ist das so nicht? Ich weiß gerade selber nicht mehr, wo mir der Kopf steht. »Ihr wisst doch, dass der noch was gut bei mir hat. Wegen des Plattens, den ich letzte Woche hatte.« Ich höre mich lahm an, in meinem müden, müden Kopf schrillt Alarm. Superduperschneckenlahm.

»Na, klar, Lana!« Tabea grinst immer noch, auch als der Milder schon seinen Kopf zur Tür herausstreckt und uns genervt ins Schulzimmer scheucht.

»Auf, auf, der frühe Vogel fängt den Wurm!« Und so weiter. Ich frage mich, warum Erwachsene immer so abgedroschen sein müssen – insbesondere Lehrer.

Achtundzwanzig Augenpaare glotzen uns mit einer Mischung aus Schadenfreude und Mitleid an, als wir durch den Raum schleichen, denn es ist logisch, dass die, die zu spät kommen, als allererste dran sind, um an der Tafel Rechenbeispiele vorzuführen. Juhu!

Jon zieht neben mir automatisch den Kopf ein, weil er wahrscheinlich wie immer keinen blassen Schimmer von Mathe hat. Mist, der Arme!

Versöhnlich lege ich meine Hand auf seine Schulter, denn irgendwie bin ich ja an dem ganzen Schlamassel schuld.

Bilde ich mir das ein oder geht der automatisch einen Schritt schneller?

Direkt unter meinem Arm hindurch flüchtet er zielstrebig auf seinen Platz neben Tom in der letzen Reihe. Schade, dass der Milder uns schon ziemlich am Anfang des Schuljahres auseinandergesetzt hat – weil wir uns gegenseitig Steine in den Weg legen, wie er sagt.

Ich rede eben gerne ein bisschen. Jon nicht so, aber neben mir hatte der keine Wahl – mitgehangen, mitgefangen.

Jon und ich, wir sind beide in der Zehnten sitzengeblieben. Jon wegen Mathe und Physik – und ich wegen chronischer Lustlosigkeit. Papa sagt, ich sei eine unverbesserliche Querulantin: »Mensch, Lana, die Achtundsechziger sind vorbei ... du musst nicht immer gegen alles sein!«

»Doch«, ist meine Antwort: »Doch, doch, doch!«

Ich kenne die Achtundsechziger nur vom Fernsehen her. Langhaarige Gestalten mit komischen uncoolen Klamotten ketten sich bei Sitzblockaden zusammen und sehen irgendwie immer ein bisschen schmuddelig aus.

Ich möchte Jon Glück wünschen oder Mut machen, aber der schaut einfach nur zwischen all den stylisch gekleideten, coolen Sechzehnjährigen hindurch starr an die Tafel, obwohl da noch gar nichts steht – und wir uns kein Stück gestritten haben. Nicht dass wir uns sonst großartig streiten. Ein Herz und eine Seele sind wir in den meisten Fällen.

Papa hat recht, die Achtundsechziger sind vorbei.

Plötzlich fällt mir ein, dass Jon mir wegen heute Abend noch gar nicht geantwortet hat. Hoffentlich kommt der mit! Ohne ihn fühle ich mich ein wenig nackt und leer. Jon ist so etwas wie mein fleischgewordener Schutzwall und mein ritterlicher Genosse gleichzeitig, meine *Chill-out Area* und mein Rummelspektakel – ein ruhiges zwar, aber immerhin. Der Fels in der Brandung sozusagen.

Mit einem kleinen Stich im Herzen und Jons verschwommenem Blick im Rücken setze ich mich neben Tabea in die vordere Sitzreihe.

»Klar komme ich heute Abend mit. Du musst mir in der Pause alles erzählen. Ja?« Tabeas zischelnd geflüsterte Worte hallen in meinen Ohren.

»Es gibt nichts zu erzählen!« Meine eigenen zischen noch lauter, als sause ein Bienenschwarm um uns herum. »Echt nicht!« Ein bisschen entschärfend ist das gemeint.

Ich weiß es nicht.

»Sehr geehrter Herr Jon, würdest du bitte so freundlich sein und uns die Lösung der Aufgabe hier an der Tafel verraten?« Der Milder reibt sich erwartungsvoll die Hände, als wäre er froh über jedes Misserfolgserlebnis seiner Schüler – zumindest bestimmter.

Jon reagiert erstmal gar nicht, sondern starrt immer weiter Löcher in meine Rückseite, bis Tom ihm unauffällig in die Seite knufft. Ich sehe es in der Fensterscheibe, in der sich der gesamte Raum spiegelt. Erst da erhebt sich Jon und schlurft mit gesenktem Blick zur Tafel, sich den ganzen Weg über ständig den Kopf kratzend.

Kratz, kratz macht es auch in meinem Kopf. Direkt unter der Haut – oder eher noch tiefer, zwackt es mir mitten im Hirn.

»Ein bisschen schneller, wenn möglich!« Der Milder freut sich jetzt richtig – mit Grinsebacken und allem.

Jon steht wie bedeppert da, wahllos Zahlen und Buchstaben an die Tafel kritzelnd, während es hinter ihm immer unruhiger wird. Zettelchen werden herumgereicht, die neuesten Stories ausgetauscht und unter der Bank heimlich Butterbrote geknabbert.

Das war in unserer alten Klasse auch so. Wenn einer sich quält, entspannen sich die anderen. Nicht weil sie fies sind, sondern weil es nun mal so ist – und man bei dem Milder absolut keine Chance hat, der armen Wurst dort vorne eine Hilfe zuzuschustern.

Armer Jon, mein Kopf funkt Signale, während ich ihm betrübt hinterherblicke, als er behäbig und in wenig vorteilhafter Haltung zu seinem Platz zurückschlurft. Ein müder Krieger nach einer verlorenen Schlacht.

Verdammt, ich weiß auch keine Lösung. Nur eins steht ab genau jetzt für mich fest: Wir sollten uns um eine Mathenachhilfe für meinen besten Freund bemühen – und um einen klareren Kopf für mich.

Kapitel vier

Mira

Ufff! In meinem Mund breitet sich ein muffiger Geschmack nach Mottenkugeln aus.

Ich hasse diese modrigen, selbst zusammengebrauten Tees und das affige Getue drumherum!

»Hier, probier mal. Der ist ganz besonders toll für deine Aura …«

Und so weiter. Was zur Hölle ist eigentlich eine Aura?

Freundlich ist sie, die kleine Dunkelhaarige in der WG. Aber es ist schon ein bisschen merkwürdig, dass die alle Türen ausgehängt und auf dem Dachboden verbarrikadiert haben.

Hohe Decken und schönes Ambiente hin oder her: Privatsphäre ade!

Und als ob das nicht schon genug gewesen wäre, schläft jeder mal in jedem Bett.

Das bedeutet, es gibt keine feste Zimmeraufteilung. Dabei sind die Achtundsechziger doch nun wirklich lange vorbei …

Zugegebenermaßen bin ich ziemlich genervt davon, im Auto zu wohnen, so dass ich kurz ins Überlegen gekommen bin. Als mir dann aber der Mitbewohner splitternackt auf dem Flur begegnet, sich ganz selbstverständlich so, wie Gott ihn schuf, an den Küchentisch setzt und seine Hand ganz zufällig auf meinem Knie drapiert, mache ich doch einen Rückzieher. Mir läuft es immer noch eiskalt den Rücken hinunter.

Da ist Stress ab der ersten Minute vorprogrammiert.

Ich erinnere mich noch allzu gut an den Moment, in dem mein Chef Rüdiger aus der Werkstatt mir angeboten hat, sein Gästezimmer zu beziehen. Auch da hat der Stress schon am ersten Abend begonnen.

Erinnerungsfetzen wabern zwischen meinen Ohren hin und her.

Genau genommen ab der ersten Sekunde.

Ich bin so froh, dass ich unbeschadet aus der Nummer mit der WG herausgekommen bin, was ehrlich gesagt noch nicht einmal allein mein Verdienst gewesen ist.

Es hatte an der Tür geklingelt. Und weil die Dunkelhaarige gerade mit ihrem Tee beschäftigt und irgendwie in ihrer Aura gefangen war, hat der lange Dürre mit dem FKK-Fetisch sich hochbewegt. Widerwillig zwar, aber immerhin.

Das einzig Positive dieser WG-Besichtigung war der Gast an der Tür, eine echte Überraschung. Jessica, die Kleine mit den rosa Haaren, steht vor der Tür, mit weit aufgerissenen Augen dem Dürren auf die entblößte Mitte glotzend.

Ein wahnsinnig lustiger Anblick!

Hätte ich eines dieser Fotohandys, hätte ich diesen Moment gerne festgehalten. Aber das hat mittlerweile auch das Zeitliche auf dem Straßenasphalt gesegnet. Das neue, das ich jetzt besitze, ist ein billiges ohne Kamera.

Ich hätte nicht gedacht, dass es viel gibt, was sie aus der Fassung bringen kann. Es hat einen Moment gedauert, bis sie sich wieder einkriegen konnte. Das rosa Haar stand wie elektrisiert vom Kopf ab.

Ich nutze die Gunst der Stunde und zische flink wie ein Wiesel zwischen den beiden zur Tür hinaus, Jessi beim Arm packend und mit mir ziehend.

Ich bin selbst überrascht über meinen Tatendrang. Adrenalinschub nennt man das wohl – oder Selbsterhaltungstrieb.

»Hey, was war das denn für eine Nummer?« Jessicas Arm hängt irgendwie immer noch an meinem fest, obwohl dazu absolut keine Notwendigkeit mehr besteht, weil wir schon unten auf der Straße stehen.

»Keine Ahnung, echt, davon haben die in der Zeitungsannonce nichts geschrieben. Freie Liebe und so, schätze ich.« Mein Arm brennt ein bisschen, aber nicht unangenehm: »Du bist doch bestimmt auch wegen des WG-Zimmers hier?«

»Ja, klar. Weswegen auch sonst. Wegen 'ner Orgie? Meine Güte, hast du gesehen, wie lang sein Ding ist? Huh!« Blass und mit großen Augen starrt sie mich an. Ich weiß nicht, ob sie auf die letzte Frage wirklich eine Antwort möchte. Ich will kein unhöflicher Mensch sein, ehrlich.

»Hab nicht so genau hingesehen, sorry!« Meine Achseln zucken ganz automatisch.

»Warum entschuldigst du dich? Du hast absolut nichts verpasst. Kannst ja noch mal hoch und klingeln!« Ein meckerndes Lachen schüttelt ihren drahtigen Körper – und meinen gleich mit, weil ihr Arm immer noch an meinem klebt.

»Uff, nee danke!« Jetzt muss ich auch lachen. Sie ist wirklich witzig.

»Und was machen wir jetzt? – Hey, dich kenne ich doch irgendwoher!« Grübelnd und mit wahnsinnig lustigen Grübchen blickt sie zu mir auf. Gehört das eigentlich irgendwie zusammen, grübeln und Grübchen, meine ich?

Ich kann nur wieder die Achseln zucken, zumindest die eine, um nicht zu sehr auf meinen gefangenen Arm aufmerksam zu machen. Ein bisschen Nähe finde ich gerade sehr angenehm.

Sie duftet nach Kirschtorte und nach Frittenbude, also gar nicht schlecht.

Außerdem ist mir so schweinekalt, dass ich zittere, und es fängt gerade wie aus Kübeln an zu schütten.

»Vom McDonald's, klar, jetzt macht es klick! Hey, bist heut ja gar nicht da gewesen! Ach, ja, die Wohnungsbesichtigung. Ein Cappuccino und ein Cheeseburger!« Fast perfekt ahmt sie meine Stimme nach. »Jeden Morgen! Wie heißt du?«

»Mira.« Mein Gesicht fühlt sich heiß und rot an, während ich stur geradeaus blicke, nur um ihr nicht in die Augen zu sehen, denn die sind genau eine Etage tiefer.

»Mira, schöner Name. Ich bin Jessica.« Grinsend hält sie mir die Hand hin. Jetzt habe ich ihre Hand in der Hand und ihren Arm auf der anderen Seite. Außenstehende könnten glauben, wir würden ein Tänzchen wagen – im strömenden Regen.

»Ich weiß!« Ups, das ist mir herausgerutscht und mein Gesicht wird noch ein paar Grad heißer. »Ich meine, ich bin ja jeden Tag da gewesen und der Langhaarige hat dich neulich so gerufen.«

»Ja, ich bin sozusagen Stammgast. Im Moment habe ich leider gerade keine feste Bleibe. Aber langsam bin ich ziemlich genervt, jede Nacht auf irgendwelchen Sofas zu übernachten. Also, nicht dass ich es nicht zu schätzen weiß mit der Gastfreundschaft und allem. Aber ein eigenes Bett wäre schon ziemlich cool …« Jessicas Augen strahlen diffus durch die prasselnden Regentropfen und ich ziehe sie automatisch mit unter den kleinen Eingangsvorsprung des Mehrfamilienhauses.

»Ja, ich weiß!« Schon wieder ist es herausgerutscht. Mein Gesicht, das der Regen gerade ein bisschen heruntergekühlt hatte, brennt jetzt wieder wie Feuer.

»Hä? Du auch?« Ihre Hand hat sich wie von selber aus meiner gelöst und irgendwo in den Untiefen ihrer Jackentasche versteckt, was kein Wunder bei dieser lausigen Kälte ist.

»Ja, ich schlafe seit sechs oder sieben Tagen im Auto.« Mühsam wühle ich in meiner Jackentasche, als würde ich ganz, ganz dringend irgendetwas suchen. Mein Auto vielleicht? Obwohl in meiner Tasche natürlich gar nichts drin ist. Pures Zeitschinden also.

»Es gab da leichte Diskrepanzen zwischen mir und meinem Freund … Äh, Exfreund …«

»Wegen leichter Diskrepanzen pennst du im Auto? Soll der doch im Auto pennen!« Jessicas Stimme bricht ein wenig, aber nicht zu arg. Bis hin zu hysterisch fehlen noch einige Nuancen.

Sie hat nun beide Hände in die Hüften gestemmt – sehr zum Ärger meiner eben noch angenehm warmen linken Seite – und kneift die Augen zu Schlitzen zusammen: »Los, sag schon, wo wohnt der? Dem müsste man mal gehörig … die Leviten lesen!«

Ich könnte schwören, dass sie zuerst so etwas sagen wollte wie *in den Arsch treten* oder *auf den Sack hauen*. Das klänge auch passender bei diesem Mistwetter, meiner Imautoschlafunfrisur, einem lahmen Hahnenkamm – und dem Wirrwarr in meinem Herzen.

»Hey, alles okay, erstens ist es seine Wohnung und zweitens ist die in Düsseldorf.« Und drittens schläft schon jemand anderes auf meiner Seite des Betts. Aber das schlucke ich lieber hinunter, genauso wie den dicken, dicken Kloß in meinem Hals.

»Oh, Mist. Dann hast du wohl Nägel mit Köpfen gemacht. Neuanfang. Das nenne ich mutig!«

Ihre Hand wandert anerkennend auf meinem nassen Rücken auf und ab – und das tut so gut! Am liebsten würde ich wie ein Kätzchen schnurren.

»Hast du Freunde oder Verwandte hier in der Nähe?«

»Nein und nein. Aber eine Karre und einen Job.« Mit klammen Fingern deute ich auf mein hässliches gelbes Auto.

»Und deine Eltern?« Sie zieht mich ganz ungeniert zu meinem Wagen, obwohl es immer noch in Strömen gießt, und wringt meine Seele ein kleines bisschen aus. Komischerweise finde ich das gar nicht so schlimm.

»Sind vor einem Jahr nach Spanien ausgewandert. Und ich brauche erst mal Abstand zu meiner alten Heimat. Aber warum hast *du* keine Bude?« Meine Pfoten zittern ganz schön, als ich den Schlüssel im Schloss drehe. Mit einem rostigen Knirschen öffnet sich die Tür und Jessica schiebt sich wie selbstverständlich auf den Beifahrersitz – also auch mit einem Knirschen, nur etwas leiser als die Tür.

»Puh, lange Geschichte. Meine liebe Mutti hat mich vor die Tür gesetzt. – Ach, irgendwie ist das auch falsch! Ich schätze, ich habe mich selber vor die Tür gesetzt, weil ich mit ihrem neuen Typen absolut nicht klar gekommen bin. Dann bin ich mit ein paar Kumpels in eine WG gezogen. Das war 'ne coole Zeit! Leider haben wir das mit dem Feiern ziemlich übertrieben. Der Vermieter hat uns knallhart gekündigt. Ja, und das war's dann mit dem trauten Heim.«

Jessicas rosa Haare sehen zerzaust aus, zerknüllt und ein bisschen crazy. Ich betrachte sie mit Wohlgefallen, während sie sich fröstelnd in die Hände hustet. Eine Standheizung gibt es in meinem Panda nun einmal nicht, schon gar nicht bei ausgeschaltetem Motor.

»Und warum habt ihr euch dann nicht zusammen eine neue Wohnung gesucht?« Ich kann nicht umhin, mich immer ein wenig wie ein Eindringling zu fühlen, wenn ich fast fremden Leuten so private Fragen stelle. Darum lasse ich auch augenblicklich den lauten, lauten Motor an. Ich indiskretes Schaf!

Vielleicht hat sie es gar nicht gehört.

Hat sie aber natürlich doch. Da nützt auch die saulaute Radiomusik nichts, die beim Starten losplärrt.

»Na ja, das hätten wir auch getan.« Jessica drosselt die Musik drastisch. »Doch dann ... Also, als ich erzählt habe, ich bin mit ein paar Freunden zusammengezogen, war da am Ende ein Paar Freunde, ziemlich bald sogar, genau genommen.«

Mein Gesicht ist ein großes, großes Fragezeichen.

»Na, die haben sich gefunden. Verliebt, verlobt, verheiratet. Schau mich nicht an wie ein müdes Pferd! – Mensch, Mira, die haben gemerkt, dass sie schwul sind und füreinander geschaffen!« Sie lacht über mein bekloptes Gesicht, tief in sich drinnen lacht sie. Ich sehe es an den zuckenden Bauchmuskeln, selbst unter der dicken Daunenjacke.

»Ich habe nichts gegen Schwule.« Mist, Mist, Mist! Was anderes fällt mir nicht ein.

Mein Gesicht ist jetzt schätzungsweise roter als eine überreife Tomate.

»Na, das wollte ich aber auch gemeint haben!« Mit Ausrufezeichen! »Nicht dass du denkst, die Kerls wollten mich loswerden. Also, die beiden Jungs wären sogar liebend gerne wieder mit mir zusammengezogen. Aber das ist nicht so mein Ding. Ich möchte nicht das dritte Rad am Wagen sein, dem jungen Glück im Wege stehen, ewig beim Frühstück am Küchentisch in die Gesichter zweier Knutschender glotzen. Außerdem bin ich ein ziemlicher Morgenmuffel, zumindest wenn ich gefeiert oder selber Liebeskummer habe. Nenne es, wie du willst!«

Ist sie eingeschnappt?

Jessica schaut verdrossen aus dem beinahe blickdichten Autofenster und klopft ungeduldig mit den Fingern dagegen. Irgendwann hat sie sich Handschuhe angezogen, viel zu große Skihandschuhe. Damit sieht sie lustig aus, wie ein Welpe mit viel zu großen Pfoten – und ein bisschen fremd, so dass ich wie von selber lächeln muss.

Ein Lächeln entwaffnet immer, sagt man. »Und nun?«

»Und nun sind wir dicke Freunde und ich penne ziemlich häufig auf deren Schlafcouch. Oder was meintest du?« Juhu, sie lacht auch wieder – und erneut mit diesen ultraniedlichen Grübchen.

»Wo fahren wir hin?«

Leicht zittrig bin ich die letzten fünf Minuten einfach im Kreis um den Wohnblock herumgekurvt. Der Würstchenverkäufer schaut schon ziemlich amüsiert aus seiner kleinen Bude. Klar, ich habe ja auch ein Nummernschild von recht weit außerhalb, fällt mir ein, und der denkt, wir haben uns knallhart verfahren.

Und wer zur Hölle kauft schon morgens um kurz vor acht Würstchen mit Sauerkraut im knatschigen Brötchen? Wir sind hier doch nicht in Bayern oder so. Gibt es eigentlich Haxe to go? Weißwurst mit Kraut all you can eat?

Mein Magen rumort beschämenderweise extrem laut. Und das wirkt offenbar auch entwaffnend, denn in Jessicas schmales Gesicht schleicht sich ein noch viel, viel breiteres Grinsen.

»Zum Stammlokal, schlage ich vor, einfach weil dein Bauch so hungrig knurrt wie ein ausgewachsener Wolf!« Jessica hat im Handschuhfach meine CD-Sammlung entdeckt und wühlt unkonzentriert darin herum.

»Besser im Taxi weinen als im HVV-Bus oder nicht«, Kettcar. Ein sehr schöner Song. Das sollte ich vielleicht auch mal ausprobieren, so viele Tränen wie ich in letzter Zeit vergossen habe.

»Give me back my man«, ja ja, *Chicks on Speed* hatten gut reden, als sie das gesungen haben.

Warum in Gottes Namen nennt man das eigentlich Handschuhfach? Ich kenne keinen Menschen, der Handschuhe darin lagert! Außer meiner Oma vielleicht, aber auch nicht ausschließlich.

Nicht dass ich was dagegen hätte, gegen das Wühlen, meine ich. Ich schätze, wenn man da zu Hause ist, wo man quasi seinen Hut hinhängt, verliert man so langsam aber sicher seine Berührungsängste.

»Oh, sorry, das geht leider nicht. Ich muss gleich noch zu einer Wohnungsbesichtigung. Der Termin ist um acht!« Obwohl ich eine gute Fahrerin bin, wackeln meine Beine wie Pudding. Vielleicht sollte ich die Heizung mal überprüfen.

»Eine WG? Wo denn?« Für einen Moment scheinen die CDs vergessen und mich beschleicht der blöde Verdacht, dass wir ja auch irgendwie Konkurrentinnen sind, wenn es um eine neue Bleibe und das ganze Pipapo geht. Eine klassische Pattsituation!

»Keine WG. Eine Einzimmerwohnung in der Rabestraße.« Mein Knie wackelt schlimmer als einer dieser blödsinnigen Wackeldackel, die bei älteren Leuten auf der Hutablage sitzen und debil vor sich hinwippen. – Jetzt habe ich nicht auch noch Lust, mich zu fragen, warum es eigentlich Hutablage heißt. Nebenbei gesagt, klingt das aber logischer als Handschuhfach.

»Coole Wohngegend, da wohnt eine Freundin von mir. So eine Einraumwohnung wäre nicht mein Ding. Ich glaube, da wäre ich ziemlich einsam ...« Jessica blickt mich fragend von der Seite an, während am Straßenrand Bäume und Häuser ziemlich langsam an uns vorbeiziehen, weil ich schätzungsweise Schneckentempo fahre.

Ich weiß ja immer noch nicht so recht, wo sie hin möchte. Und sie einfach so mit zur Wohnungsbesichtigung zu schleppen, scheint mir ein bisschen herrschsüchtig.

»Ich nicht. Einsam, meine ich. Das wäre ich, glaube ich, nicht. Ich bin einfach nur tierisch froh, wenn ich nicht mehr im Auto pennen muss. Ob WG oder alleine, ist mir ziemlich egal. Wo willst du denn nun hin? Also, nicht dass du denkst, ich möchte dich loswerden. Es ist eher so, dass ich dich nicht frech entführen möchte ...« Laberrhabarber, ich klinge schon so fad, wie angebranntes Paniermehl schmeckt.

»Hey, weißt du überhaupt, wo die Rabestraße ist? Ich könnte dir die Richtung zeigen und dann lässt du mich bei unserem Stammburgerschuppen raus. Okay?« Sie ist ja echt drollig, wie sie den Sand aus ihren zu großen Handschuhen ganz ungeniert auf meine Fußmatte kippt.

»Klar, super Idee!« Ich gebe Gas. Ich bin eine ziemlich gute Fahrerin – und es macht mir Spaß, meine Beifahrenden zu beeindrucken. Diese hier sogar ganz besonders, ich gestehe es. Der kleine Panda hat nämlich ganz schön viel unter der Haube. Selbstgemachtes Tuning, versteht sich!

»Hui!« Jessica krallt sich an meinem Arm fest, was nicht ganz so schlau ist, weil der ja das Lenkrad hält. »Hier geradeaus und dann folgst du hinter dem McDonald's einfach der Straße, zweimal rechts, einmal links, schon bist du am Ziel. Also, zweimal rechts, einmal links.«

Die Frau ist praktischer als jedes Navi, ehrlich! Und auch viel, viel unterhaltsamer.

Mein Wagen schlingert ein bisschen, als ich in ziemlich rasantem Tempo auf den Parkplatz brettere.

»Wir sind da!« Ein blöderer Kommentar hätte mir eigentlich kaum einfallen können. Mein Magen knurrt wie zur Untermalung laut und jähzornig.

»Ja!« Sie passt sich meinem Tonfall an.

Meine Achseln zucken von selber vor Ratlosigkeit, ich kann es nicht ändern. Irgendjemand muss jetzt mal etwas Schlaues sagen, sonst bleibt nur ein flaues Gefühl zurück und, für maximal fünf Minuten vielleicht noch, eine leichte Körperwärme auf meinem Beifahrersitz.

»Ja müsstest eigentlich du jetzt sagen. Auf die Frage, die ich dir vor zehn Minuten gestellt habe.« Sie grinst verschmitzt, weil sie ganz genau weiß, dass ich nicht den blassesten Schimmer einer Ahnung habe, wovon sie eigentlich spricht. Und das genießt Jessi sichtlich. Äußerst freche Grübchen zucken vor unterdrücktem Kichern.

»Na, als ich dich gefragt habe, ob du Freunde hier in der Gegend hast. Jetzt hast du zumindest ersteres und davon auf jeden Fall eine ...«

Bilde ich mir das ein, oder ist sie jetzt wirklich ein klein wenig verlegen?

Ein schwaches Blitzen nur, ein minimales in ihren Augenwinkeln, deutet darauf hin, als ihr Blick zwischen dem McDrive und meiner Wenigkeit hin- und herzappt.

Der *Crispy Chicken* ist im Angebot und ich bin platt.

»Uff!« Platt, platt, platt.

»Mhhh?« Sie schaut mich gespannt an.

Bevor wir weiter in Comicsprache kommunizieren, gebe ich mir einen Ruck. »Ich meine damit: Danke, das ist das Netteste, was seit langem jemand zu mir gesagt hat.« Eine Gänsehaut kringelt sich über meinen Rücken. »Was machst du eigentlich so?«

Die Zeit vergeht viel, viel zu schnell. Der Zeiger meiner Uhr rast. Hoffentlich verpasse ich meinen Termin nicht! Trotzdem würde ich gerne wissen, wo wir uns wiedersehen können – außer im Burgerladen. Ziemlich kompliziert ist das, wenn beide keinen festen Wohnsitz haben.

Gerade will ich mich fragen, wie das wohl Obdachlose machen, als mir wie Schuppen von den Augen fällt, dass wir das tatsächlich ja auch sind!

»Nichts!« Das Grinsen wird ein bisschen blasser. »Zumindest nichts Gescheites, würde Mutti sagen. Ich schreibe ein Buch. Hey, sag mal, kennst du das Moskito? Ist auch in der Rabestraße. Ich werde heute Abend da sein. Wenn du Lust hast, komm doch auch ... Auf ein Bier, bitte ... Bitte!« Jessica reißt ruckartig die Tür auf, um sich eilig hinaus in den Regen zu stürzen – und verdammt, die meint das ernst.

Meine Güte, tut das gut, neue Freunde zu finden! Und Bier klingt auch richtig gut. Kalt und prickelnd wie der Regen auf meiner heißen Haut.

»Klar, wann denn?« Meine Stimme kippt. Hoffentlich habe ich mir jetzt bei diesem Sauwetter nicht auch noch eine Erkältung eingesackt.

»Wann du willst. Um acht?«

Diese Handschuhe sind einfach zum Schießen. Riesenpfoten!

»Sagen wir, ich bin um halb neun da, spätestens. Ich hab' erst um acht Feierabend, okay?« Ich beuge mich ganz weit hinüber auf die Beifahrerseite und starre fragend in Jessicas verregnetes Gesicht.

Würde sie Make-up, Eyeliner – oder wie auch immer das

ganze Zeugs heißt – tragen, würde sie jetzt bestimmt aussehen wie ein nasser Waschbär.

»Klar, bis später dann!« Jessica rennt wie von der Tarantel gestochen die paar Schritte zum Eingang und winkt mir mit ihren viel zu großen Handschuhen zu.

Das sieht sehr lustig aus – und ein ganz klein wenig verloren, so als sei sie eingelaufen in der viel zu heißen Waschmaschine, die sich Leben nennt.

Aus Versehen fahre ich im dritten Gang mit quietschenden Reifen und dem ganzen Affenzirkus an. Ganz schön panne ist das. Aber immerhin komme ich pünktlich, weil ich so wahnsinnig auf die Tube drücke.

Es schüttet immer noch wie aus Kübeln, als ich schlitternd in die Rabestraße einbiege. Und ich sehe aus den Augenwinkeln ganz genau, wie die Leute mir hinterherglotzen, obwohl meine Scheiben total beschlagen sind.

Das tun sie nämlich immer, glotzen, meine ich, mit Stielaugen, weil meine Karre so verboten aussieht. Also nicht für mich, aber für alle anderen, vor allem für die von der Post.

Vor der Nummer 29 ist ein Parkplatz frei, den ich mir gleich sichere. In der Zeitung stand irgendwas mit Hausnummer paarundzwanzig, also muss ich ganz in der Nähe sein. Ich knalle die Autotür zu und haste durch den Regen.

Hübsch haben die es hier, obwohl die Häuser ziemlich hoch sind. Es sieht überhaupt gar nicht so ghettomäßig aus wie beispielsweise dort, wo ich in Düsseldorf zuletzt gewohnt habe.

Nicht dass mir das übermäßig viel ausgemacht hätte. Und allzu große Ansprüche kann ich wahrscheinlich auch gar nicht stellen. Das will ich auch gar nicht, so sehr lechze ich nach einem festen Dach über dem Kopf und vier mehr oder weniger dicken Wänden.

Die Zeitung mit der Wohnungsannonce dient mir zwischenzeitlich als Regenschirm, ab und zu werfe ich aber auch einen hektischen Blick darauf und vergleiche die Hausnummern.

Dreiundzwanzig. Da? Dreiundzwanzig, ja, so steht es in der Zeitung. Dreiundzwanzig, ganz sicher. Da!

Im Eingangsbereich hängen zwei junge Leute herum, ein Mann, der sich unter das schmale Vordach drängt, und eine Frau, die nur eine dünne Jeansjacke trägt, sich aber keinen Millimeter weit aus der strömenden Suppe entfernt.

Wie paralysiert steht sie da, mit offenen Schnürsenkeln und den Händen in den Taschen. Bestimmt ist die gerade erst aus dem Bett gefallen, so verpennt wie sie dreinschaut.

Irgendwie kommt sie mir bekannt vor, während ich ein letztes Mal die Hausnummer checke und zum Sprint an die Haustür ansetze.

Der Typ scheint ziemlichen Bammel um seine Frisur zu haben, obwohl man ja eigentlich sagt, das sei ein typisches Frauenproblem.

Wusch, jetzt sind die auch noch von unten pitschepatschenass geworden, weil der werte Herr in der dunklen S-Klasse die komplette zentimetertiefe Pfütze mitgenommen hat.

Woher kenne ich das Mädel? Hübsch ist sie irgendwie, mit jedem Mal Hinschauen ein bisschen mehr, halt nur sehr zerrupft auf dem Schädel, wegen der ungünstigen Wetterbedingungen.

Ein Blick in den Seitenspiegel verrät mir, dass mein Haar im Vergleich zu ihrem tatsächlich noch geht. Der Iro steht einigermaßen. Nur in meinem Magen prickelt es modrig. Vielleicht hätte ich mir eines dieser Würstchen mit Sauerkraut im knatschigen Brötchen holen sollen, dann wüsste ich wenigstens, wovon mir schlecht ist.

Zum Zerreißen aufgeregt bin ich, während meine müden Augen schon von Weitem das Klingelschild abzuscannen versuchen.

Plötzlich huschen sie an mir vorbei, die beiden, aber nicht Hand in Hand oder so. Sind die nun ein Paar?

Ja oder nein? Oder vielleicht? Oder bald?

Eigentlich habe ich ein ziemlich gutes Gespür für solche Dinge – dachte ich zumindest.

Es sieht ein bisschen so aus, als könne sich da was anbahnen, wobei der Kerl nicht grade sonderlich Gentleman ist.

Huch, und jetzt erkenne ich sie. Tatsächlich ist es die nervige Zickentochter von meinem Chef aus dem Restaurant! Die hätte ich fast gar nicht erkannt, so still und versonnen wie sie gerade dreinblickt.

»Okay, heute Abend im Moskito, auf ein Bier!« Der Typ zieht eilig von dannen und ich glaube für einen kurzen Moment an ein Déjà-vu, ein kleines nur, während ich mit zittrigen Händen bei Paulmann klingele.

Es ist wohl eine ziemlich bekannte Kneipe, wenn sich Gott und die Welt da treffen. Für einen Moment fühle ich mich gar nicht mehr so klein und verlassen in der Fremde – und doch ziemlich wuselig zwischen Herz und Magen.

Hatte die nicht gestern noch einen anderen Typen?

Klar, den kleinen Stämmigen mit den freundlichen Augen. Und genau den glaube ich unter der Straßenlaterne drüben beim Kiosk zu erkennen – ulkigerweise in Regenjacke plus Regenschirm plus zweitem Schirm in der Hand –, bevor der Summer an der Tür ertönt und scheppernd den Eintritt freigibt.

Meine Güte, wer auch immer, wünsche mir Glück, denke ich, während ich mit flatterigen Knien eine Treppenstufe nach der anderen erklimme.

Mein schwerer Atem übertönt dabei das wütende Knurren meines Magens.

Kapitel fünf

Lana

»Meine Güte, was für ein doofer Tag!« Meine Güte, was für eine doofe Begrüßung, denke ich im selben Moment, als ich Felix diesen Satz um die Ohren haue, kaum dass er den Kopf zur Tür herausgestreckt hat.

Weil wir nun mal im selben Haus wohnen, schien es mir schlau, gleich gemeinsam loszugehen. Das hat weniger etwas von einem Date, finde ich. Und Dates machen mich nun mal wahnsinnig nervös.

Felix riecht nach Axe-Alaska-Deo und ein klein wenig nach Zimt. Vorsichtig spähe ich durch den Türspalt in seine Wohnung. Eine eigene Bude zu haben stelle ich mir cool vor, auch wenn sie ziemlich klein und etwas verwahrlost ist, so wie diese.

»Stress in der Schule? Na, komm schon rein. Möchtest du eine Zimtschnecke? Die sind selbstgebacken!« Felix grinst mich verschmitzt aus leicht verhangenen Augen an. Hat der gekifft?

»Nein, danke, ich mag eigentlich keine Zimtschnecken.« Mag ich doch, aber ich fühle mich ziemlich unbehaglich bei dem Gedanken, hereinzukommen.

Mein Adrenalinspiegel schießt automatisch in die Höhe –

und auch mein Hunger, weil dieses Gebäck nämlich wirklich himmlisch riecht. »Nimm's mir nicht übel, aber ich habe ziemlich großen Durst auf ein kaltes Bier …«

Hoffentlich hat der keines im Haus, sonst säße ich in der Patsche.

»Leider kein Bier da, sorry.« Er hat sich die Haare seit heute Morgen noch einmal gewaschen, schätze ich, denn die riechen ziemlich blumig. Dunkel und glatt fließen sie über seine knochigen Schultern – kein bisschen wetterzerzaust.

Hätte ich vielleicht auch …?

Unauffällig versuche ich, an einer meiner Strähnen zu schnuppern. »Na, dann! Bist du fertig oder soll ich schon mal unten warten?«

Felix zieht die Stirn kraus und seufzt leicht genervt. »Nicht nötig, bin startbereit.« Er schnappt sich den Haargummi und die Jacke – natürlich eine andere, noch schickere als die Regenjacke heute Morgen – vom kleinen Tischchen im Flur und hastet hurtig an mir vorbei ins Treppenhaus. »Hey, wo bleibst du denn? Ich dachte, du hast es so eilig?«

Obacht, der Tonfall ist eine Nuance zu schrill, aber immerhin grinst er noch.

Soll ich wirklich mit ihm mitgehen? Ansonsten bliebe nur die Möglichkeit, einen spontanen, harten Migräneanfall vorzutäuschen – mit Erbrechen und allem. Dann allerdings könnte ich heute Abend nicht mehr hinaus, ohne die ganze Zeit aufzupassen, nicht durch Zufall Felix über den Weg zu laufen. Das wäre ziemlich unentspannt.

»Komm schon!« Meine Jeansjacke ist immer noch leicht feucht von heute Morgen und mein rechter Schuh quietscht bei jedem zweiten Schritt vor Nässe. Ich besitze zwar ein zweites Paar Schuhe, aber kein zweites Paar coole Basketballstiefel. Wenigstens schüttet es nicht mehr wie aus Eimern, sondern nur noch aus Fingerhüten – Elfeneimern vielleicht – ein bisschen Nieselnebel.

Mein Herz schlägt diffus im Gegensatz zu dem rhythmischen Quietschen meiner Schuhe.

»Was war denn so fürchterlich heute?« Felix' Schulter berührt meine von Zeit zu Zeit, obwohl ich schon ganz am Rand des Gehsteigs laufe.

Ich weiß gar nicht, ob ich das so gut finde. Axe-Alaska prickelt in meiner Nase. Das benutzt Papa auch immer. Trotzdem riecht es an ihm ein klein wenig anders – vertrauter und mehr nach Ruhe und Geborgenheit.

»Ach, ich bin mal wieder zu spät gekommen und dann hat der Milder, unser Mathelehrer, einen Riesenaufriss gemacht. Der Jon hat richtig bluten müssen an der Tafel, obwohl es ja eigentlich meine Schuld gewesen ist, dass wir zu spät gekommen sind. Bestimmt kriegt der jetzt wieder 'ne Sechs für die Stunde.« Meine Hände gestikulieren wild, während Felix mit kaum mehr als einem Ohr zuhört. Das ist logisch, für den sind das Peanuts, der hat die Schule längst hinter sich.

»Dein Freund?« Felix' Kragen bedeckt sein Kinn bis hoch zur Unterlippe. Trotzdem kann ich seinen dunstigen Atem unter jeder Straßenlaterne reflektieren sehen, wenn ich genau hinschaue.

»Nein!« Mich schaudert ein wenig bei dem Gedanken. »Ich meine, ja, mein bester.« Das fühlt sich richtiger an und ich drücke mir selber die Daumen, dass Jon heute im Moskito ist. Bis nach Schulschluss hat der sich nämlich ziemlich bedeckt gehalten und kaum ein Wort mit mir gesprochen.

Also, nicht dass der sonst eine große Plaudertasche ist, aber auch nicht absolut stumm wie ein Fisch und völlig unbeteiligt. Am liebsten würde ich wieder dem Milder die Schuld in die Schuhe schieben, aber in mir drinnen klirrt ein kleiner Eiswürfel der Gewissheit gegen einen anderen, einen, der sich ziemlich sicher ist, das irgendwas nicht stimmt.

»Aha!« Felix starrt nach vorne und drängt mich unbewusst immer weiter vom Gehsteig, weil der an dieser Stelle schmaler wird. Warum hat der es denn plötzlich so eilig, wo er eben noch gemütlich Zimtschnecken essen wollte?

Kurz vor dem Moskito dreht er sich plötzlich zu mir um. »Tut mir leid, wenn ich eben maulig war. Kann sein, dass mir eine Grippe in den Gliedern steckt, weil ich heute Morgen so nassgeregnet worden bin! Ich freue mich auf einen schönen Abend mit dir.«

Automatisch weiche ich wieder einen Schritt zurück. Ich kann gar nichts dagegen machen. Jetzt spricht der von einem ganzen Abend mit mir, während ich noch von einem einzigen gemütlichen Bier mit meinen besten Freunden im Hintergrund ausgegangen bin!

Hoffentlich geht das heute Abend nicht schief, denke ich etwas mürrisch und zugleich ziemlich aufgeregt, denn das hört sich nun definitiv nach einem Date an!

Außerdem kann Felix doch nicht wirklich so eine Memme sein, schließlich hatte er ja wenigstens eine Regenjacke – und eine gute außerdem!

Etwas zittrig scanne ich die Gruppen von Jugendlichen ab, die vor dem Moskito abhängen, kann aber weder Tabea noch Jon finden. Der süßlichherbe Geruch von Gras liegt in der Luft und ich muss unwillkürlich an mein Erlebnis mit meinem ersten und letzten Joint vor einem halben Jahr denken.

Never again! Ich bekomme jetzt noch Kopfschmerzen, wenn ich daran denke. Jon hat uns den damals von irgendeinem Bekannten oder Onkel oder so besorgt.

Zuerst war alles ganz lustig. Tabea ist auch dabei gewesen, hat aber nicht daran gezogen – aus Imagegründen oder um auf Nummer sicher zu gehen, weiß ich nicht so genau. Es war aber völlig okay, natürlich.

Und irgendwann haben wir angefangen zu futtern wie die Weltmeister. Das war auch noch witzig. Und wir hatten schrecklichen Durst auf irgendwas mit Kohlensäure und nur das Bier von Papa im Haus.

Auch da haben wir noch ziemlich gelacht, regelrecht hysterisch. Und dann wurde erstmal alles schwarz wie die Nacht. Später hat Tabea uns erzählt, dass wir – also der Jon und ich – wie blöde herumgeknutscht und danach zielstrebig alles vollgekotzt haben.

Gott, was war mir das saupeinlich!

Und wie peinlich muss das dem Jon erst gewesen sein – zumindest der Teil mit dem Erbrechen, weil das ja in meinem Zuhause passiert ist und Jons Schamgrenze weitaus niedriger liegt als meine eigene.

Und wer hat den ganzen Mist aufwischen müssen?

Tabea natürlich – und mein werter Herr Papa die Reste, als der von seiner Spätschicht im Restaurant zurückgekommen ist. Im Gegenzug hatte ich zwei Monate Treppenhausdienst, jeden Samstag ohne Ausnahme, und mindestens zwei Tage hämmernde Kopfschmerzen.

Bier mag ich immer noch, Gras nicht mehr nach diesem traumatischen Erlebnis.

Deshalb schreibe ich das Kopfweh und das Erbrechen auch dem Gras zu, als reine Schutzfunktion. Ein bisschen Spaß muss ja schließlich auch sein.

Der Geruch brennt leicht in meiner Nase und mein Magen zuckt nervös, als ich neben Felix durch die Eingangstür schreite. Man kann wirklich schreiten sagen, weil wir beide die Nase ziemlich weit oben tragen.

Ich tu's, weil ich saumäßigen Bammel habe und das zu überdecken versuche, und Felix, tja, Felix, weil er eben Felix ist.

Es dauert einen Moment, bis sich meine Augen an das schummrige Licht in der Musikkneipe gewöhnt haben. Seit das Rauchen hier drinnen verboten wurde, ist die Luft zwar wesentlich besser, aber ich habe immer wieder den Eindruck, dass irgendetwas fehlt.

Der typische Kneipengeruch eben, nach geräucherter Luft.

Andere mögen geräucherten Schinken, ich halt geräucherte Luft, obwohl ich selber gar nicht rauche.

»Hey, nehmen wir den kleinen Tisch dort hinten in der Ecke?« Ehe ich mir Überblick über das Lokal verschaffen kann, hat Felix sich schon meine Jacke geschnappt und lässt sie lässig über den Unterarm baumeln, während er zielstrebig in eine ziemlich schummrige, unbelebte Ecke schlendert: »Da ist die Musik auch nicht so fürchterlich laut.«

Eigentlich finde ich die Musik hier ziemlich klasse, trotte aber hinter ihm her in den hinteren Bereich, leicht verzweifelt nach Bekannten Ausschau haltend, die uns vielleicht, ganz vielleicht zu sich an den Tisch einladen möchten.

Der Tisch ist wirklich superklein, eben für zwei Personen, mit einem echten Kerzenleuchter darauf, so einem mit drei Kerzen, wie die Schlossherren in den Geisterfilmen von früher sie stets mit sich durch die finsteren Gänge tragen.

Seufzend lasse ich mich auf den hinteren der wackeligen Stühle fallen, so habe ich wenigstens den Laden einigermaßen im Blick.

»Was möchtest du denn trinken?«

Das Kerzenlicht flackert kühn in Felix' Augen, während er mir über die Karte hinweg verträumte Blicke schickt. Vielleicht sehen die auch nur wegen des romantischen Kerzenscheins so verträumt aus?

»Na, ein Bier!« Deswegen sind wir doch schließlich hier. »Ein großes!« Sicher ist sicher.

Vorsichtig krame ich in meiner Geldtasche, um erleichtert festzustellen, dass meine Barschaft auch für zwei Getränke reichen wird.

»Mach dir deshalb keine Sorgen. Kannst ruhig auch was anderes nehmen. Einen Cocktail oder so. Ich lade dich selbstverständlich ein.« Mein Handrücken brennt ein bisschen, als Felix seine Finger darauf legt.

Und obwohl es so stockdunkel ist, weiß ich, dass sich dort

all die kleinen Härchen aufgestellt haben. Elektrizität fühlt sich so an.

»Nein!« Meine brennende Hand fliegt vom Tisch hinunter zu meinem Knie, so als müsse gerade jetzt dort dringend ein Mückenstich oder Schlimmeres gekratzt werden. Und meine Stimme klingt ein bisschen zu schrill: »Ich lade *dich* ein, so war's doch abgemacht, weil du mir damals mit dem Fahrradreifen geholfen hast. Danke noch mal dafür!« Versöhnlich halte ich ihm die Hand wieder hin, als wolle ich einem Fremden Guten Tag sagen, worauf er sie mit offenem Mund schüttelt.

Meine Güte, müssen wir gerade albern aussehen! Vielleicht ist es doch besser, wenn mich keiner meiner Bekannten sieht.

»Hey, Lana, fast hätte ich dich gar nicht erkannt. Was sitzt ihr denn hier in der hinterletzten Ecke? Vorne ist doch noch was frei!«

Ich glaub's ja nicht! Jessica, die ich seit mindestens zwei Wochen – für diese alte Betriebseule eine lange Zeit – nicht gesehen habe, legt besitzergreifend ihre Arme um mich. Das kann sie gut, besitzergreifend sein. Aber bei ihr ist das gar nicht schlimm, sondern ehrlich gesagt irre schön. Lebendig!

»Hey, Jessi, hol dich der Teufel. Wo hast du denn so lange gesteckt?« Glücklich lege ich meine Arme um ihre und für einen kleinen Moment vergesse ich ganz, mit wem ich eigentlich hier bin.

»Mhmh!« Der, mit dem ich eigentlich hier bin, räuspert sich dezent, ist also doch da, zudem ganz Mann von Welt und stellt sich offiziell vor – so richtig mit Hand schütteln und dem ganzen Pipapo. Erst jetzt fällt mir auf, dass er ein Sakko und ein ziemlich edles Hemd darunter trägt. Ein bisschen overdressed für diesen Laden ist das schon, finde ich.

»Ah, angenehm, Jessica!« Sie schüttelt ihm mal so richtig kräftig die Pfote durch. »Nehme ich richtig an, dass wir gerade stören?« Jessicas Schmunzeln verwandelt sich in ein breites Grinsen.

»Nein, kein Stück.« Zaghaft, aber doch ziemlich neugierig versuche ich, über ihre Schulter zu linsen. Wer ist eigentlich *wir*?

»Ach so, ich dachte schon …« Ihr Grinsen wird noch breiter, falls das überhaupt möglich ist.

Und etwas leiser flüstert sie, so dass nur ich es hören kann – hoffe ich zumindest: »Ach so? Sieht aber verdächtig nach einem Date aus.«

»Ich weiß. Fühlt sich auch ein bisschen so an. Ist aber echt nicht so gemeint. Ich lade den Felix nur auf ein Bier ein, weil der mir neulich geholfen hat, meinen platten Reifen zu reparieren«, wispere ich – hoffentlich auch so leise, dass nur sie und ich es hören können.

Noch in dem Moment merke ich selber, wie lahm das klingt.

Lahm, lahm, dreimal lahm.

»Und mit wem bist du hier?« Ich schätze, es ist jetzt äußerst praktisch, die Aufmerksamkeit von meiner eigenen Person abzulenken.

»Oh Mann, bin ich unhöflich!« Nur zögerlich lässt Jessica ihre Arme von mir ab und gibt so die Sicht frei auf die Person hinter sich, eine äußerst große Person, die die meisten anderen hier um einen halben Kopf überragt – zumindest die Frauen –, und zugleich die, mit der ich jetzt am allerwenigsten gerechnet habe.

Papas neue Küchenhilfe. Schon wieder!

Mein Herz stolpert irgendwie – auch schon wieder.

Wie hieß die noch mal? Mira, oder?

»Darf ich vorstellen? Mira. Wir haben uns bei einer Besichtigung in dieser wahnsinnig durchgeknallten WG kennengelernt.«

Also tatsächlich Mira. Es fehlen nur noch die Fanfaren und der Spot, so stolz präsentiert Jessica ihre Begleitung. »Und das ist Lana, eine gute Freundin.«

»Hallo!«

Miras heller Iro strahlt selbst in diesem spärlichen Licht, während sie mich fragend anblickt. Bestimmt überlegt sie, woher ich ihr bekannt vorkomme.

»Schöne Grüße an deinen Vater.«

Also doch nicht. Das hätte ich nicht gedacht bei meinem Allerweltsgesicht. Ich merke, wie mir der Mund offen steht und kein einziges Wort herausschlüpfen will.

Die verranzte Lederjacke steht ihr ausgesprochen gut, obwohl die bei jeder oder jedem anderen echt fertig ausgesehen hätte, mit all den abgewetzten Stellen und dem feinen Riss über der rechten Schulter. Ich wundere mich, wie schnell sich meine Augen inzwischen an die Dunkelheit gewöhnt haben.

»Dürfen wir uns zu euch setzen?« Jessica schnappt sich einen Stuhl vom Nebentisch, ohne die Antwort abzuwarten.

Klar, es ist ja auch kein Date, denke ich grinsend und nicke debil.

Zögerlich quetscht sich nun auch Mira unter den kleinen Zweiertisch direkt neben mich.

An der Stelle, an der unsere Beine sich unweigerlich berühren, brennt meine Haut ein bisschen so, als hätte eine Schreibtischlampe eine halbe Stunde lang aus nächster Nähe draufgeschienen.

Aber so sehr ich meine Beine auch bei mir behalte, der Platz unter dem kleinen Tischchen will einfach nicht reichen.

»Na, wo wir jetzt schon zu viert sind, sollte ich mich wohl mal um eine Bedienung für die Drinks kümmern.« Felix erhebt sich mit einem absolut genervten Seufzen, aber das ist mir im Moment ziemlich egal. Trotzdem bin ich nervöser als vorher mit meinen zitternden, schwitzigen Händen und einem leichten Hang zum Schluckauf.

»Hey, woher kennst du denn den? Bestimmt nicht aus der Schule, oder? Der ist doch mindestens Mitte zwanzig!« Jessicas Hand legt sich auf meine Schulter und schüttelt diese ein wenig.

Sie ist ein bisschen wie dieses Duracellhäschen aus der Werbung, unermüdlich und aufgedreht. Ihre Hände sausen beständig um mich und auf dem Tisch herum. Von der Seite fühle ich Miras Blicke in meinem rotglühenden Gesicht.

»Ähm, das ist mein Nachbar, ein Student aus der kleinen Bude unten.« Meine Achseln zucken betont achtlos.

Meine Güte, Lana, krieg dich wieder ein! Jessica ist eine meiner besten Freundinnen – und die andere dort ist einfach Papas Kollegin, versuche ich mir einzureden.

»Sagt mal, kennt ihr euch eigentlich?« Jessica wirft einen verstohlenen Blick von mir zu Mira hinüber, einen forschenden zudem.

»Ja!« Mira puhlt lustlos im warmen Kerzenwachs.

»Redselig seid ihr ja gerade nicht!« Jessicas Hände flattern schon wieder wie ein Schwarm Mücken über die schmuddelige Tischplatte und ich fühle mich außerstande zu antworten.

»Ähem, ähem. Also, das ist so, ich arbeite für Lanas Vater im Goldenen Hirsch – seit fünf Tagen.« Wachs tropft von Miras Fingern. Kräftige Hände hat sie. Etwas dunkel vielleicht – bestimmt vom ewigen Schälen der gigantischen Kartoffelmassen.

Felix' Silhouette taucht plötzlich hinter uns auf, während er mit Leichenbittermiene vier große Pils auf die Mitte des Tischchens stellt, hinein ins noch nicht ganz trockene Wachs. »Die erste Runde geht auf mich!« Mit Ausrufezeichen. Die erste Runde, das hört sich so an, als ob der heute noch etwas Größeres vor hätte.

Aus den Boxen dröhnen die guten alten *Sisters of Mercy – »Temple of Love«*. Ich liebe dieses Lied und meine Finger hüpfen im Takt durch die allmählich trocknenden Wachsflecken.

»Hat jemand Lust zu tanzen?« Erwartungsvoll blickt Felix zu mir hinunter. Der hat sich gar nicht erst wieder hingesetzt und nippt bedeutungsvoll an seinem Glas, als sei es ein besonders edler Rotwein. Das Buket will atmen, versteht sich.

Sein langes, seidiges Haar wirft er mit einer Geste, die ganz Mann von Welt sein möchte, nach hinten. So schönes Haar hätte ich auch gerne.

Kleine Blitze schießen durch meine Fingerkuppen, durch meine Handgelenke, dort, wo Miras Hände auf meine getroffen sind, und kribbeln verstohlen im Bauch.

Das hier *ist* wie tanzen!

Ich tanze eigentlich nicht oft, weil ich mich immer ein klein wenig geniere. Höchstens, wenn Jon und Tabea dabei sind. Und dann ist es so ein richtiger Paartanz mit allem Drum und Dran.

Jon ist wirklich klasse darin, führt uns mit viel Fingerspitzengefühl und es sieht dann tatsächlich so aus, als könnten wir auch richtig tanzen.

Der hat nämlich ziemlich viele Tanzkurse gemacht. Bis zum goldenen Abzeichen hat er's geschafft, obwohl ein Außenstehender Jon nicht unbedingt in die Tanzschiene einordnen würde. Eher könnte man bei ihm Wrestling oder American Football vermuten. Aber nein, ausgerechnet beim Tanzen kommt mein bester Kumpel so richtig aus sich heraus – mit strahlenden Augen, diesem leuchtenden Glanz im Gesicht und dem ganzen Firlefanz.

Aber Jon ist nun mal nicht hier und meine Augen starren unentschlossen Löcher in Felix' Gesicht.

Da springt Jessica wie von der Tarantel gestochen auf. »Ja, klar will ich tanzen! Los komm!«

Entschlossen packt sie den völlig perplexen Felix am Arm und schleift ihn hinter sich her in Richtung der kleinen Tanzfläche, auf der bis jetzt erst ein hagerer Typ mit ziemlich langen Zotteln steht und sie wie in Trance von einer Seite auf die andere wirft.

Da vorne riecht es immer ein bisschen nach Schweiß, aber auch nach Glühweingewürz, wahrscheinlich sind es Räucherstäbchen. Ich liebe den Geruch. Insgesamt ist es eine ziemlich gemütliche Mischung, so dass ich fast ein bisschen neidisch werde.

Außerdem kommt jetzt das nächste Problem auf mich zu, weil ich absolut nicht weiß, worüber ich mit Mira reden soll. Und ohne Reden komme ich mir schon jetzt nach knapp dreißig Sekunden ziemlich blöd vor, obwohl die Musik laut und echt fetzig ist.

Das scheint auch Mira zu finden, denn die puhlt nun im Takt der Musik mit ihren großen, großen Händen im heißen Wachs.

Unter dem Tisch berühren sich unsere Beine immer noch leicht, weil diese räudige Miniaturausgabe eines Essmöbels einfach so verschissen klein ist. Sorry, aber ist doch wahr!

Ab und zu wirft sie mir über die Kerze hinweg kurze Blicke zu, hell und zugleich ein wenig düster: »Und wie war's heut in der Schule?«

Oh, Mann, etwas Blöderes als diese Frage gibt's doch gar nicht!

»Geht so, ein bisschen gut und ein bisschen scheiße!«

»Hahaha!« Mira lacht kurz und laut. »Das trifft es ziemlich gut. Warum bin ich nur selber nie darauf gekommen, wenn mich in meiner Schulzeit einer danach gefragt hat? Mhhh!«

Ihre Stimme klingt rau und wohlig. In meinem Hals lockert sich jetzt gerade mal für einen kleinen Moment der dicke, fette Kloß der Schüchternheit, der dort wohnt.

»Und du suchst eine neue Bude?« Hastig stürze ich ein gutes Drittel meines Bieres die trockene Kehle hinunter, um bei dieser Staubluft hier drinnen nicht einem Hustenanfall zum Opfer zu fallen.

Auf der Tanzfläche scheucht Jessica den genervten Felix ganz schön hin und her. Immer wenn er zu mir herüberschaut, muss ich vorsorglich den Blick abwenden.

Ich will weg hier von dem engen Tisch und dem komischen fremden Mädchen – und will das doch auch wieder auf gar keinen Fall. Zwei pumpende Herzen schlagen in meinem Kopf um die Wette. Ich glaube, das linke gewinnt, nein, halt, doch das rechte?

»Ja, eine neue Bude ist gut – *überhaupt* erst mal eine, meine ich.« Meine Güte, die muss ja Pfoten aus Stahl haben, so dicht wie die ohne auch nur mit der Wimper zu zucken an der Kerzenflamme herumpuhlt!

»Wie, überhaupt eine? Wo wohnst du denn jetzt?« Ich bin mir nicht sicher, ob Mira antworten wird, weil sie gerade sehr damit beschäftigt ist, kleine Entchen und anderes Viehzeugs aus schweineheißem Kerzenwachs zu modellieren. Ganz weit weg, zehn Zentimeter neben mir.

Ich kann die Hitze ihrer Hände förmlich spüren, vulkanartig, nur ohne echte Lava.

»Im Auto.« Die raue Stimme ziemlich nah an meinem Ohr ist nur ein Flüstern, so als würde sie gar nicht mit mir sprechen, sondern mit sich selber. »In meinem eigenen Auto auf der Rückbank – und der Kofferraum ist mein Kleiderschrank. Die Wohnzimmergarnitur mit fest installierter Stereoanlage liegt im Frontbereich der Karre. Es ist die bestgenutzte Dreiquadratmeterbleibe der ganzen Stadt, würde ich sagen.«

Im Auto. In dem Auto, in dem ich sie heute Morgen gesehen habe, wohnt sie?!?

Holla, die Waldfee, so etwas hätte ich nicht für möglich gehalten, wirklich nicht! Ich kenne es ja von Jessica, vorübergehend keine Bleibe zu haben, aber die schläft wenigstens immer irgendwo. Ich meine, auf irgendwelchen Sofas in irgendwelchen WGs. Aber wie kann denn jemand in einem Fiat Panda wohnen?

Meine Stirn kräuselt sich und in Kombination mit meinen debil aufgerissenen Augen muss das ziemlich bescheuert aussehen, in etwa wie bei einem Mops. Zum Glück gibt es hier keinen Spiegel. Genau wie in Miras Bleibe, außer den Seitenspiegeln natürlich.

»Geschockt?« Mira pustet sich kurz und feste auf den rechten Zeigefinger. Also hat sie wohl doch keine Hände aus Stahl.

»Nein.« Es klingt zögerlich, während ich in ihre stahlblauen Augen starre, ein bisschen wie nicht von dieser Welt – mein Starren, meine ich.

Um ihre Augen kräuseln sich kleine Lachfältchen, die ihr Gesicht ganz weich werden lassen, zumindest aus der Nähe betrachtet. Von Weitem und aus einem ungünstigen Winkel sieht sie nämlich ganz schön saukalt aus. Unnahbar und so, als würde ihr keine noch so aggressive Stechfliege freiwillig etwas antun, auch dann nicht, wenn weit und breit keine andere Nahrungsquelle vorhanden wäre.

Die Kerzenflamme ist deutlich kleiner geworden und das Licht dementsprechend schummriger. Schummriger ist es auch in meinem Kopf, weil über die Hälfte von meinem Bier schon dort drinnen umherwabert – warm und schwerelos.

»Echt nicht? Du siehst ein bisschen so aus.« Als Mira grinst, blitzt ein kleines Piercing über den oberen Schneidezähnen auf.

»Hey, hat das wehgetan?« Ob es wohl plump klingt, wenn ich so dilettantisch vom Thema abkomme?

Ja, ja und ja. Die imaginären Freunde in meinem Kopf nicken mir zu. Nicht dass ich welche habe, aber hätte ich welche, würden sie es tun.

»Pffft!« Mira seufzt und beugt sich ein Stückchen weiter zu mir herüber: »Ich nehme an, du meinst das Piercing in meinem Mund. Nein, an dieser Stelle nicht sonderlich. Da gibt es Regionen, wo es wirklich weitaus mehr schmerzt, glaube mir! Manchmal vergesse ich ganz, dass ich eins drin hab.«

Wirklich schelmisch ist dieses Grinsen, denke ich und merke, wie ich schon wieder den Mund zu weit offen habe, was meinen Gesichtsausdruck nicht unbedingt schlauer macht. Ich wage gar nicht, weiter darüber nachzudenken, welche anderen Regionen sie meinen könnte.

Uiuiui!

Krachend fällt eine Hand auf meine Schulter und ich bin so in die Piercingfrage vertieft, dass ich fürchterlich erschrecke und beinahe den Rest meines Bieres über Miras Wachsentchensammlung verteilt hätte.

»Hey, Lana, die spielen hier ein Lied von *Sisters of Mercy* nach dem anderen und du bist nicht mal in der Nähe der Tanzfläche! Ich denke, Jon würde zur Abwechslung auch mal ganz gerne mit dir tanzen, weil mir so langsam die Puste ausgeht!«

Tabeas Klavierhand zappelt nervös auf meiner Schulter. Ein Strahlen leuchtet in ihrem ganzen Gesicht, während Jon hinter ihr nur müde nickt. Ich hoffe, ich bilde mir das kleine, leise Lächeln in seinen Mundwinkeln nicht nur ein und er ist endlich nicht mehr sauer auf mich.

Warum eigentlich zur Hölle auch nicht?

»Hi, ich habe euch gar nicht gesehen!« Meine Güte, ich habe sie wirklich nicht gesehen, obwohl ich mir vor einer Viertelstunde noch nichts sehnlicher gewünscht hätte, als mindestens einen der beiden hier zu finden, einfach weil ich ja nun wirklich gar kein Date habe. Überhaupt gar nicht – obwohl ein Außenstehender in diesem Moment vielleicht denken könnte, Mira und ich hätten eins. Albern, also echt!

»Hi!« Mira nickt Tabea und Jon zu, den sie tatsächlich sogar erkannt zu haben scheint. »Ich wollte auch gerade tanzen gehen.« In einem Zug stürzt sie den Rest ihres Bieres hinunter und das von Felix gleich noch hinterher. Nur Jessicas trägt sie wie einen heiligen Gral vor sich her an den dicht an dicht stehenden Tischen und meinen beiden ziemlich perplexen Freunden vorbei.

»Du liebe Zeit, ist die riesig! Im ersten Moment habe ich gedacht, das wäre ein Typ.« Tabea hakt sich bei mir unter und zieht mich ohne lange zu zögern hinter sich her.

Ich auch, ich auch, aber das sage ich ja nicht, sondern zucke nur gleichgültig die Schultern.

»Na, los, *let's go*!« Während Tabea mich energisch auf die Tanzfläche zerrt, dackelt Jon gelangweilt hinter uns her.

»Darf ich bitten?« Aus heiterem Himmel drehe ich mich zu ihm um. Einer muss ja den ersten Schritt machen – und er tut es, den ersten Tanzschritt zumindest. Mit jedem weiteren Schritt fühle ich mich sicherer, sogar ein wenig geborgen, wenn ich die Augen geschlossen halte.

So manch einer wird sich vielleicht fragen, wie *Sisters of Mercy* und Paartanz zusammenpassen. Keine Sorge, das passt wie die Faust aufs Auge. Man muss sich nur trauen.

Mira traut sich auch, denn die hat Felix ohne groß zu schnacken abgelöst und wirbelt jetzt mit Jessica über das Parkett. Natürlich ist es nicht wirklich Parkett, sondern ein ziemlich versiffter Plastikfußboden, aber das sagt man ja so.

In meiner Leber oder meinem Magen oder was auch immer sich da vorne in meinem Bauch befindet – in Biologie bin ich noch nie besonders gut gewesen – gibt es einen fiesen Stich, als ich das Leuchten in ihrer beider Augen sehe. Und ich denke für einen kurzen Moment: Gott, wie peinlich, wenn ich hier und jetzt einen Blinddarmdurchbruch hätte und wer wischt eigentlich die Sauerei weg?

Mein Blick streift Jon, der mich sanft anlächelt, ohne dass er dabei den Mund verzieht. So tanzen wir leicht betreten zu der nächsten Musik. Mittlerweile spielen sie die *Toten Hosen* und auch ich würde nie zum FC Bayern München gehen.

Felix wahrscheinlich auch nicht, denn der trippelt nur ziemlich lustlos am Rand der Tanzfläche vor sich hin, abgestellt, um Jessicas Bier zu halten, von dem er heimlich kleine Schlucke nippt, während er mir ab und zu diese Blicke zuwirft. Diese Blicke, die ich nicht so richtig deuten kann, mit hängenden Mundwinkeln, durch die sich ein verhuschtes, trostloses Lächeln winden möchte.

Als Tabea ihn zum Tanzen auffordert, schüttelt er nur den Kopf. Zumindest vermute ich, dass sie ihn zum Tanzen aufgefordert hat, denn hätte sie ihm hunderttausend Euro schenken wollen, hätte er bestimmt genickt.

»Hey, tut mir leid, dass wir heute meinetwegen zu spät zur Schule gekommen sind und dass der Milder dich deshalb so traktiert hat«, versuche ich ein Friedensangebot im Schreikampf gegen Campino.

»Ist schon okay. Das konnte ja keiner ahnen«, murmelt Jon in mein Haar mit einer Stimme kurz vor dem Niesen oder so. Flauschig fühlt sich das an, obwohl ich nicht sicher bin, ob es das sollte.

»Ich habe mir etwas überlegt«, tröte ich in sein Ohr, das sich ungefähr auf der Höhe meines Mundes befindet. Schritt, Schritt, *tap*. »Wir besorgen dir Nachhilfestunden. Wir schmeißen einfach zusammen und dann kann der Milder dich mal kreuzweise! Und mich auch!«

»Hey, habe ich da gerade was von Nachhilfestunden gehört?« Wie aus dem Nichts steht Felix neben uns, ja, beinahe zwischen uns und bittet um einen Tanzpartnerwechsel. »Brauchst du etwa Nachhilfe?«

Ich will eigentlich nicht, fühle mich aber ein bisschen schuldig, weil ich ja schließlich auch irgendwie mit ihm hergekommen bin, und nicke zum Tanz – hoffentlich nicht allzu genervt –, während ich Jon einen entschuldigenden Blick zuwerfe.

Der schaut mir nach wie ein Hündchen, ein beleidigtes Hündchen, aber nur für einen kurzen Moment, bevor er ziemlich entschlossen Tabea über die Tanzfläche wirbelt, als wöge sie weniger als Staub. Feenstaub, bring uns Glück!

»In welchem Fach brauchst du denn Nachhilfe?« Felix beugt sich gefährlich nah zu mir hinunter, so dass mich seine langen Haare in der Nase und im Nacken kitzeln. Beinahe hätte ich laut losgelacht. Eigentlich stehe ich nicht so auf lange Haare, da können die noch so toll gebürstet sein!

»Nicht ich!« Langsam, unendlich langsam setzen wir uns in

Bewegung und ich denke für einen kurzen, gehässigen Moment, vielleicht sollte der doch lieber zum FC Bayern München gehen. »Jon braucht Nachhilfe in Mathe. Ziemlich dringend. Kennst du da wen?«

»Jon Bon Jovi? Haha, kleiner Scherz!« Verlegen zuckt Felix, der so heißt wie Katzenfutter – haha, kleiner Scherz! –, die Achseln, als er die bösen Blitze aus meinen zusammengekniffenen Augen erblickt.

Zisch! Es blitzt schon wieder.

Miras Po streift für eine Millisekunde meinen Rücken, weil es mittlerweile ganz schön voll geworden ist, und ich fühle eine tiefe dunkle Röte in meinem Gesicht. Und die kommt definitiv nicht von der Anstrengung, denn wir stehen ja fast.

»Klar kenne ich da wen. Voilà, mich selber! – Ich könnte ja euch beiden Nachhilfestunden geben, natürlich zu einem ganz günstigen Preis, wenn du möchtest.« Mister Katzenfutter hält mich an den ausgestreckten Armen von sich weg und mustert mich, während ich zögerlich nicke.

Ganz wohl ist mir nicht dabei, aber es nützt ja nichts, und zugegebenermaßen können wir es wirklich dringend gebrauchen.

»Meinetwegen können wir gleich morgen anfangen!« Felix klingt richtig begeistert und grinst ein bisschen verrückt.

»Okay!« Als ich Jon wegen der krassen Neuigkeiten zu mir herüberwinken möchte, kann ich ihn nirgendwo erblicken, obwohl ich den Tresen mit den Augen absuche. Keine Tabea und kein Jon sind zu sehen – und die Stelle an meinem Rücken prickelt und brennt immer noch wie Feuer.

»Also morgen, passt dir das?« Seine Arme halten mich immer noch fest, fest von sich weg, während Mira und Jessica schon wieder gefährlich nah an uns vorbeizuckeln. Lady Gaga verzieht ihr *Pokerface* nur widerwillig. Warum eigentlich *ich*?

»*Wir* können morgen vielleicht. Das kann ich aber noch nicht ganz genau sagen, weil ich erstmal mit Jon reden muss.

Ob der Zeit hat und alles ...« Vorsichtig versuche ich einen Schritt rückwärts, aber weil wir ja tanzen, folgen seine langen Arme und der ganze Körper natürlich nach und schieben mich rückwärts – direkt in Miras Arme.

»Hey, wo hast du nur deine Augen?« Jessica lacht, wirft einen schelmischen Seitenblick in Felix' Richtung und zieht Mira wieder dichter an sich heran. Sehr dicht, wie ich finde. Meine Güte, die haben sich doch gerade erst kennengelernt. Und eigentlich ist Jessica doch *meine* Freundin! Ich sollte wohl mal mit ihr tanzen, lachen und ein bisschen quatschen, damit die nicht mehr denkt, ich hätte ein Date.

Klatsch doch ab, versuche ich mich selber zu überreden, aber ich weiß genau, dass ich mich das niemals trauen würde. Schon allein deshalb nicht, weil ich dann länger als eine Millisekunde in Miras stahlblaue Lachfältchenaugen blicken müsste.

Schon aus einer Entfernung von drei Metern jagt mir eine zentimeterdicke Gänsehaut sämtliche Hautflächen herunter, wenn ihr Blick durch Zufall meinen trifft.

Jessica wird heute bestimmt von keinem Typen angequatscht, denke ich ein bisschen schadenfroh, weil alle Mira für ihren Macker halten.

In dem Moment merke ich, dass ich ziemlich sauer bin. Warum, das weiß ich selber nicht so genau. Diffus zieht sich ein absolut ätzendes Gefühl durch meinen ganzen Körper – zugegeben außer über die Stelle an meinem Rücken, die immer und immer noch warm und wohlig vor sich hinbrennt. Fast schon zu heiß!

Wie kann das denn nur sein, dass die sich heute erst zufällig in irgendeiner abgewrackten WG kennengelernt haben und jetzt schon so dicke sind?

Ich kenne Jessica nun schon fast ein Jahr. Was ist denn ein ganzes Jahr gegen einen blöden Tag? Wer zur Hölle ist eigentlich diese Mira, dass ihr die Leute so aus der Hand fressen? Verdammt!

Und wohin haben sich in Gottes Namen eigentlich Jon und Tabea verkrümelt? Ohne Tschüß zu sagen! Das ist doch keine Art! Ich könnte echt laut fluchen! Aber ich lasse es lieber, straffe die Schultern und löse mich aus Felix' irre langen Armen.

»Boah, ist mir heiß! Muss mal 'n bisschen frische Luft schnappen!« Hektisch greife ich meine Jacke von einem der Stühle neben der Tanzfläche und hetze zur Tür, ohne mich noch einmal umzudrehen. Das fällt mir ganz schön schwer, muss ich sagen, weil ich exakt an der warmen Stelle meines Rückens kurz über dem Po das sichere Gefühl habe, dass mir irgendwer hinterherstarrt. Und selbst wenn ich unter Eid vor Gericht stünde, würde ich behaupten, das das kein Kerl ist, der mir da nachstarrt mit seinen stahlblauen Augen.

Ich weiß es einfach absolut sicher, ja schlimmer noch, wünsche es mir fast, während ich all meine Kraft aufwenden muss, um nicht nach hinten zu blicken, nur *ja* nicht nach hinten zu blicken!

Draußen lehne ich mich hart an die Mauer und atme tief durch. Trotz der klirrenden, feuchten Kälte der Wand spüre ich das Brennen in meinem Rücken immer noch, während die Kirchturmuhr halb elf schlägt.

»Ach, du liebe Güte, wie schnell die Zeit vergangen ist!« Felix lehnt sich plötzlich neben mich an die Mauer, nicht ohne diese zuvor auf Schmutz und Staub überprüft zu haben. Bestimmt will der sich nicht seine sauteure Jacke ruinieren. Mist, den hätte ich ja fast vergessen!

Ich bin wirklich eine Idiotin, weil hier neben mir ein ziemlich passabler Typ steht, den ich wie Luft behandele, und zwar zu allem Überfluss, weil irgendeine doofe Pute, die für meinen Vater arbeitet, in meinem bierumwaberten Gehirn Amok läuft.

Reiß dich zusammen, beschwöre ich mich selber. Vielleicht bin ich einfach übermüdet. Und atme langsam aus.

»Soll ich dich nach Hause bringen? Zufällig habe ich nämlich denselben Weg.« Beinahe behutsam legt Felix seinen Arm um mich, so nah, dass ich Axe-Alaska deutlich mit jeder Pore meiner Nase riechen kann.

»Ja, klar!« Beherzt bemühe ich mich um ein Lächeln und bin für einen Moment sogar ziemlich froh, dass er seinen Arm um mich gelegt hat, weil es nämlich wirklich sehr kalt ist hier draußen und das mit meiner inneren Hitzewelle ja nur eine billige Ausrede gewesen ist.

Vor meiner Wohnungstür – wohlgemerkt meiner, nicht seiner, ganz Gentleman eben – wartet er artig bis ich aufgeschlossen habe.

Ich kann nur hoffen, dass Felix nun nicht noch mit hineinkommen möchte, weshalb ich dem gleich einen kleinen Riegel vorschiebe: »Pssst, Papa schläft schon!« Obwohl er ja gar nichts weiter gesagt hat! Und auch sonst nichts!

Mensch, Lana, reiß dich zusammen, der Kerl steht auf dich und ist weiß Gott keiner von den schlechten, ermahne ich mich im Sekundentakt, während mein Schlüssel fahrig im Loch scheppert.

»Klingel doch einfach morgen bei mir!« Felix beugt sich ein klein wenig zu mir herunter und kitzelt mit seinem dichten Haar meine Wange. »Wegen der Nachhilfestunden meine ich! So gegen sechs?«

»Mach ich«, flüstere ich übertrieben leise, stelle mich auf Zehenspitzen und drücke ihm einen verrutschten, viel zu harten Kuss auf den Mund. Seine Lippen schmecken nach Zimt, aber das merke ich erst, als ich die Tür schon krachend hinter mir ins Schloss habe fallen lassen.

Wenn Papa wirklich bereits geschlafen haben sollte, dann ist er jetzt auf jeden Fall wach! Aber wie es aussieht, ist der noch gar nicht aus dem Restaurant zurück.

Meine neu erworbenen Zimtschneckenlippen pressen sich zu einem schmalen Strich zusammen – und irgendwie habe ich das Gefühl, einen Fehler gemacht zu haben, während ich mir die Zähne putze und in mein kühles, weiches Bett krieche.

Wenn ich jetzt über meinen Mund lecke, schmecke ich Zahnpasta.

Diese bestimmte Stelle an meinem Rücken prickelt immer noch leicht, als ich daran denke, wie furchtbar kalt es jetzt sein muss, in einem Fiat Panda zu schlafen.

Kapitel sechs

Mira

Mein Kopf, mein Kopf, mein Kopf!

Hat sich auch schon mal besser angefühlt, lebendiger.

Mit einem leichten Würgereiz quäle ich mich unter der Decke hervor. Hey, Moment mal, warum eigentlich eine Decke? Und wo ist mein Schlafsack? Und wem gehören die Beine neben mir, die definitiv nicht meine sind?

Zwei oder drei Sekunden brauche ich, um mich zu berappeln. Sie ziehen mir wie ein Urknall nach dem anderen im Takt meines Herzschlages durch den wehen Magen. Herrje, das war eine lange Nacht, würde ich sagen, aber ich habe mich so gut amüsiert wie schon lange nicht mehr.

Zum Schluss sind sogar schon die Lichter der Kneipe angegangen – und meine aus. Tanzen und alles vergessen ist eine Medizin, die es nicht von Ratiopharm gibt.

Gute Reise, Kopfschmerzen. Gute Besserung.

Jessica dreht sich auf die andere Seite und schnarcht leise im Schlaf. Neben der etwas verranzten Schlafcouch dieser WG-Küche steht ein Heizlüfter und bläst auf Hochtouren brüllend heiße Luft direkt in unsere Gesichter. Das erklärt wohl auch diese gigantischen Kopfschmerzen. Heiße Luft bin ich selber ja nicht mehr so gewohnt nach den ganzen Nächten in meinem abgewrackten Auto.

Ein Sofa in der Küche ist keine schlechte Idee, eigentlich – und die beiden Typen sind auch total nett gewesen. Das macht ja nicht jeder, zwei Mädels mitten in der Nacht in die Bude lassen, obwohl die bestimmt schon lange geschlafen haben.

Leise suche ich meine Klamotten neben dem Bett zusammen und tapse ins Bad. Zum Glück habe ich mir gemerkt, wo das ist und dackele nicht direkt in deren Schlafzimmer. Das könnte echt saupeinlich sein.

Das kalte Wasser prasselt behaglich auf meine müde Schlafhaut und ich muss automatisch an Lana denken. Für einen kurzen Moment nur, ein kleiner Blitz zwischen meinen Augen, ein listiger Gedanke, ohne dass ich weiß, warum.

Und dann fällt mein Blick auf die winzige Digitaluhr über dem Badezimmerspiegel und mir die Kinnlade herunter. Du liebe Güte, schon halb neun! Verpennt. Mist, ich habe tatsächlich verschlafen!

Hektisch über meine eigenen Füße stolpernd, zwänge ich mich in die Klamotten, reiße die Tür auf und stoße mit einem nackten Jungen zusammen. Nicht nur halbnackt oder so ist der, nein, sondern absolut splitterfasernackt. Und er scheint sich nicht mal einen Fatz zu genieren.

»Hey, gut geschlafen?« Mit beiden Händen fährt er sich durch das blondgelockte Haar und gähnt ausgedehnt. Ein nackter Weihnachtsengel, schießt es mir durch den Kopf.

»Ihr wart ja letzte Nacht noch ganz schön spät unterwegs.«

»Mhhh. Spät, ja ...« Ich starre wie paralysiert in seine strahlendblauen Augen, dort erscheint er mir noch am angezogensten.

»Sorry, ich glaube, wir haben uns gestern gar nicht bekannt gemacht. Ich bin Benny.« Er reicht mir mit einem sonnigen Lächeln die Hand – die Hand, die bis eben ziemlich nah an seinem Ding da unten gehangen hat.

Also, es ist nicht so, dass ich verklemmt bin oder so, aber mein Kopf ist glühendheiß, weil ich äußerst selten in solch einer Situation bin – Auge in Auge mit einem fremden, nackten Mann.

»Mira!« Wie eine Leuchtboje fühle ich mich und greife betont lässig nach seiner Rechten.

»Tag, Mira. Möchtest du Kaffee?« Benny streift sich zu meiner großen Erleichterung einen rosa Bademantel über.

Rosa steht ihm wirklich gut, denke ich amüsiert.

»Danke, aber ich bin spät dran. Hab' ziemlich verpennt und komme bestimmt schon eine halbe Stunde zu spät zur Arbeit.« Der Reißverschluss meiner Jeans klemmt irgendwie. Wie lustig wäre es jetzt, wenn ich ihn um Hilfe bäte. Und wie absurd ist die vermutliche Eindeutigkeit der Situation!

»Oh, Shit, tut mir leid, ich hätte euch einen Wecker hinstellen sollen. Karim muss auch in einer halben Stunde los. Vielleicht kann der dich ein Stückchen mitnehmen ...«

Wie auf Kommando erscheint ein zweiter nackter Junge so um die zwanzig in der Badezimmertür und grinst mich schlaftrunken an. Karim und Benny, ja richtig, und an den zweiten hier kann ich mich auch noch ziemlich gut erinnern. Letzte Nacht hatte der aber noch ein Höschen an. Hellbraune Retroboxer, wenn ich mich nicht irre. Solche trage ich selber ziemlich gerne.

»Moin!« Karim drückt Benny einen verhuschten Kuss auf die Lippen, ja direkt auf die Lippen, und für einen klitzekleinen Moment glüht mein Gesicht noch tiefer: »Klar, kann ich dich mitnehmen. Wo musst du denn hin?«

»Nur zum Goldenen Hirsch. Passt schon, wenn ich zu Fuß gehe. Ist gleich hier in der Nähe, keine zwanzig Minuten, denke ich.« Ich denke das eigentlich gar nicht, weil ich im Grunde genommen keinen blassen Schimmer habe, wo genau ich hier bin.

Aber zu Fuß vom Moskito hierher sind es sogar weniger als

zehn Minuten gewesen und von dort wiederum zum Restaurant so zirka zwölf. Und dort steht auch meine Karre, weswegen ich also nicht dorthin fahren könnte.

»Du bist nicht von hier, oder?«

Karim, bitte zieh dir etwas an.

Meine Güte, wie schwer muss das für Männer sein, einer Frau nicht andauernd ins Dekolleté zu starren, wenn ich schon solche Schwierigkeiten habe, nicht auf dieses Ding dort unten zu schauen! Dabei finde ich diese Teile noch gar nicht mal übermäßig hübsch. Sie sind halt einfach da, gehören dazu, was weiß ich?

»Warum?« Irgendwie schaffe ich es, mich an den beiden Jungen vorbei durch den Türrahmen zu drücken, als wäre nichts Besonderes, worauf Karim behände unter die Dusche klettert.

»Weil der Goldene Hirsch genau eine Seitenstraße von hier entfernt liegt. Sprich zwei Minuten und keine zwanzig.« Karim schiebt seinen dunklen Lockenkopf feixend aus der Dusche, ohne darauf zu achten, dass er damit eine Überschwemmung auf dem Boden auslöst. »Und das kann entweder nur bedeuten, dass du dich in dieser Stadt kein Stück auskennst oder aber, dass du gestern absolut hackedicht gewesen bist. Ging aber noch, fand ich. Deshalb ist die erste Variante plausibler.«

»Stimmt! Ich bin erst seit einer Woche hier und heute Abend entscheidet es sich, ob ich eine Wohnung bekomme.« Zapp! Endlich ist der störrische Reißverschluss oben. Das wurde ja auch langsam mal Zeit. »Ich komme eigentlich aus dem Ruhrpott. – Oh Mann, oh Mann, oh Mann, verdammt, vergeht die Zeit heute schnell!« Viertel nach neun, ich raufe mir die Haare. Um neun hätte ich spätestens über den Kartoffeln stehen müssen.

»Oha, ziemlich weit. Jessica pennt noch?« Benny zupft sich vor dem Spiegel ganz ungeniert die Augenbrauen und das sieht überhaupt gar nicht ungewöhnlich aus. Ein ziemlich hübscher Bengel ist das.

»Eben hat sie noch geschnarcht. Sagt ihr ’nen lieben Gruß von mir. Ich rufe an!« Hastig schaufele ich meine Arme in die wirren Jackenärmel.

»Aber echt, hoffe ich!« Bennys Augen blicken ernst – spiegelverkehrt.

»Klar, warum sollte ich nicht?« Meine Beine zittern ein wenig, als ich mich in die Stiefel zwänge.

»Ich meine ja nur!« Benny schaut mit großen Augen, immer noch ernst und spiegelverkehrt. »Erst rechts und dann die nächste wieder links. Zum Goldenen Hirsch, meine ich. Der Vater einer Bekannten arbeitet dort. Gutes Essen, echt! Schönen Tag dir ... Und ruf bloß an, weil ... weißt du, so einen Zirkus mit *sich nicht mehr melden*, das kann Jessi ehrlich gesagt nicht schon wieder brauchen ...«

Müde und zerstreut nicke ich. Das muss man nicht verstehen, oder?

Ich hatte nie vorgehabt, mich einfach nicht mehr zu melden, zumal ich glaube, dass wir so etwas wie Freunde werden könnten.

Draußen peitscht mir schon wieder der Regen wie aus Kübeln ins Gesicht, während ich meine Lederjacke fluchend über den Kopf ziehe.

Ich schätze, die Leute hatten Recht, als sie sagten, im hohen Norden sei immer Sauwetter. Fast wäre ich über den Kantstein gestolpert, weil diese dicken Bindfäden, die vom Himmel fallen, mir beinahe die Sicht rauben.

Verflucht, jetzt komme ich schon nach einer Woche zu spät zur Arbeit! Dabei ist der Job so ziemlich alles, was ich habe. Mal abgesehen von meiner Karre, deren grelles Gelb mir schon von Weitem entgegenleuchtet.

Und den Regen in meinen Klamotten, den habe ich natürlich auch, würde ich behaupten, wäre ich einer dieser verrückten Optimisten. Verrückt!

Wild schlägt mir das Herz in der Brust, als ich die bimmelnde Tür des Goldenen Hirsches öffne, der Dinge harrend, die da kommen mögen. Vielleicht wird es der Megaanschiss meines Lebens? Vielleicht auch gleich der Weltuntergang? Ich denke nicht. Letzteres ja wohl nicht, also *stay cool*.

»Guten Morgen, du musst Mira sein.« Hinter dem Tresen lächelt mir eine mittelalte, blondgelockte Frau entgegen. »Ich bin Bettina, Tresenkraft und Bedienung, Einkäuferin und Reinigungskraft in einem. Multitalent ist mein zweiter Vorname. Klaus ist noch nicht da.«

Wie alt ist eigentlich mittelalt? Ich schätze so um die vierzig und eher nicht wie aus dem Mittelalter.

Gekonnt trocknet sie in einem Affenzahn die Gläser. Was habe ich mir dabei für einen abgerissen, wenn ich das mal machen musste! Und ironisch ist sie, ohne überheblich zu sein, das gefällt mir.

Klaus ist nicht da? Ich staune, ehe ich ein gehetztes »Tut mir leid« durch die halbgefrorenen Lippen presse.

»Was tut dir leid?« Ihre Locken springen auf und ab wie kleine Artisten, wenn sie den Kopf bewegt, und jetzt erinnere ich mich an ihren Namen. Klar, Bettina, die arbeitet hier und hat gerade eine Woche Urlaub in Dänemark hinter sich.

Na, ob da das Wetter besser war?

»Dass ich zu spät bin, meine ich.« Fröstelnd schäle ich mich aus der klammen Jacke. Ich werde demnächst eine wärmere brauchen, das weiß ich ziemlich sicher, es sei denn, ich wandere in die Tropen aus.

»Tag erst mal. Kaffee? Du wirst sicher deine Gründe haben. Außerdem sind es ja nur ein paar Minuten. Und solange das nicht öfter vorkommt, brauchst du keinen Schiss zu haben, dass ich dich verpetze!« Die Kaffeemaschine zischt empört, als Bettina die Kanne darunter herauszieht, bevor das dunkle Gebräu ganz durchgelaufen ist. »Kannst die Viertelstunde ja bei Gelegenheit mal hinten dranhängen, wenn ich eher gehen möchte … Und nun setz dich und trink. Du siehst scheußlich aus.«

»Danke!« Gott, tut das gut. Ich habe das Gefühl, meine Lebensgeister erwachen langsam wieder.

»Du kannst dir ruhig Zeit lassen. Die Kartoffeln warten da drinnen auf dich. Keine Sorge, es wäre das erste Mal, dass die weglaufen.« Ihr Grinsen ist einfach bezaubernd und so langsam beginne ich, mich wohlzufühlen.

»Warst wohl gestern tanzen, was?«

»Ja.« Ertappt verschlucke ich irgendetwas Pelziges auf meiner Zunge. Natürlich ist da gar nichts, aber es fühlt sich wirklich so an. Ein Fremdkörper in meinem Mund.

Passend dazu geht genau in diesem Moment auch noch die Tür auf, mit dem Ergebnis, dass ich mich fürchterlich erschrecke und aus dem Husten gar nicht mehr herauskomme.

»Hallo, ist Papa da?« Die Stimme kenne ich – definitiv.

»Hallo, Lana. Mensch, du wirst ja mit jedem Mal hübscher, wenn ich dich sehe! Willste auch 'nen Kaffee?«

Bettina hat eine laute, ruhige Stimme, mit der sie sogar problemlos gegen meinen Hustenanfall ankommt.

»Klar, gerne. Ist Papa gerade noch einkaufen gegangen?« Lana setzt sich nicht direkt auf den freien Platz neben mir, sondern lässt vorsichtshalber einen dazwischen aus, ohne mich großartig zu beachten.

Zicke eben, denke ich genervt und huste ein weiteres Stück meiner Seele auf den Tresen.

»Nee, du, da muss ich dich enttäuschen, weil der gestern schon eingekauft hat. Falls du mitwolltest, meine ich. Der kommt heute erst um elf!«

Es ist ein Wunder, dass die noch gar keine Spülhände hat.

Hust, hust, ich krieg's einfach nicht in den Griff und der Kaffee ist noch zu heiß, um ihn in einem Zug hinunterzustürzen und sich sang- und klanglos zu verpieseln.

»Komisch, ich hätte gedacht, dass der längst hier sein müsste. Zu Hause ist er nämlich auch nicht gewesen.« Lana blickt sich misstrauisch im Raum um, so als könne ihr Vater sich irgendwo zwischen den Biergläsern versteckt haben. Kleine einen Meter und achtzig Zentimeter, die er groß ist.

Ich huste schon in meine Jacke, um den Schall zu dämmen.

»Gesundheit!« Ihre Augen treffen meine tränenden völlig unvorbereitet, während mir von irgendwoher ein unsichtbares Pferd in den Magen tritt.

Und das wirkt jetzt aber. Den Tritt meine ich. Mein Husten hört auf, dafür aber auch mein Atem für einige Sekunden. Vielleicht setzt sogar mein Herz aus, das kann ich nicht genau sagen, weil ich alle Hände voll damit zu tun habe, den listigen Pferdetritten auszuweichen.

»Danke«, brummele ich und stürze den Kaffee nun doch wider besseren Wissens in einem Zug hinunter, um mich mühsam und mit offensichtlich hochrotem Kopf – meine Birne spiegelt sich hinten in der Gläserwand – vom Barhocker zu erheben. Mein Rachen brennt wie Feuer. Feuerschluckermira.

»Lange Nacht gehabt?« Lana nippt vorsichtig am Kaffee.

»Mhhh!« Stetig versuche ich, rückwärts zu entwischen. »Du auch?«

»Nö, war schon kurz nach zehn zu Hause. Aber mal ehrlich, du hast Augenringe, die tiefer sind als der Bodensee!«

Lanas schlanke Finger schließen sich grazil um die Tasse. Ich weiß, das klingt albern, ist aber so. Und für einen Moment kann ich mich kaum rühren und starre wie blöde darauf.

Sie trägt keinen Ring, also ist sie nicht verheiratet.

Aber wer ist mit sechzehn oder siebzehn auch schon verheiratet – und wen zur Hölle interessiert das überhaupt?

»Muss ja nichts heißen. Dass du um zehn zu Hause warst, meine ich. Vielleicht warst du ja nicht allein.«

Mist, warum lassen meine doofen Lippen so einen Bullshit heraus? Eine rein rhetorische Frage natürlich.

»Pffft. Was willst du denn?«

Zicke, sage ich ja.

»Ich war sogar *ganz* allein, nachdem mich Felix nach Hause gebracht hat. Weil ich mittlerweile nämlich glaube, dass Papa heute Nacht gar nicht erst heimgekommen ist. Weißt du da was? – Und eins will ich dir noch sagen: Würde ich mir nicht mittlerweile ein kleines bisschen Sorgen machen, würde ich jetzt gar nicht mehr mit dir sprechen!« Punkt und Ausrufezeichen.

Zicke, Zicke, Zicke, aber irgendwie weiß ich gerade ziemlich sicher, dass es die Lage drastisch verschlechtern würde, wenn das Z-Wort meiner Mundhöhle entweicht.

Wir müssen aussehen wie ein altes, zauderndes Ehepaar, so wie wir dastehen, die Arme auf den Tresen gestützt, während unsere Augen sich wütend anfunkeln.

Felix? Was will diese Frau bloß von *der* Nullnummer? Eine Alarmglocke schrillt in meinem Kopf. Nur ja kein böses Wort verlieren, sonst rutscht die Stimmung hier immer weiter in den Keller. Zum Glück tritt das unsichtbare Pferd gerade wieder zu und verhindert so Schlimmeres.

»Ich weiß nichts!« Und das stimmt aufs Wort.

»Ihr habt doch gestern Abend zusammen gearbeitet, hat der denn da vielleicht irgendetwas gesagt?« Lana sieht verzweifelt aus. Ich glaube, die steigert sich in irgendetwas hinein. Verzweifelt, verdrossen … und *schön*.

»Nö, aber er ist ja auch nur mein Boss, weißt du. Vielleicht hat der ja eine Loverin oder so …« Meine Kopfhaut juckt unangenehm, genau an der Stelle unter meinem heute recht schlappen Iro, auf die sie gedankenverloren starrt. Vielleicht hätte ich mir doch die Haare machen sollen, denn jetzt fühle ich mich ziemlich nackt.

»Pffft, das glaube ich nicht! Die hätte er mir doch längst vorgestellt. Außerdem hat er nur Mama geliebt, das weiß ich!« Lanas Haar schleudert mir wild und sanft durchs Gesicht, als sie wütend den Kopf zur Seite reißt. Es riecht nach Aprikosen, tatsächlich nach Aprikosen. Wie frisch aus einem südländischen Garten, nicht so lasch wie diese aromatisierten Kindershampoos.

Ja, sie ist eine naive, kleine Zicke – mit wundervollem Haar. Ich schätze, so ziemlich jede Prinzessin wäre darauf neidisch, obwohl ich mich mit dem Thema bislang eher recht nachlässig beschäftigt habe.

Ich unterdrücke die Frage, wo die Mama denn jetzt ist, wenn er doch nur die liebt, weil das absolut fies wäre.

Bettina hat sich irgendwo nach hinten ins Lager verzogen und rumort zwischen Kisten und Kartons herum.

»Der wird schon auftauchen. Freu dich doch, dass du mal sturmfreie Bude hast!« Oder überhaupt eine Bude, denke ich mit einem genervten Blick auf mein Handy. Heute will der Vermieter sich melden, wenn das Zimmer von gestern ab jetzt meines ist. Natürlich hat er das bis jetzt noch nicht getan.

»Schon Viertel vor zehn. Puh! Ich muss Kartoffeln schälen!« Im Zeitlupentempo angele ich mir meine Jacke und wende mich Richtung Küchentür.

Im Gläserregal spiegelt sich mein lethargischer Körper mindestens fünfzig Mal unter- und übereinander. Sehr langsam schleichen meine tausend Spiegelbilder Richtung Küche.

»Ich kann dir helfen!«

Hat sie das wirklich gerade gesagt oder spielt mir mein Unterbewusstsein einen üblen Streich?

»Mhhh?« Das Pferd tritt mich mit voller Wucht. Vielleicht sollte ich heute Abend mal Magentropfen besorgen.

»Dir helfen. Beim Schälen, meine ich. Meine Güte, bist du taub?« Lanas Augen glühen für einen Moment wahnsinnig wütend. Vielleicht ist es keine gute Idee, ihr in der Stimmung ein Messer in die Hand zu drücken.

»Ja, kannst du. Aber nur, wenn du wirklich willst. Schließlich werde ich ja dafür bezahlt!« Meine Worte klingen extrem lahm. Lasch. Luschig. Kaugummiverklebt.

»Pffft, jetzt komm schon. Stellst du dich aber pissig an. Sei doch froh! Oder lass es!« Entrüstet stampft Lana in die Küche.

Das hätte ich ihr gar nicht zugetraut, dieses laute Stampfen, meine ich.

Bei jedem zweiten Schritt quietscht irgendetwas unter ihrem Schuh, ein beunruhigendes Geräusch wie eine zeternde Ratte.

Kapitel sieben

Lana

Das darf doch nicht wahr sein, wie angefressen die ist! Was kann ich denn dafür, wenn sie die halbe Nacht herumsumpft?

So ziemlich gar nichts, würde ich sagen und beantworte meine Frage damit selber. Schließlich *muss* ich das nicht tun, ihr bei den dämlichen Kartoffeln helfen.

Pffft!

Ich könnte platzen vor Wut, aber hauptsächlich über deren blöde Behauptung, Papa hätte eine Loverin. Das stimmt doch im Leben nicht!

Seit Mama vor sieben Jahren gestorben ist, hatte der keine Andere. Und das Allerallerschlimmste ist, dass ich selber langsam aufhöre, ihm das zu glauben. Mein lieber Herr Gesangsverein, ich könnte die Wände hochgehen …

Aber wo sollte er die denn bloß kennengelernt haben? Der Mann ist doch eigentlich immer nur hier im Restaurant.

Tja, Lana-Engelchen, und ins Restaurant kommen nun mal Menschen, von denen vermutlich in etwa die Hälfte Frauen sind, nörgelt eine gehässige Stimme in meinem Hinterkopf.

Engel und Teufel streiten sich um die Oberhand, während ich völlig entnervt und ziemlich grob eine misshandelte Kartoffel nach der anderen in den hohen Topf werfe, dass das Wasser nur so spritzt.

»Warum Papa bloß nie fertig geschälte Kartoffeln bestellt?« Ich merke selber, wie kindisch das klingt, weil ich ja schließlich von mir aus mit diesem Quatsch angefangen habe. – Schwamm drüber.

»Weil die einfach nicht schmecken!« Mira blickt amüsiert zu mir herüber. Sie steht ganz nah neben mir. So nah, dass ich sie geradezu riechen kann, herb und sanft zugleich – und irgendwie kartoffelig. »Du liebst wohl Streit?«

Genauso wie ich, aber das gebe ich ja nicht laut zu. »Pffft, eigentlich nicht.« Reflexartig wische ich Mira einen kleinen Fleck Kartoffelerde von der Hand, worauf sie kaum merklich einige Zentimeter zur Seite rutscht. »Eigentlich liebe ich die Harmonie.«

Mira grinst zweifelnd und die Luft um uns herum flirrt ein wenig.

Sie sieht mit ihrer fetzigen Lederjacke und dem hellblonden Iro nicht aus wie eine, die immer mit der Masse strömt und jedem Streit aus dem Weg geht, obwohl der Iro heute ziemlich zahm anliegt. Direkt über einem treuen Hundeblick, weil sie gerade einfach so wahnsinnig liebe Augen hat, lieb und müde.

»Warum bist du eigentlich weg aus Dortmund oder Düsseldorf oder wo auch immer du herkommst?« Kartoffeln schälen wirkt irgendwie meditativ und beruhigend, was ich nie für möglich gehalten hätte. Vielleicht macht es auch ein bisschen blöde, das weiß ich gerade nicht genau einzuschätzen.

»Mhhh, das ist eine lange Geschichte.«

Entweder bilde ich mir das ein oder sie rückt noch ein Stückchen weiter ab. Dabei habe ich mich gerade an ihren Geruch gewöhnt – und mag ihn sogar.

»Ich habe Zeit«, vor uns liegen noch zirka fünfundzwanzig Kilo Kartoffeln. Papas Spezialität sind nämlich Bratkartoffeln und selbstgemachte Stampfkartoffeln. Tausendmillionenmal besser als der Ramsch aus der Tüte. Ein deutliches Hungergefühl grummelt in meinem Magen.

»Mhhh.« Stures Aas! Und ich bin nicht gut darin, mich in Geduld zu üben. Jetzt nur nicht motzen, ermahne ich mich.

»Jetzt sei doch nicht so. Du musst es ja nicht erzählen, wenn du nicht willst. Ist halt ein bisschen öde, einfach so stumm vor sich hin zu schälen!« Meine Haut glüht wie Feuer, als wir zeitgleich nach ein und derselben Knolle greifen, obwohl unsere Hände von dem Wasser im Topf inzwischen schon eiskalt sind.

Das sind wohl die Hormone, denke ich. Wie soll das erst in den Wechseljahren werden? »Außerdem ... interessiert mich halt.«

»Wegen 'nem Typen.« Mira schaut aus dem Fenster, und diesmal ist es mir nicht egal, ob sie sich wegen geistiger Abwesenheit in den Finger schnippelt.

»Scheißtyp!« Ganz automatisch kommt es aus meinem Mund. Und ganz automatisch muss ich an Felix denken. Nicht dass der ein Scheißtyp ist, ziemlich nett ist der sogar mit den Nachhilfestunden und so.

»Mhhh.«

Mann, Mira, jetzt lass dir doch nicht jedes Wort aus dem Mund herausziehen! Sonst hole ich am Ende noch die Würstchenzange. Ich kichere vor mich hin.

»Was gibt's denn da zu lachen?« Mira geht in die Offensive. Offensichtlich, das ganze Gesicht hat sie mir zugewendet mit den lieben, lieben, wütenden Augen.

»Mensch, Frau, ich lache doch nicht über dich. Ich habe nur gerade daran gedacht, die Wurstzange von vorne zu holen wegen der Worte, die nicht von selber aus deinem Mund heraus wollen. Die Wörterwürstchenschlange irgendwo da in dir drinnen!« Einer meiner Finger tippt ihr versöhnlich auf den Bauch – der straff in ein hautenges Männerunterhemd gehüllt ist, das karierte Hemd hängt locker drüber. Es ist mein Friedensangebot und Mira nickt, lacht sogar ein wenig verhalten, den Blick in die Ferne gerichtet.

Vielleicht nach Düsseldorf oder Dortmund.

»Er war mein Boss in der Werkstatt. Und die Stadt heißt Düsseldorf, nicht Dortmund.« Vom Tresen her hört man ein leises Fluchen, wahrscheinlich weil Bettina ein Glas oder so etwas aus der Hand gerutscht ist. »Ich habe nämlich eine Ausbildung zur KFZ-Mechanikerin gemacht. Na ja zumindest bis zur zweiten Hälfte des dritten Lehrjahres.«

»Oh, Mann. Ist das überhaupt erlaubt? Ich meine zwischen Chef und Azubi? Und wegen dem hast du jetzt deine Lehre sausen lassen?« Ich fasse es nicht, die ist doch sonst so tough – und mein Hunger wird langsam so groß, dass ich kurz davor bin, eine Kartoffel roh zu verspeisen. Wo bleibt nur Papa? In einer halben Stunde geht das Mittagsgeschäft los.

»Tja, so kann man das auch sehen. Manchmal muss man eben Prioritäten setzen. Und ob man das darf? Ich nehme es an, schließlich bin ich volljährig gewesen. Wir haben das eigentlich nie an die große Glocke gehängt. Also, *ich* zumindest nicht. Außerdem hat das Ganze total schön angefangen, mit Schmetterlingen im Bauch und allem …«

Miras Augen zucken gefährlich, so dass ich uns beiden die Daumen drücke, dass sie nicht weinen muss. Ich bin nämlich nicht gut im Trösten von großen, starken, mysteriösen Mädchen. Der straffe Unterhemdbauch zuckt gefährlich.

»Schön war es dann zum Schluss aber wohl nicht mehr?« Ich könnte mir selber auf die Zunge beißen wegen meiner Taktlosigkeit. Wie kann ich nur so fies und ungehobelt sein? Ungehobelter als jeder Prolet. »Sorry!«

»Schon gut, du hast ja Recht. Als meine Eltern nach Spanien ausgewandert sind, bin ich dann zu ihm gezogen und das Elend nahm seinen Lauf!« Keine Träne rollt, dafür nimmt das Poltern hinter dem Tresen zu.

»Was ist passiert?« Ich muss automatisch an den Kuss gestern Abend denken, den ich Felix aufgedrückt habe und kann mir nicht vorstellen, mit ihm je zusammenzuwohnen. Bestimmt liegen überall lange Haare im Bad herum – wobei mich das bei meinen eigenen ja auch nicht stört.

»Puhhh! Wo soll ich anfangen? Stell dir vor, du kommst nach Hause und jemand anders liegt auf deiner Hälfte des Bettes, natürlich nicht allein. Auf der Hälfte, auf der du Nacht für Nacht seit einem halben Jahr friedlich geschlummert hast! Dein eigenes Bett ist plötzlich ein fremdes, keine Zuflucht mehr, kein Ort der Ruhe. Nur noch ein Bett, eins, in dem vor und auch nach dir noch viele, viele andere Mädchen und Frauen abratzen, erschöpft vom Liebesspiel ... Also das fühlt sich einfach nur eklig an. Und eiskalt im Herzen!« Mira redet sich in Rage, spuckt die Worte aus, fühlt und lebt die Vergangenheit mit tiefen Schatten unter den Augen. »Nicht dass sich der werte Herr dafür entschuldigt hat! Nicht dass es dafür überhaupt eine Entschuldigung geben könnte. Nur zwei Worte: *Verpiss dich*. Und jetzt stell dir vor: Die kamen von *ihm*! Ich konnte es gar nicht glauben und kann es manchmal jetzt noch nicht.«

»Krass! Du hast deinen Typen mit einer Anderen im Bett erwischt und der pfeift dich auch noch an?« Ich verfüge leider – oder besser gesagt Gott sei Dank – über keinerlei Erfahrungsschatz auf diesem Gebiet, aber ich stelle es mir absolut hammerhart vor.

»Ach, das war im Grunde nur der krönende Abschluss. Schon kurz nachdem ich eingezogen war, ist der immer wieder über Nacht weggewesen. Bei einem Kumpel, hat er gesagt. Dass der Kumpel zwei Brüste hat und mit ihm schläft, aber nicht. Und in der Werkstatt bin ich der Depp für alles gewesen, habe mich von vorn bis hinten scheuchen lassen. Ich habe anfangs geglaubt, das müsste so sein, und dass irgendwann alles gut wird. Wurde aber eher immer schlimmer! Meine Güte, wie ich mich jetzt dafür hasse, dass ich dieses Spektakel so lange mitgemacht habe! Liebe macht nicht nur blind, sondern auch ganz schön verzweifelt. Also, wenn ich dir einen gut gemeinten Rat geben darf, pass gut auf bei deinem Typen, sonst hat der dich in der Hand. Vom letzten Gehalt habe ich auch keinen einzigen Cent gesehen!« Mira schält so schnell wie nie zuvor, denn Wut ist ein guter Energiespender.

»Scheiße!« Das passt am besten, denke ich. »Und wie kommst du nun an deine Kohle?«

»Pffft, meine Kohle! Auf die kann ich verzichten. Frag mich mal lieber nach meinen Sachen!« Mira reibt sich die müden Augen trotz des Kartoffeldrecks an ihren Fingern. »Oder, nein, frag mich lieber nicht!«

»Okay.« Nur mühsam kann ich dem Drang widerstehen, ihr die Erde aus dem Gesicht zu reiben. Sie sieht mit diesen Rändern aus wie ein Waschbär. Niedlich! Komisch, aber niedlich.

»Sorry, keine Ahnung, warum ich dir das alles erzähle.« Der Waschbär beendet seine Sprechstunde.

Das Gepolter im Gastraum wird lauter, so dass ich vorsichtig durch das Bullauge luschere. Bettina stehen die Haare zu Berge, während sie einige Scherben vom Boden sammelt.

»Wahrscheinlich, weil ich dich gefragt habe.« Vorsichtig trete ich hinter Mira, die gedankenverloren aus dem Fenster schaut. Eigentlich kann sie von da aus gar nichts sehen außer den Füßen der Vorbeieilenden, weil das Fenster ein halbes Kellerfenster ist. Kopflose und körperlose Gestalten jedes Alters und jedes Geschlechts, zumindest zweierlei, schreiten vorbei. Sie tun das ohne große Eile, weil die Mittagspause der umliegenden Büros noch nicht angefangen hat.

Meine Hand wandert zögerlich auf Miras Schulter und berührt das Karohemd, ganz sanft. Trotzdem zuckt sie zurück. Ein menschenscheuer Waschbär halt!

Knochig fühlt sie sich an, diese Schulter, zugleich stark und weiblich. Ganz anders als Jons Schulter, wenn wir tanzen.

»Außerdem finde ich es gut. Dass du mir von dir erzählt hast, meine ich, nicht die Geschichte an sich.« Ich glaube, für Mira fühlt sich meine Hand an wie ein Fremdkörper. »Hey, du. Ich geh' mal da raus und helfe Bettina ein bisschen bei den Scherben.«

»Ja, klar, Scherben bringen Glück. Wirf für mich am besten noch welche hinterher!«

Beißende Ironie. Einen kleinen Kontrollblick werfe ich ihr noch zu, aber ihr Blick ist nun fremd und verschlossen.

»Und schau mal bitte in den Spiegel, bevor du in den Gastraum gehst ... du hast da Erde im Gesicht.«

Ich lasse meinen Zeigefinger in der Luft rund um meine Augen kreisen, was ein leises Flackern in Miras Augen erzeugt, weiter nichts. Ich denke, sie wäre jetzt wohl einfach gerne allein. Gehorsam lasse ich mich von meinem Taktgefühl hinaus in den Gastraum befördern.

»He, Bettina, schmeißt du schon aus Langeweile die ganzen Gläser kaputt?« Beherzt knie ich mich neben sie und sammele die großen Scherben nach und nach in meine hohle Hand, ernte aber nur ein müdes Grinsen.

»Nun mal mal den Teufel nicht an die Wand. Bisher sind's nur zwei. Und der Chef hat angerufen, dass er in einer Stunde hereinschaut und die Bücher abholt!«

Bettina ist eine Perfektionistin. Ich weiß genau, wie ihr der Allerwerteste auf Grundeis geht, wenn hier nicht alles blitzeblank ist.

Und das einen Tag nach ihrem Urlaub, in dem einiges liegengeblieben ist! Es poliert halt keiner so gründlich die Gläser wie Bettina. Und die Akten wahrscheinlich auch nicht.

»Wird schon schiefgehen!« Der Besitzer des Restaurants schaut nur etwa alle drei Wochen mal herein und hält ziemlich große Stücke auf meinen Vater. Aber Bettina hat trotzdem Schiss vor einem Anranzer von ganz oben.

Ich schätze außerdem, dass sie ein bisschen für den etwas

älteren Herrn Schirz schwärmt. Irgendwie schwärmt jeder für irgendwen. Und für wen schwärme ich?

Schnell werfe ich einen prüfenden Blick durch das Bullaugenfenster in die Küche. Mira hat sich das Gesicht gewaschen, sieht nun recht passabel aus und schält in einem Affenzahn die schmuddeligen Knollen.

Nicht nur passabel, ziemlich gut sogar.

Das rotkarierte Hemd hängt am Fensterhebel und auf die Muskeln ihrer nackten, sehnigen Oberarme malt das warme Oberlicht verrückte Muster.

»Ich glaube, dein Vater ist im Anmarsch.« Bettina deutet keuchend mit dem Kopf zur Tür. Sie keucht, weil sie wie eine Irre den Boden schrubbt, immer an derselben Stelle und so, als wolle sie ein Loch ins Parkett hobeln.

Zur Tür herein tritt ein Riesenstapel Kartons – und irgendwo dahinter mein alter Herr mit einem strahlenden Grinsen im Gesicht. Gläser und Dosen scheppern gegeneinander, als Paps durch den Gastraum schreitet. Nur an einem der kleinen Tische ganz hinten sitzt ein junges Pärchen händchenhaltend und ab und zu an einer heißen Schokolade nippend. Ansonsten ist noch nicht viel los.

»Der Herr Schirz kommt gleich und holt die Bücher!« Bettina ist mir zuvorgekommen, baut sich mit schwitzigem Gesicht vor Papa auf und wischt unkonzentriert zwischen den Gemüsekartons herum, die Paps auf einem der Tische abgestellt hat.

»Kein Problem. Sei doch so gut und mach uns mal einen Kaffee!« Das Strahlen vergeht nicht. Irgendwie jünger sieht Paps heute aus, jünger und – übernächtigt: »Was machst du denn hier? Solltest du nicht besser in der Schule sein, werte Frau Tochter?«

Mist, jetzt fällt mir natürlich keine tragbare Ausrede ein. Vorhin war ich mir noch ziemlich sicher, dass er es schluckt, wenn ich behaupte, die Schule sei ausgefallen. Jetzt kommt es mir einfach nur noch doof vor.

»Hallo, Papa. Wo bist du denn gewesen?« Flucht nach vorne ist meine Strategie.

»Na, einkaufen. Und darf ich fragen, warum mein Fräulein Tochter heute gar nicht in der Schule ist?« Papa legt seinen Arm liebevoll um mich und – ich kann es kaum fassen – grinst immer noch.

»Ich habe verschlafen, weil mich keiner geweckt hat. Wahrscheinlich weil keiner da gewesen ist …« Mein Schmollmund im Spiegel gegenüber sieht albern aus und durch das Bullaugenfenster sehe ich aus dem Augenwinkel heraus Mira mit aller Konzentration schälen, als wolle sie einen neuen Weltrekord aufstellen.

»Mein liebes Kind, du bist siebzehn-dreiviertel Jahre alt. Ich habe dir in den letzten fünf Jahren mindestens zehn Wecker gekauft. Ich denke, bedienen wirst du sie können, oder?« Er grinst immer noch, ich fasse es nicht und schüttele mich ein wenig, als sein Arm von meinen Schultern verschwindet.

»Ja bedienen schon, aber sonst weckst du mich doch meistens. Heute nicht. Mann, ich habe mir Sorgen gemacht!« Bin ich tatsächlich so anhänglich und ein bisschen bekloppt? Es kommt mir selber gerade so vor.

»Meine Güte, hast du denn den Zettel auf dem Küchentisch gar nicht gesehen? Da habe ich dir aufgeschrieben, dass ich auswärts übernachte, wenn es später wird. Und das wurde es.« Papa wuchtet die Kartons in die Küche und lächelt mir unverhohlen mitten ins Gesicht. »Na, los fass mal mit an. Hast ja gehört, dass der Schirz gleich kommt. Der hat sicher auch Hunger.«

Bettina wird einige Nuancen dunkler, rot wie ein Wartesignal, und fasst an meiner Stelle mit an.

Ich bin fassungslos, spüre irgendwo tief in meinem Bauch einen dicken Wutball.

»Da war kein Zettel«, poltere ich los, direkt in dem Moment, in dem Mira aus der Küche tritt. Jetzt glüht mein Schädel, das spüre ich. Meine Güte, was spiele ich mich hier auf, während die doch nun wirklich ganz andere Sorgen hat.

Aber ich kann und kann nun einmal nicht klein beigeben.

»Natürlich war da ein Zettel, meine liebe kleine Tochter!« Das macht der mit Absicht, der veralbert mich doch. Sein Grinsen ist aber zum Glück endlich erloschen.

»Pah, das wüsste ich aber! Und selbst wenn!« Mein Kopf glüht und mein Blick wabert verschwommen durch den Raum.

»Lass uns das auf heute Abend verschieben. Und eins will ich dir sagen. Wenn du an einem ganz normalen Schultag vormittags hier herumsitzt, obwohl du die Klasse schon zum zweiten Mal machst, mache auch *ich* mir Sorgen. Und sogar berechtigte!«

Das reißt dem Fass den Boden aus! Gott, wie peinlich!

Miras Augen treffen meine, Blitze schlagen ein in meinem Herzen und meiner Ehre.

»Mann, bist du fies!« Jetzt bloß noch die Arme vor der Brust verschränken, dann sehe ich richtig panne aus. Fehlt bloß noch das rosa Prinzessinnenkleid! »Heute ist in der Schule nicht viel los außer Kunst und Sport. Mathe hätte ich ohnehin verpennt. Ich wollte dich eigentlich fragen, ob ich mit Jon zusammen Nachhilfestunden nehmen darf. Aber wahrscheinlich ist das auch zu viel verlangt!« Ich schmolle, als habe mein böser Papa mir meinen innigsten Traum zerstört.

»Du willst freiwillig Mathenachhilfe nehmen?« Papa starrt mich an – fast ganz ohne Grinsen. Wahrscheinlich hat er es echt nicht leicht mit mir.

»Ja klar, will ich. Hauptsächlich wegen Jon, aber auch wegen mir!« Mein Mund zuckt bockig.

»Du meinst wohl: meinetwegen …«

Miras Augen lachen. Ich weiß nicht genau, ob schäbig oder einfach nur so, weil die Stimmung heiter ist. Meine ist allerdings alles andere als rosig. Eher wolkig. Außerdem kann ich's überhaupt nicht ab, wenn mich jemand verbessert.

Meinetwegen rettet den Genitiv.

Trotzdem hat der Moment etwas Magisches, ungefähr so wie vor einem großen Boxkampf. Die Luft knistert aufgeladen und ich fühle mich ziemlich klein, gefangen in ihren stahlblauen Blicken, die weich gezeichneten Lippen nur dreißig kleine Zentimeter von meinem Gesicht entfernt.

Plötzlich muss ich an Felix und den verrutschten Kuss von gestern Abend denken.

»Also mit Nachhilfestunden bin ich einverstanden, wenn's nicht zu teuer wird. Wo findet das denn statt und bei wem?« Papa legt seine Hand kurz auf Miras Schulter, um ihr ein paar knappe, freundliche Anweisungen ins Ohr zu geben. Klar, der Laden muss weiterlaufen.

»Bei Felix. Aus dem Ersten. Der macht uns einen Freundschaftspreis. Und das kann gleich am Nachmittag losgehen. Ich hätte dich ja schon heute Morgen gefragt, aber du bist nirgends zu erwischen gewesen.« Meine Stimme bricht, als mein Blick dem von Mira begegnet.

Wuschig wabernder Wirrwarr im Gehirn.

»O-oh, meine kleine Tochter! Die Jungs scheinen ja bei dir Schlange zu stehen, hähä! Aber wie gesagt, wenn es günstig ist und der Sache dienlich, bin ich gerne bereit, für den guten Zweck zu zahlen.« Papa klopft wie irre auf die Schweineschnitzel ein und schmunzelt schon wieder.

Ich glaube nicht, dass da irgendjemand Schlange steht, aber mein Mund ist immer noch wie zugewachsen.

»Ich geh schon mal die ersten Mittagsgäste bedienen.« Bettina ergreift beherzt Mira unterm Arm und zieht sie mit sich in den Gastraum.

»Hör mal, wenn du das mit den Nachhilfestunden ernst meinst, freue ich mich wirklich. Aber dass du nicht in der Schule bist, das geht nicht, Lana!« Papas Pranke legt sich für einen kleinen, versöhnlichen Moment um meine Schulter und ich komme mir unendlich kindisch vor.

»Und dass du einfach über Nacht weg bist ...!« Noch kindischer!

»Lass uns darüber heute Abend in Ruhe reden.« Das Fett in der Pfanne zischt und brutzelt, während Papa die Schnitzel wendet. »Und kümmere dich bitte um die Hausaufgaben von heute. Dafür schreibe ich dir bestimmt keine Entschuldigung!«

Ein väterlicher Schmatz landet auf meiner Stirn, genau in dem Moment, in dem Mira die Tür öffnet, um die Bestellungen durchzugeben.

Mit glühenden Wangen mache ich mich auf den Weg zu Jon, die frohe Botschaft und ein paar leere Hefte im Gepäck. Diesmal muss ich nicht an Felix und den missglückten Kuss denken, eher an stahlblaue Augen und Schmetterlinge.

Wo schlafen die eigentlich im Winter? Und wo sind all die räudigen Tauben hin, wenn alles schneebedeckt ist?

Die erste Schneeflocke dieses Winters küsst sanft meine Nasenspitze und riecht absurderweise nach Frühling.

Kapitel acht

Mira

Meine Güte, was für ein Tag! Die Nacht steckt mir noch immer bleischwer in sämtlichen Gliedern, als ich ziemlich glücklich auf die Straße trete. Die Straße vor meiner eigenen neuen Wohnung!

Der Mietvertrag knistert zwischen meinen Fingern und fühlt sich nach Leben und Freiheit an, als Lana mit ihrem kleinen dicklichen Kumpel, dem Tanzbären, an mir vorbeirauscht. Ob das einer von denen ist, die Schlange stehen?

Der hält sie auf und deutet auf mich. Ich weiß gar nicht so recht, ob ich das gut finde oder schlecht oder gar nichts, so überrascht bin ich.

»Hey!« Meine Lippen zucken, als mich unerwartet eine der ersten Schneeflocken des Winters trifft.

»Selber hey! Was machst du denn hier?«

Lana trägt ihren Bundeswehrrucksack lässig über der Schulter, als wöge der fast nichts. Viele Schulsachen können da nicht drin sein, aber was geht mich das an? Unter dem orangefarbigen Licht der Straßenlaterne glänzen tausend kleine, nasse Punkte in ihrem Haar.

»Ich ziehe hier ein.« Es wurde auch Zeit, dass ich endlich

eine Bleibe gefunden habe, denn der Winter lässt offenbar nicht mehr lange auf sich warten. Ich zittere ein wenig.

»Hier?« Das ist wohl das erste Mal, dass ich den kompakten Kerl an ihrer Seite sprechen höre.

»Na ja, nicht hier auf der Straße, sondern im vierten Stock.«

Aus Lanas Augen – rehbraun und ein bisschen grün – erhascht mich ein misstrauischer Blick. Irgendwie werde ich ganz unruhig, wenn sie mich noch länger so ansieht. Oder besser gesagt, mein Bauch ist auf Krawall aus und rumort ganz fürchterlich.

»Im vierten?« Jon heißt der, glaube ich.

»Ja im vierten, gleich unter dem Dach.« Was machen die eigentlich hier, frage ich mich.

»Das ist ja witzig. Lana wohnt im dritten.« Jon hat hübsche weiße Zähne und lustige Grübchen, wenn er lacht. Nur dass der sich ständig den Kopf kratzt, würde mich irre machen.

»Echt?« Nicht besonders geistreich, ich sehe es ein.

»Ja!«, bestätigt Lana. Im diffusen Laternenlicht sieht sie aus wie ein kleines Gespenst mit tausend Glanzpünktchen auf dem Kopf. »Wie bist du denn hier gelandet?«

»Dein Vater hat mir den Tipp gegeben. Sie ist zwar nicht besonders geräumig, die Hütte, aber ich bin ja, wie gesagt, Schlimmeres gewohnt aus den letzten Tagen …« Von weiter weg gongt irgendwo sechs mal eine Kirchturmuhr. Und um sechs bin ich mit Jessica verabredet, genau hier! Ich hab's getan, sie angerufen, Benny, und jetzt kommst du …

»Oh, ich wusste gar nicht, dass da oben was frei wird.« Lana blickt finster zum Dachgiebel hinauf. Vielleicht will sie nicht, dass ich hier in ihrer Nähe wohne, schießt es mir durch den Kopf.

Na ja, bei der Größe des Hauses wird man sich ganz gut aus dem Weg gehen können. Ich spüre einen kleinen Stich kurz über meinem Bauch.

»Und was habt ihr so vor?« Irgendetwas muss ich ja sagen, so wie die beiden mich anstarren, während ich verstohlene Blicke auf mein Handy werfe. Aus irgendeinem Grund habe ich wenig Lust, mich vor Lanas Nase mit Jessi zu treffen. Welcher das ist, weiß ich selber nicht. Dabei sind das ja Freundinnen.

»Nachhilfestunden.« Jon wirkt nicht glücklich mit seinen tiefen Rändern unter den Augen. Wahrscheinlich ist der trotz einer kurzen Nacht brav zur Schule gegangen.

Wie auf Kommando öffnet sich knapp über uns ein Fenster und der Langhaarige von gestern Abend schiebt seinen Kopf ziemlich weit heraus: »Hey, da bist du ja! Kommt doch rein!«

Mich blickt er zweifelnd an und er hat wirklich *Da bist du ja* gesagt, obwohl die beiden zu zweit sind – mit mir sogar zu dritt.

Ach ja, Lana und er sind ja gestern zusammen abgezogen, wahrscheinlich als Paar oder so. Daumen runter für den Kleinen hier, der auch schon ziemlich doof aus der Wäsche glotzt.

In Lanas Blick kann ich nichts erkennen. Weder Freude noch Sehnsucht oder sonstwas, aber sie steht jetzt auch ziemlich tief im Schatten und blickt verbissen auf die andere Straßenseite, das zerzauste Haar fließt ihr um die Schultern – auf den zweiten Blick ist sie wunderschön. Auf den ersten eigentlich auch, aber das will ich mir jetzt noch nicht eingestehen.

Padam!

Die Bühne betritt: Jessica, tief in einen Parka gehüllt, eine dieser fellbesetzten Fliegermützen auf dem Kopf, gemächlich und mit einem dicken Grinsen auf dem Gesicht.

»Hallo zusammen!« Erst nimmt sie mich in den Arm und huscht dann Lana einen dieser Mädchenfreundschaftsküsse auf die Wange. Das möchte ich, glaube ich, auch mal. Die Wange oder den Kuss oder ich weiß nicht …

»Hallo! Fast die gleiche Runde wie gestern.« Jon scheint verwirrt und kratzt sich wie angestachelt.

Ja, fast, und gestern kommt mir schon vor wie ganz lange her. Dabei war gestern eigentlich erst heute Morgen und meine Nerven liegen irgendwo in meinen Kniekehlen blank. Auch heute wird wieder ein langer Tag – diesmal auf Deutschlands Autobahnen.

»Was machst *du* denn hier?« Lanas Laune ist nicht so richtig superprächtig, schon eher missmutig und gereizt.

»Ich fahre jetzt mit Mira in ihre alte Heimat, ein paar Sachen abholen. Dann muss sie nicht ganz alleine hin. Sag mal, was ist denn los mit dir? Bist ja gestern plötzlich weggewesen.«

Anscheinend bin ich nicht die einzige, die Lanas Laune krass findet. Jessica hält Lanas Gesicht in beiden Händen und mustert sie aufmerksam. Dafür muss sie sich nur ein kleines bisschen hochrecken.

»Ach, nichts. Viel Spaß wünsche ich euch!« Stolpernd tritt Lana einen Schritt zurück und blickt nach oben zu Felix.

»Na, was ist denn nun? Ich dachte, du wolltest um sechs zur Nachhilfe kommen?« Schon wieder *du*.

So ignorant *kann* der Kerl doch gar nicht sein! Jon tut mir richtig leid mit seinen hängenden Schultern – und allem.

»Na, los! Wir müssen!« Jon wird ziemlich stürmisch von Lana am Arm gepackt und zottelt lustlos hinter ihr die Treppe hinauf. Das erinnert eher an einen Gang zum Schafott. Man sollte sich das mal vorstellen, erst schnappt einem jemand die Frau weg, und dann muss man mit dem auch noch Mathe üben. Also ehrlich!

»Tschüß«, flüstert Jon und flüstere ich zurück in die Stille inmitten meines inneren Aufruhrs.

»Schön, dich zu sehen!« Jessica nimmt meine Hand und zieht mich wie ferngesteuert um die Ecke zu meinem Auto, das hellgelb in orangefarbiges Licht getaucht steht. Sternchen tanzen flirrend hinter meinen Augenlidern.

Ich kann etwas Galliges in meinem Magen hin und herwogen fühlen, das ich mir ebenfalls hellgelb vorstelle, und schiebe das flugs auf das Bier von gestern, das eine zum Schluss. Das letzte ist ja immer irgendwie schlecht.

Achtzehn Uhr vier, leuchtet das Uhrendisplay auf der Armatur warnend, als der Motor sich schleppend in Bewegung setzt.

»Vor zehn oder elf werden wir nicht da sein.« Meine Augen starren stur geradeaus.

»Macht nichts. Wie war dein Tag? Ich bin ja so froh, dass du die Wohnung bekommen hast.« Jessica kuschelt sich in den Sitz und zieht die Fellmütze noch tiefer ins Gesicht.

In der Würstchenbude brennt noch Licht und ich mag immer noch kein Sauerkraut.

»Puh, anstrengend, weil ich hundemüde bin. Klar, bin ich froh, dass ich die Bude bekommen habe, aber mir graut vor nachher!« Mir ziehen sich genau genommen schon die Eingeweide zusammen. »War aber nett von deinen Freunden, dass die uns auf dem Sofa haben pennen lassen.«

»Ja, die sind echt dufte, die feinsten Kerle überhaupt. Und weil die schwul sind, braucht man sich über irgendwelche plumpen Annäherungsversuche auch keine Sorgen zu machen. Das macht die ganze Sache noch viel, viel einfacher.«

»Ja, da hast du recht!« Und ich frage mich ungefähr zum fünfhunderttausendsten Mal, warum ich damals ausgerechnet etwas mit meinem Chef anfangen musste.

»War das eigentlich die große Liebe mit deinem Lover? Tut mir leid, du musst natürlich nicht antworten, wenn ich dir zu indiskret bin.« Die Mütze bedeckt jetzt fast Jessicas Augen. Ziemlich jung und brav sieht sie aus, wenn man ihre pinkfarbenen Haare nicht sieht.

Kann die eigentlich Gedanken lesen?

»Mhhh. Dass glaube ich jetzt eher nicht mehr. Habe ich vielleicht auch damals nicht gedacht, aber nicht wahrhaben wollen. Ich habe mich anfangs so gemocht und geborgen gefühlt – fast als etwas Besonderes. Das tat gut. Ich dachte, der

Rest kommt schon von selber.« Meine Lippen bewegen sich wie automatisch.

»Du *bist* etwas Besonderes!« Das klingt ein wenig gedämpft, weil Jessi sich den Schal bis über den Mund hochgezogen hat.

Ihre Hand legt sich warm und kühl zugleich auf meine Hand auf dem Schalthebel. Nur für einen kleinen Moment. »Mach dir nicht so große Sorgen wegen nachher. Ich bin ja bei dir. Wir klingeln ganz höflich distanziert und holen deine Sachen raus.«

»Ja. Mal seh'n!« Klingt so wie ›Scheiß die Wand an‹. »Hoffentlich behältst du wenigstens ein ganz kleines bisschen recht. Höflich distanziert.«

Diesmal warte ich vergeblich auf die Hand, die sich zusätzlich mit auf den Schalthebel legt.

»Sag mal, hast du eigentlich einen Führerschein?« Ich bin wirklich hundehundemüde.

Jessica wühlt wieder in meinen CDs und entscheidet sich für ein altes *Tocotronic*-Album. »Bitte, bitte gib mir meinen Verstand zurück« macht mich sogar noch ein wenig müder.

»Ja, hab ich. Ich löse dich auch gerne ab, wenn du mir vertraust. Bin halt eher so die vorsichtige Fahrerin, nur, falls du Wert auf einen rasanten Fahrstil legst …« Langsam werden meine sämtlichen CDs durchforstet. Vielleicht passt das Album doch nicht so gut, selbst zum umsichtigen Fahren?

»Nein, vorsichtig ist gut. Zur Not sind wir eben eine Stunde später da. Und dafür heil und in einem Stück. Bist du schon mal Panda gefahren?« Es passiert so gut wie nie, dass ich meine Karre in die Obhut anderer gebe. Außer natürlich … damals.

Die Bassbox rumpelt störrisch im Kofferraum, als Jessi auf Stopp drückt.

»Nö, aber ähnlich alte Autos. Mein Vater ist früher mit uns zu Stockcarrennen gefahren und er ist mitgefahren. Mich und

Mum hat der vor dem Rennen immer ein paar Runden drehen lassen. Alte Autos zu fahren wurde mir also quasi in die Wiege gelegt.« Jessi entscheidet sich für Rio Reisers *»Junimond«*, bricht aber recht schnell ab. »Sorry, das passt jetzt wohl am allerwenigsten ...!«

Toller Song und eigentlich derjenige, der am besten zur Situation passt. Aber die Stimmung könnte leiden. Noch mehr als es ohnehin schon der Fall ist.

»Tja, ein anderes Mal gerne. Ich mag Rio Reiser. Wollen wir an der nächsten Autobahnraststätte tauschen? Wir fahren ja eigentlich die ganze Zeit nur Autobahn. In Düsseldorf an der Ausfahrt tauschen wir einfach zurück – spätestens dann, meine ich natürlich. Kannst mich jederzeit wecken, falls ich einpenne. Ich hoffe, ich halte durch. Ist ja nur für den Fall, falls ...«

Fall falls?

Im Falle eines Falles ist richtig fallen alles. Meine Güte, meine Stimme leiert schon regelrecht vor Müdigkeit. Mühsam halte ich die Augen bis zur nächsten Raststätte offen. Ein hell beleuchteter Laster hilft mir, auf der Spur zu bleiben. Ich hefte meinen Blick vertrauensvoll an seine mit Lichtgirlanden verzierte Hinterfront. Über den Riesenkasten hinweg fliegen Autobahnschilder. Hups! Nun wäre ich um ein Haar an der Raststätte vorbeigefahren, weil der Track das Abfahrtschild verdeckt hat. Vor Schreck hellwach, zerre ich den Panda auf die Abbiegespur und lasse ihn vor dem Autobahnrestaurant ausrollen.

Vielleicht war es eine ziemlich blöde Idee, heute noch zu fahren! Aber wenn nicht, hätte ich vermutlich auch die ganze Nacht kein Auge zugetan vor Aufgewühltheit, weil ich zwar endlich eine neue Bleibe habe, aber keine Sachen mehr.

»So was schlaucht, das weiß ich. Also ruh dich bitte ein bisschen aus. Liebeskummer ist sauanstrengend.« Jessica quält sich mühsam aus dem Sitz und huscht hinüber zur Fahrerseite.

Ich weiß nicht, ob das Liebeskummer ist, eher bin ich ziemlich wütend und resigniert, lasse mich aber anstandslos in den Beifahrersitz plumpsen und nicke auf der Stelle ein. An der Stelle, wo Melissa Etheridge im CD-Player nach einem Glas Wasser verlangt. *»Somebody bring me some Water«* sind die letzten Worte, die ich mit in den Schlaf nehme.

Es ist also kein Wunder, dass ich mit einer fürchterlich pelzigen Zunge und einem Mordsdurst wieder aufwache – und zwar genau in Düsseldorf an der letzten Autobahnraststätte.

Jessica drückt mir eine Flasche eiskalte Cola in die Hand: »Wohl geruht, Mylady?«

»Mmh, ja. Kann nicht klagen.« Zweiundzwanzig Uhr drei zeigt das Display: »Hey, du bist ja total gut durchgekommen. Tausend Dank – selber Mylady!«

»Ja, es war nicht viel los mitten in der Woche, abgesehen von den ganzen Brummifahrern.« Jessica steht unentschlossen vor meiner Tür. »Ich weiß leider nicht, wo wir jetzt hinmüssen.« Ein Wink mit dem Zaunpfahl.

»Alles okay mit dir?« Meine Hand legt sich wie automatisch auf Jessis Stirn, ganz kurz nur, so wie eine Mutter es bei einem kleinen Kind tun würde. Flüchtig, prüfend, liebevoll.

Sie sieht blass aus. Und greift nach meiner Hand.

Flüchtig, prüfend? Liebevoll. Für genau eine Millisekunde, die mich von innen wärmt. Ein kleiner Schutz gegen die kalte Luft um uns herum.

»Und? Habe ich Fieber?« Ein Lächeln huscht über Jessis Lippen, ein Lächeln, kein Grinsen diesmal.

»Ich denke nicht!« Und ich denke wirklich nicht in diesem Moment, der rasch vorübergeht, als ein Lkw-Fahrer direkt neben uns lautstark auf die Hupe drückt.

»Wir sollten weiterfahren!« Jessica blickt mich erwartungsvoll von unten herauf an.

»Ja, das sollten wir. Hey, mach dir keine Sorgen. Ich fahre jetzt natürlich.«

Der Nachhall meines Herzklopfens wummert noch durch

meinen Oberkörper, dabei hatte mich die laute Hupe gar nicht so sehr erschrocken.

»Deshalb mache ich mir keine Sorgen, nicht deshalb!« Leise rutscht sie an mir vorbei auf den Beifahrersitz.

»Mensch, Jessi, dich wird er schon nicht fressen!« Rumpelnd rauschen wir weiter durch die Nacht. Wenigstens brummt der Motor noch, ein kleines Hintergrundgeräusch in der Stille zwischen uns. Auch der Radiorekorder schweigt. Ich wüsste auch jetzt gar kein passendes Stück.

Vielleicht *»Enjoy the Silence«* von *Depeche Mode*? Aber das Album bekomme ich bestenfalls in einer Viertelstunde zurück.

»Wir sind da.« Den Weg kenne ich immer noch wie im Schlaf und werde ihn wahrscheinlich auch noch lange Zeit nicht vergessen haben. In der Wohnung über der Werkstatt brennt Licht.

Rüdiger ist eine Nachteule.

Alles sieht aus wie immer, aber es fühlt sich in mir drinnen längst nicht mehr wie zu Hause an.

» …!« Stumm blickt Jessica in meine zweifelnden Augen.

Ich habe das Gefühl, sie ist randvoll mit Worten und Fragen, aber lässt keine über ihre Lippen kommen. Damit versetzt sie mich in eine fast feierliche Stimmung der Ruhe, denn das hier ist jetzt wie mit der Musik – es würde einfach nichts passen, kein Wort und keine Frage.

Trotzdem würde ich gerne laut werden, aus voller Kehle schreien, mir irgendwo im abgelegenen Wald die Seele aus dem Leib brüllen.

»Du brauchst nicht mit hinein.« Meine Hände zittern an der Autotür.

»Ich bin da, wenn du mich brauchst!« Ihre zittern nun auch, als sie sich fahrig eine Zigarette ansteckt.

Ich wusste gar nicht, dass sie raucht. Sie selber vielleicht auch nicht, denn die Art, wie sie die Kippe hält, sieht nicht sonderlich souverän aus. Dass sie sich jetzt eine ansteckt, kann ich ihr nicht verübeln. Das würde ich selber auch gerne tun, hätte ich nicht ohnehin schon Schnappatmung.

Schweigend trete ich zur Tür und klingele, weil mein Schlüssel natürlich längst nicht mehr mein Schlüssel ist, sondern in der Handtasche irgendeiner anderen ruht. Einer kleinen Wasserstoffblonden, genauer gesagt. Falls ich noch auf dem Laufenden sein sollte.

Oben geht das Wohnzimmerfenster auf, ein kahlrasierter Schädel streckt sich in die klare Nachtluft: »Was will die denn hier, die blöde Kuh?«

Was für eine himmlische Begrüßung! Das hätte ich selber nicht schlechter gekonnt.

»Meine Sachen!« Mir schlägt das Herz bis zum Hals, aber ich bin immer noch der Meinung, nicht unbedingt aus Liebeskummer. Eher aus Wut – und weil ich eine gehörige Portion Angst habe.

Hinter mir raschelt etwas. Ich sehe Jessica beinahe lautlos auf den Fahrersitz huschen.

»Deine was?« Der fleischige Kopf beugt sich weiter aus dem Fenster und ich kann mir nun beim besten Willen nicht mehr vorstellen, wie es war, diese Lippen zu küssen.

Harte, weiche, feste, bartstoppelige Männerlippen – Lippen, die ich liebe und hasse.

»Na, ich will meine Sachen abholen!« Was sonst?

»Die kannst du dir von der Müllhalde holen. Sperrmüll war letzte Woche da!« Der Kopf zieht sich kurz ins helle Wohnzimmer zurück und taucht gemeinsam mit einem zweiten wieder auf, einem wasserstoffblonden.

Scheiße, jetzt ist es eher mehr Wut als Angst – und die unbändige Lust, hier irgendetwas kaputtzutreten.

»Hier, das war selbst für den Sperrmüll zu schmutzig!« Herunter vom Himmel rieselt der Inhalt meines Kleiderschrankes, verteilt sich hübsch auf und um mein Auto herum.

Aus dem Augenwinkel beobachte ich Jessica, wie sie Klamotten in den Innenraum der Karre schaufelt.

»Und meine Akten?« Die Wut kocht brodelnd hinter meiner Stirn.

»Oh, deine Akten. Madame ist wohl was Besseres und hat Akten! Wer verwaltet denn die, wenn ich fragen darf?«, kräht die Wasserstoffblonde und ich könnte ihr auf der Stelle den Hals umdrehen.

Viele Akten sind es ja nicht. Vielleicht ist Akten auch übertrieben, trotzdem trifft es auf das zu, was vor mir von oben auf den Boden rieselt.

Zeugnisse, Bewerbungsunterlagen, alte Briefe und ein oder zwei selbstkreierte Gedichtversuche flattern im Wind herab. Es kommt mir vor, als wäre mein ganzes Leben – zumindest ein großer Teil davon – hier vor mir im Dreck ausgebreitet und ich stünde nackt vor großem Publikum.

»*Shit*, Mann! Warum machst du so was?« Meine Hand holt wie ferngesteuert aus und schleudert halbherzig einige Schmutzklumpen vom Weg nach oben.

Die Wasserstoffblonde verschwindet nach drinnen. Wahrscheinlich hat sie Angst um ihre Frisur.

Und Jessica agiert perfekt im Hintergrund, sammelt fleißig wie ein Bienchen herumliegende Gegenstände ein, die sie wahllos ins Auto stopft.

»Ja, frag dich mal, warum! Vielleicht hättest du in der Werkstatt nicht unbedingt die Ledersitze des nagelneuen BMW X1 zerschneiden sollen!« Der fleischige Kopf reckt sich noch ein Stückchen weiter hinaus, so dass ich jetzt auch seine Augen sehen kann. Sie sehen müde aus, so müde, wie ich mich fühle. »Der Spaß hat mich nämlich fast dreitausend Euro gekostet!«

Ups, das hatte ich komplett verdrängt. »Tut mir leid …« Mehr fällt mir nicht ein.

»Hab' ein paar von deinen Möbeln und CDs verkauft. Die Sachen, die nicht sperrmüllreif gewesen sind. Du kannst dir ja vorstellen, dass das nicht ansatzweise gereicht hat!« Der Kopf ist jetzt irgendwie näher, obwohl er sich keinen Millimeter bewegt hat.

Nah an mir dran, zu nah und berührt mich innerlich in der empfindlichen Gegend des Herzens. Dann neigt er sich nach hinten, schaut wohl nach, was die Wasserstoffblonde sagt.

Selbst wenn ich ihren Namen wüsste, würde ich den wahrscheinlich nie nennen, weil es mir einfach zu weh tut. Ich will ihn gar nicht kennen.

Also, wenn der jetzt nach ihr ruft, werde ich mir notgedrungen die Ohren zuhalten müssen. Meine Hände sind schon bereit. Aber sie scheint weg zu sein, vielleicht auf der Toilette, vielleicht im Schlafzimmer in ihrem neuen Zuhause, welches mein altes ist.

Mein Kopf ist leer wie ein vergessener Schuhkarton vor Quick Schuh.

»Tut mir auch leid!« Etwas daran klingt ehrlich, bedeutungsschwanger, obwohl ich nicht weiß, was genau. Schneeflocken tanzen vor meinen Augen Karussell, als sich das Fenster lautlos schließt. Meine Augen blicken noch kurz in die Augen hinter der Gardine. Dann ist der Augenblick vorbei, der letzte Augenblick in meiner alten Heimat, der wie in Zeitlupe verschwindet, verwaschen und blass in meiner Erinnerung schon jetzt.

Das Licht im Wohnzimmer geht aus, das im Schlafzimmer an und ich zwinge mich unter Einsatz all meiner Kräfte, nicht daran zu denken, was gerade hier passiert, was hier passiert ist.

Mein Kopf schmerzt und meine Blase drückt, als sich eine Hand auf meine Schulter legt und mich aus meiner inneren Starre weckt. Eine kleine, warme Hand, die mich zum Auto führt und die mich sicher zur Autobahnraststätte zurückfährt – deren Besitzerin natürlich, nicht die Hand allein.

»Wie geht's dir?« Als Jessi mich das fragt, lehne ich matt an der Fahrertür, einen heißen Kaffee in der Hand, den sie mir auf der Raststätte besorgt hat. Meine Sachen haben wir notdürftig in den Kofferraum umgeschichtet, in vier bis fünf Stunden können sie schon in meinem neuen Zuhause sein. Das wird sich mächtig anstrengen müssen, mein neues Zuhause zu werden …

»Gar nicht«, sage ich. Es geht mir gar nicht.

Ich fühle mich wie im Grenzland. Wie nicht kalt und nicht heiß, nicht Fleisch und nicht Fisch, nicht wach und nicht müde und irgendwo zwischen zornig und pupsegal, irgendwo zwischen hinten und vorne, in der Mitte vielleicht: »So mittel.«

»So mittel? Na, du bist ja süß! Ich würde mich an deiner Stelle kotzelend fühlen. Und so siehst du auch aus – wenn Sie mich fragen, Mylady. – Kannst du überhaupt fahren?«

Jessica steht so dicht vor mir, dass ich ihren warmen, samtigen Kaffeeatem riechen kann. Der riecht nach weiter Welt und ziemlich doll nach Gemütlichkeit und Wohlfühlen.

Ich liebe Kaffee.

Und ihr Haar unter der Mütze duftet lieblich.

Ihr Deo auch, ein wenig herb, aber nicht zu sehr.

Das wäre mal eine tolle Werbung – natürlich nur, wenn es Geruchsfernsehen gäbe!

»Ja, kann ich.« Meine Sinne schärfen sich von Sekunde zu Sekunde mehr. Das liegt am Kaffee, nehme ich an und tue etwas, was ich äußerst selten mache, eigentlich nie, ich drücke ihr einen kleinen Kuss auf die Wange, obwohl ich diese Mädchenfreundschaftsküsse albern finde. »Danke für alles.«

Alles, mehr nicht.

Und Jessicas Augen leuchten. Wenn ich jetzt sagen würde, ›wie zwei Sterne‹, wäre das albern. Eher wie zwei glühende Kohlen, das passt, obwohl es sich ein wenig teuflisch anhört.

Auf der Rückfahrt schweigen wir, dafür ist die Musik bis zu Anschlag aufgerissen, und wie durch Zufall fällt mir der passende Song für die Hinfahrt in die Hände.

»*Wenn die Liebe ein Schlachtfeld ist, dann ist das jetzt dein*

Den Haag …«, singen *Muff Potter* mutig gegen den jaulenden Motor an.

Vier Uhr und fünfundvierzig Minuten, leuchtet es auf dem Uhrendisplay. Zum Glück habe ich heute frei, denke ich in Jessicas leises Schnarchen hinein.

Kapitel neun

Lana

Boah, schon wieder dieser Lärm vorm Haus! Genau wie heute Morgen.

»I'm a Barbie-Girl in an Barbie-World …« Aqua.

Wer hört denn heute noch solche Musik! Eigentlich würde ich gerne eine Runde pennen, weil es ganz schön anstrengend war in der Schule. Wenigstens hat die Mathenachhilfe sich ausgezahlt, auch wenn das gestern ziemlich komisch war und meine Laune im Keller. Jon und ich konnten an der Tafel punkten. Der Milder hat Bauklötze gestaunt.

Ich erinnere mich nur ungern an Felix' Hand, die sich unter dem Schreibtisch unauffällig auf mein Knie stahl und dort krabbelig wie ein junges Kätzchen herumzappelte. Irgendwie schön, aber irgendwie auch gar nicht, wenn man sich auf Zahlen konzentrieren soll und der beste Freund auf dem Sofa nebenan sitzt.

Felix sieht echt gut aus und alles, und ich kann selber nicht genau sagen, was falsch läuft.

Ein bisschen besser ist es erst gegangen, als ich mich neben Jon auf das Sofa gesetzt habe und Felix uns Frontalunterricht gegeben hat.

Der ist wirklich schlau – und riecht auch immer sehr gut. Trotzdem mag ich seine schwitzigen Hände nicht und das Flattern in meinem Herzen wechselt sich bedrohlich mit einer leichten Übelkeit im oberen Magenbereich ab.

Bin ich vor Verliebtheit so aufgeregt, dass mir schlecht wird? Geht das überhaupt?

Den ganzen Tag wälze ich trübe Gedanken – und schöne wie das weiche Streicheln seiner langen Haare auf meiner Wange, wenn er sich wie zufällig zu mir herüberbeugt.

Mein lieber Herr Gesangsverein, wie gerne würde ich eine oder zwei Stunden schlafen und alles um mich herum vergessen, wenn da nur nicht diese fürchterlich laute Musik vor dem Haus wäre. Ich möchte gerne mal wissen, wer da unten so einen Alarm macht.

»Move in the right direction«, versichern mir lautstark *Gossip* von unten. Ich erwische mich dabei, wie ich in die Decke gekuschelt mit den Füßen wippe und mittanze.

Das Gute an der Mucke heute morgen war, dass ich so pünktlich zur Schule gekommen bin. Um sechs Uhr fünfundvierzig ist der Terror da unten losgegangen. Papa hat noch gepennt, weil der wieder erst superspät in der Nacht nach Hause gekommen ist.

Wenigstens ist er gekommen – und den Zettel auf dem Küchentisch habe ich auch gefunden, unter uns gesagt. Der hatte da nämlich die ganze Zeit gelegen – und dann ein zweiter daneben, mit einem demonstrativen Pfeil auf den anderen.

Wenn ich keinen von denen wegräume, werde ich vielleicht in zwei oder drei Wochen eine ganze Tischdecke daraus zusammenkleben können.

Vorsichtig luge ich aus dem Fenster hinunter auf den schrottreifen gelben Panda, aus dessen Anlage dieses laute Geplärr dröhnt. Meine Füße lassen sich leider von der Nervigkeit der Musik nicht beeindrucken und trippeln beschwingt im Takt.

Hey, Moment mal! Zwischen Auto und Eingangstür wirbelt doch Jessicas rosa Schopf herum! Den erkenne ich aus hundert Metern Entfernung, locker. Das Fenster quietscht verräterisch, als ich es öffne, aber das wird eh keiner hören.

»Hallo, Lana!« Außer Jessica halt.

»Hallo!«

Was macht Jessica denn hier? Hängt die schon wieder mit Mira ab?

»Komm doch runter! Hey, nun mach schon!« Jessica winkt und schreit gegen die Musik an.

Hinter ihr tritt Mira zur Anlage und dreht die Mucke ab. Ihr hellblonder Iro glänzt im spätherbstlichen Sonnenlicht und lässt sie beinahe majestätisch aussehen.

»Weiß nicht.« Weiß gar nicht, was ich anziehen soll. Huch, seit wann mache ich mir denn darüber Gedanken?

»Wenn du nicht runter kommst, kommen wir hoch!« Na, wenn das keine Drohung ist ... Mein Herz macht einen unkontrollierten Hüpfer und ich springe so schnell ich kann in meine Jeans, die sich zerknüllt am Boden schlängelt. Der Gedanke, Mira könnte hier hereinplatzen und mich im Schlüpfer sehen, bereitet mir arges Unbehagen.

Mein »Komme schon!« geht wahrscheinlich im Zuknallen des Fensters unter. Das blaue, alte Hemd von Papa steht mir eigentlich ganz gut. Oberhalb des Kragens grinst mir eine fahrige Lana aus dem Garderobenspiegel entgegen. Darüber werfe ich Papas altes Jackett, das praktischerweise direkt an der Garderobe hängt.

Leicht würgend zerre ich an dem grauen Schal, den ich mir zu eng um den Hals geschlungen habe, und hetze immer zwei Treppenstufen auf einmal nehmend – direkt in Felix hinein, der gerade dabei ist, seine Post aus dem Briefkasten zu fischen.

»Hallo, schöne Frau!« Das klingt fremd aus seinem Munde und schmeichelt mir absurderweise sehr.

Seine Hände legen sich um meine Hüften und ich könnte

schwören, dass er vor hatte, mich zu küssen, wenn da draußen nicht gerade wieder die Musik angegangen wäre – nur für einen kurzen Moment, in der Art einer Fehlzündung.

Ich bin ein bisschen enttäuscht, als ich mich aus seinen Armen winde, direkt in seine glühenden Augen blicke und meine Lippen brennen wie Feuer.

»Hallo, Felix. Danke nochmals für die Nachhilfestunde gestern. Das hat echt total geholfen. Wie kann ich das nur jemals wieder gut machen?«

Wobei das eine rhetorische Frage war. Auf jeden Fall hat er sie missverstanden – oder aber ich habe schlecht formuliert –, denn er antwortet: »Du könntest am Wochenende mit mir essen gehen. Keine Angst, ich zahle auch.« Sein Gesicht leuchtet um die Augen herum, so als habe er Fieber oder etwas in der Art.

»Mhhh, ja klar!« Mein Herz holpert unstimmig. »Weiß noch nicht genau, ob ich Zeit habe. Papa hat irgendwas mit mir vor … und jobben muss ich auch …«

Die Stille um uns herum legt sich drückend auf meine Bronchien. Warum zur Hölle geht denn nicht jetzt einfach mal die Musik an, jetzt wo man sie brauchen könnte.

Außerdem habe ich keinen blassen Schimmer, was Papa mit mir vorhaben könnte, denn der arbeitet ja schließlich meistens am Wochenende. Eigentlich wollte ich mir selber nur eine gewisse Schonfrist gönnen, um für mich zu checken, ob ich gerne mit Felix essen gehen möchte.

Also essen möchte ich auf jeden Fall. Mir knurrt schon wieder der Magen. Am liebsten würde ich auch noch Jon und Tabea mitnehmen, weil das wirklich lustig werden könnte. Aber das ist wohl kaum Sinn der Sache, da brauche ich nur mal einen flüchtigen Blick in Felix' Gesicht zu werfen.

Gluthitze, die verdächtig nach Date aussieht!

Kaum zu glauben, aber er scheint echt auf mich zu stehen – oder er hält mich für eine superreiche verwunschene Prinzessin mit Ländereien auf mindestens drei Kontinenten, was mir persönlich wirklich plausibler erscheint.

»Soll ich mal mit deinem Vater reden?« Zwischen uns steht das Treppengeländer stramm wie eine Horde Zinnsoldaten.

»Worüber?« Kaum ausgesprochen, merke ich, dass ich gewaltig auf dem Schlauch stehe.

Wusch, die Tür geht auf.

»Hey, Lana!« Jessica wirft die Arme um mich. Hui, zum Glück habe ich gerade erst eingeatmet, denn sie hat einen ganz schön festen Griff.

»Hi, Jess!« Meine Arme flattern, fühlen sich aber von Sekunde zu Sekunde wohler auf ihrem weichen Parka, der den vertrauten Geruch von Räucherstäbchen und frischem Kaffee ausströmt. Jessica hat eine Vorliebe dafür, lange Stunden, beinahe halbe Tage in Cafés zu verbringen und zu schreiben – und bei McDonald's.

Ich mag den Geruch von Burgern – und von Essbarem überhaupt. Vielleicht gibt es ja irgendwann auch ein Parfüm, das nach gebratenem Fleisch duftet.

Gewagt, aber originell!

Als meine kostbare Atemluft beinahe aufgebraucht ist, öffnet sich die Tür erneut, um einen großen Stapel Kartons hineinzulassen. Hinter dem Stapel lugt Miras Kopf hervor, die hellen Augen direkt auf mein Gesicht gerichtet – und jetzt bleibt mir wirklich die Luft weg.

»Gut siehst du aus! Coole Jacke«, raunt Jessica. Wahrscheinlich merkt sie gar nicht, dass ich am Ersticken bin.

»Ja«, ächze ich.

Felix wühlt immer noch in seinem Briefkasten herum, unauffällige Seitenblicke zu uns herüberwerfend.

»Oh, Mann. Sag doch was, wenn ich zu fest zupacke!« Jessica lässt mich abrupt los.

»Ich konnte ja nicht!« Wahrscheinlich ist mein Gesicht mittlerweile schon fast blau vor Sauerstoffmangel.

»Hallo, Lana!« Mira stützt ihre Last auf den Oberschenkel. Eine Hand schiebt sich am Kartonstapel vorbei – direkt in meine.

Das Ganze wirkt im ersten Moment sehr förmlich, lässt aber zugleich eiskalte, heiße Schauer meinen ganzen Körper hinauf- und hinabwandern. Mit viel Wohlwollen schiebe ich das auf die nackte Angst, unter dem Kartonhümpel begraben zu werden, der sich gefährlich nach vorne neigt.

Sie hat sich meinen Namen gemerkt, sie hat sich tatsächlich meinen Namen gemerkt!

Auch Miras Wangen sind gerötet, obwohl sie wieder nur diese dünne Lederjacke trägt. Meine Güte, da würde ich mir glatt den Allerwertesten abfrieren.

»Was macht ihr?« Dumme Frage, die ich da gestellt habe.

»Nach was sieht's denn aus?« Dumme Antwort, die Mira mir da zuwirft, mit der ich aber hätte rechnen müssen.

Rasch wandert ihr Blick zu Felix, der sich unauffällig und fast lautlos neben mich geschoben hat, lauernd wie ein Kater, der während eines Matches am Netz auf der Tischtennisplatte sitzt …

»Hallo, die Damen! Können wir euch vielleicht helfen?« Felix ist halt ein Kavalier der alten Schule. Ich habe keine Ahnung, warum der ausgerechnet auf mich steht. Ich bin nun wirklich keine Lady.

Mira anscheinend auch nicht, denn die zuckt nur gelangweilt die Schultern und weigert sich standhaft, auch nur einen der schweren Kartons aus der Hand zu geben.

»Klar«, sagt Jessi eifrig und stapelt von Miras auf Felix' Arm um – nicht unbedingt zu dessen Freude.

Mir drückt sie freiwillig nur ein kleines Bündel mit Klamotten in die Hand. Zum Glück sind die frisch gewaschen und duften nach Weichspüler. Ich habe eine Schwäche für Weichspüler.

»Okay, wenn ihr unbedingt möchtet. Meine Bude ist im vierten Stock.« So etwas wie Stolz schwingt irgendwo unter Miras Genervtheit mit. Sie ist definitiv kein Barbiegirl.

Meine müden Beine folgen Felix' langen, beschwingten und sind dabei stets bemüht, nicht auf seinen Po direkt vor meiner Nase zu glotzen. Aber ich kann einfach nichts dagegen machen. Nicht schlecht, Herr Specht, allerdings schlottert die Markenjeans um sein Hinterteil herum. Welcher Sadist hat die Baggy Pants erfunden!

An der unscheinbaren Wohnungstür wechselt unsere Karawane die Reihenfolge und Mira steht plötzlich vor mir, angestrengt nach dem Schlüssel in der Jackentasche kramend.

Deshalb bemerkt sie wahrscheinlich auch nicht, wie ich jetzt *ihr* auf den Po starre – die Macht der Gewohnheit –, einfach weil meine Augen sich auf dieser Höhe eingependelt haben.

Knackiger!

Die rissige Jeans lässt einen kleinen Spalt oberhalb des rechten Oberschenkels frei – und den Rand einer blaukarierten Boxershorts durchschimmern. Huh!

Bevor ich rot werde, hebe ich zügig den Blick auf ihren Hinterkopf, während sie jäh den Kopf umdreht und sich unsere beiden Augenpaare begegnen. Jetzt kann kein Erdbeben der Welt mehr verhindern, dass ich rot werde. So rot wie der Feuerlöscher an der Wand hinter mir.

Gut zu wissen, dass die hier einen Feuerlöscher haben! Falls es bei uns unten mal brennt, könnte ich schnell hochlaufen und ihn holen, wenn es dann noch nicht zu spät ist.

Die Wohnungstür sieht genau aus wie unsere, genauso wie die von Felix, haargenau wie jede andere Tür hier im Haus. Grauweiß und ein bisschen langweilig, aber auch erfrischend normal.

»Hereinspaziert!« Miras Atem geht ein wenig stockend, unser aller eigentlich, während wir hintereinander die kleine Wohnung betreten.

»Hey, die ist ja fast so wie meine!« Felix schreitet erhaben den mittelgroßen Raum ab. »Bis auf den Balkon. Dafür hat meine vielleicht zwei Quadratmeter mehr Platz. Da hast du aber Glück gehabt! Ich hätte auch lieber einen Balkon.«

Mira schaut nicht unbedingt so drein, als hätte sie in letzter Zeit übermäßig Glück gehabt. Sie sieht ziemlich fertig und müde aus: »Ja, so habe ich nicht noch mehr Platz für meine nicht vorhandenen Möbel!«

»Hast du keine?«, holpert es unüberlegt aus meinem Mund. Mensch, Lana, ermahne ich mich stumm, du kennst doch die Geschichte.

»Nö!« Mira breitet die Arme aus und während ich schon mit einem Donnerwetter wegen totaler Ignoranz rechne, grinst sie mich an, nur mich, und lächelt tief in meine Augen.

Ein irrer Impuls befiehlt mir, meine Arme auch auszubreiten und in ihre zu laufen.

Leider oder zum Glück, das weiß ich gerade noch nicht so genau, läuft Felix vor mir los, auch mit ausgebreiteten Armen. »Willkommen im Dreiundzwanzig-Quadratmeter-Paradies von … wie war noch dein Name?«

»Mira!« Ihre Augen drehen sich einmal im Kreis, was ihn allerdings nicht weiter einschüchtert. Ihre Blicke schießen kleine Flammen, als er sie kurz in die Arme schließt und wenigstens schnell wieder freigibt, um nun mit ausladender Geste den Fremdenführer zu spielen.

»Von Mira! Tschuldigung … Küche, Schlafzimmer, Wohnzimmer und Hobbyraum – alles in einem. Oh, das WC mit kleiner Dusche separat. Willkommen in Buxtehude!« Zu seinem Glück sieht Felix dabei aus wie ein durchgedrehter Balletttänzer, wie er sich im Kreis dreht, und alle müssen lachen. Sogar Mira, wenn auch nur ein bisschen.

»Tolle Bude, oder?« Jessica blickt mich strahlend an, als wäre es ihre eigene. Keine Ahnung, warum die so strahlt. Vielleicht, weil sie nun noch einen alternativen Platz zum Pennen zur Verfügung hat.

»Ja, da könnte ich fast neidisch werden!« Das könnte ich echt. »Und vor allem die Nachbarschaft soll toll sein …«

»Ja.« Mira stapelt Kartons vor die Terrassentür, das Gesicht hinter dicker Pappe verborgen.

»Und du hast echt keine Möbel?« Felix wirkt ehrlich fassungslos. »Ist deine alte Bude ausgebrannt oder so?«

»So was in der Art, ja.« Zwischen Miras Jacke und Hose glänzt ein schmaler Spalt nackter Haut. Wenn sie sich bückt, brennt der blasse Streifen unterm schwarzen Leder sich schamlos in meine Netzhaut.

»Und wo willst du schlafen? Ich meine wo drauf?« Felix Augen wandern misstrauisch über ein Wolldecken- und Schlafsacklager in der Mitte des Zimmers.

»Im Idealfall auf einem Bett, einer Matratze oder ähnlichem. Man wird ja schließlich auch nicht jünger!«

Wie alt ist sie eigentlich? Zwanzig? Zweiundzwanzig? Das geht eigentlich noch, wäre ich sogar auch gerne.

»Heute Nacht haben wir hier geschlafen. War aber ganz schön hart!« Jessica grinst, während sie geschäftig eine Decke nach der anderen sorgfältig zusammenlegt.

Was, sie hat schon hier geschlafen? Man halte mich fest, sonst fällt mir alles aus dem Gesicht! Die scheinen ja ziemlich dicke miteinander zu sein!

»Fakt ist, du brauchst Möbel.« Gefährlich weit beugt sich Felix dabei über das Balkongeländer.

»Ja, früher oder später.« Mira zerrt seinen Oberkörper wieder auf diese Seite der Brüstung: »Ich habe keine Lust, dich unten von der Straße zu kratzen.«

»Hey!« Jetzt beugt er sich schon wieder drüber. »Ich hab' da so eine Idee!«

»Mann, komm da weg, ich meine es ernst!« Die Frau weiß, was sie will! Ihre Augen funkeln wild in der Nachmittagssonne und die Lederjacke verleiht ihr etwas Verwegenes.

»Jetzt schau doch bitte mal selber!«

Bilde ich mir das ein oder schickt Felix mir tatsächlich einen hilfesuchenden Blick?

Mira beugt sich nur ein paar Zentimeter übers Geländer, beide Beine fest auf den Boden genagelt. »Und was soll ich nun sehen, wenn ich fragen darf?«

»Augen auf vier Uhr!«

Zweifelnd schaue ich mich nach einer Uhr um, aber hier gibt es ja weder Möbel noch Wandschmuck. »Da stellen die Nachbarn gerade Sperrmüll an die Straße. Ziemlich viel und ziemlich gut erhalten, was du auch sehen könntest, wenn du dich etwas weiter vorbeugen würdest. Die wandern nämlich aus und können nicht alles mitnehmen. Kommt wohl billiger, wenn man sich das neu kauft.«

Vorsichtig beuge ich mich auch mit über die Brüstung und starre nach unten. »Das sind die Müllers aus der Einundzwanzig. Ich wusste gar nicht, dass die auswandern.«

Felix winkt den Leuten da unten zu.

»Das ist *die* Idee!« Jessica quetscht sich zwischen Felix und mich, meinen zweifelnden Sorgenblick ignorierend, in dem deutlich geschrieben steht, der Balkon könnte unter unser aller Last in sich zusammenkrachen wie ein Kartenhaus. »Na, worauf warten wir noch?«

»Sperrmüll!« Es ist Mira anzusehen, wie es in ihrem Kopf rattert. »Und die brauchen das ganze Zeug echt nicht mehr?«

Ihr flackernder Blick trifft mit Krawumm auf meinen.

»Nein, sage ich doch. Entweder du gehst jetzt da runter und suchst dir was aus oder morgen früh kommt ein großer Müllwagen und holt es ab – beziehungsweise die Reste, die andere Sperrmüllsucher noch dagelassen haben.« Diesmal beugt er sich nicht ganz so weit hinüber und behält Miras Arm im Blick, als könnte eine bissige Schlange nach ihm schnappen. Höhenangst hat der Gute offensichtlich keine. Vielleicht sollten die beiden die Wohnungen tauschen?

»Na, komm schon. Gucken kostet ja nichts!« Jessicas Arm

legt sich wie selbstverständlich um Miras Hüfte – genau auf das freie Stückchen Haut zwischen Jeans und Jacke.

Wie sich das wohl anfühlt, grüble ich kopfschüttelnd und folge unserer kleinen bunt gewürfelten Gruppe die unzähligen Treppen hinab. Meine Beine wackeln irgendwie immer noch vom Aufstieg, obwohl das hier nur ein Stockwerk höher ist als unsere eigene Wohnung.

»Und? Wie läuft's?« Jessicas Hand schiebt sich vertraut in meine – ihre andere, nicht die, die das kleine Stückchen kleidungsfreie Haut berührt hat.

»Ganz gut. Warum?« Ich drücke ihre Hand zu fest, fast wie um mich selber besser zu spüren oder ihr ein kleines bisschen weh zu tun. Aber das wäre ja absurd!

Falls Jessi das bemerkt hat, lässt sie sich zumindest nichts anmerken.

»Na, das sieht doch ein Blinder, dass du bis über beide Ohren verschossen bist!« *Den* Blinden möchte ich mal sehen!

»Quatsch, wie kommst du denn da drauf?« Meine Hand fühlt sich taub an in ihrer.

»Hei, Lana! Du wechselst deine Gesichtsfarbe alle Nase lang von blass zu blutrot und zurück. Könnte das vielleicht etwas damit zu tun haben, dass Felix in der Nähe ist?«

Jetzt ist es Jessica, die immer fester zudrückt, ich schwöre.

»Nein!«

»Doch! Du flunkerst, meine Liebe!« Jessicas Wangen glühen und ihre Augen strahlen fröhlich, als wäre sie gerade zum kostenlosen Shoppen bei Prada eingeladen und nicht zum Sperrmüllwühlen.

»Man könnte eher glauben, *du* bist verknallt!« Die kahlen Treppenhauswände werfen meinen bissigen Kommentar mit einem Echo zurück, das den Nachbar von ganz unten erschrocken vor dem Briefkasten zusammenzucken lässt.

Meine Güte, glücklicherweise sind die beiden anderen schon draußen und außer Hörweite. Das wäre ja echt mal wieder saupeinlich für mich geworden. Vorsichtshalber suche ich ein bisschen Abstand. Diese Aktion müsste mir nämlich mindestens einen festen Knuff in die Seite einbringen.

Kein Wort schlüpft über Jessis Lippen. Sie widerspricht tatsächlich nicht, sondern grinst nur ein bisschen dämlich.

Ich fasse es nicht, ich habe recht. Die ist verknallt? Entweder ich habe recht oder meine Freundin hat irgendetwas intus.

In Felix? In meinem Kopf knirschen die Gedankenräder schon vom pausenlosen Rattern. Wie kann sie nur? *Kriiitsch!* Es rattert und quietscht in die Stille hinein, die dem Echo folgt.

Wie kann sie nur so link sein? Wo ich doch in Felix verknallt bin!

Moment mal! Schon eher: Wo sie doch glaubt, dass ich in Felix verknallt bin!

Andererseits weiß ich das ja selbst noch nicht mal so genau. Ich denke sogar, dass ich eher nicht in Felix verknallt bin ...!

»Also bist du?« Ich wage es zu fragen, als die Tür aufgeht und das Sonnenlicht mich wie irre blendet.

»Was bin ich?« Felix steht direkt in der Eingangstür und blickt mich an. Beinahe berühren mich seine Haarspitzen an der Wange, so dicht steht er vor mir. Spätestens beim nächsten Windzug werden sie mich weich in die glühende Wange pieksen. Watteweich fluffig.

Mein Magen knurrt, obwohl ich satt bin. Vielleicht bin ich es ja doch – verknallt, meine ich – und es sind eben wahnsinnig hungrige Schmetterlinge in meinem Bauch. Mit gigantischen Ausmaßen wie Düsenjäger!

Und mit ein bisschen Groll unter der bunten Fassade.

Ich habe keine Ahnung, wo der Groll herkommt und wie ich den wieder wegbekomme. Bewegung soll in allen Lebenslagen helfen, denke ich und rausche ohne ein weiteres Wort an Felix und Mira vorbei zum Nachbarhaus hinüber.

In meinen Rücken bohrt sich Felix fragender Blick – zum

Glück enthebt er sich jeder Bemerkung in der Art, ob ich wohl gerade meine Tage habe.

»Hey, das sind ja richtige Schätze!« Mira steht zweifelnd vor dem riesigen Berg alter Möbel und streift vorsichtig mit der Hand über ein ziemlich farbenfrohes Sofa.

»Klar! Möchtest du das?« Felix' Augen leuchten, während er einen demolierten Bücherkarton auf den Boden hebt, als wäre es ein rohes Ei.

»Kaum zu glauben, dass das alles weg soll!« Auf der anderen Straßenseite hat sich eine Gruppe größerer Kinder versammelt, die ungeduldig mit den Füßen scharren. Wahrscheinlich ärgern die sich, dass sie nicht zuerst hier gewesen sind.

»Ja, das möchte ich! Gerne!« Miras Augen glänzen verdächtig, während sie und Felix das sperrige Ding mit vereinten Kräften im Hauseingang in Sicherheit bringen.

Meine Güte, die Frau hat echt Power. Bestimmt musste sie in der Werkstatt gut mit zupacken. Und immer wenn sie sich nach vorne beugt, wird der schmale Spalt leuchtend heller Haut unter der Jacke ein bisschen breiter.

Anscheinend trägt sie also heute kein Unterhemd, geht es mir durch den Schädel, dabei steht ihr das doch so gut ...

Wo wäscht sie eigentlich ihre Wäsche? Was ist es doch für ein Luxus, die eigene Waschmaschine direkt in der Küche vor der Nase zu haben – und einen lieben Papi, der sich meistens erbarmt und die nassen Klamotten zum Trocknen aufhängt!

»Hier, der Couchtisch ist doch klasse!« Jessica lächelt mich an und ich schäme mich ein bisschen, weil ich vorhin so laut geworden bin. Vielleicht bekomme ich ja wirklich meine Tage?

Der Couchtisch ist ziemlich klein und knallrosa, wobei ich mir nicht ganz sicher bin, ob das echt Miras Farbe ist. Auf jeden Fall aber passt der fast perfekt zu Jessis Haaren.

»Okay, nimm du den Tisch, der ist ziemlich leicht. Ich nehme auf jeden Fall hier dieses Regal.« Wenn sie es nicht haben will, macht es sich bestimmt richtig gut in meinem

Zimmer. Ich wollte schon immer mal mehr Platz für meine Bücher haben.

Ich liebe Bücher, spannende wie auch ruhige, verliebte wie blutige. Man sagt ja allgemein, Liebe und Hass lägen nahe beieinander. Meine Gedanken schwirren in Büchern herum wie ein Schwarm Mücken an einem heißen Sommerabend am See.

Ächzend stapeln wir die Sachen neben das bunte Sofa im Hauseingang. Wer jetzt herein oder heraus will, muss halt ein bisschen klettern.

»Hey, Jess. Tut mir leid wegen vorhin. Ist ja nicht schlimm, wenn du verknallt bist!« Ich versuche einen kläglichen Versöhnungsversuch. »Aber ich habe das Gefühl, ich kenne dich im Moment gar nicht mehr wieder. Immer wenn ich dich sehe, hängst du mit Mira ab …«

Es ist ziemlich schwierig, sich über einen Stapel Möbel hinweg zu unterhalten, wenn noch zwei andere Personen um einen herumwuseln, die von der ganzen Sache möglichst wenig Wind bekommen sollen.

»Natürlich kennst du mich. Jetzt sei nicht blöd. Wir sollten uns auf jeden Fall bald mal alleine treffen und in Ruhe quatschen!« Es fehlt nur noch, dass sie sagt: wie in alten Zeiten.

Außerdem glänzt sie schon wieder so verdächtig rötlich, was wohl nicht vom Möbelschleppen kommt.

Mein Herz zieht sich ein bisschen zusammen und es kommt mir in diesem Moment unendlich schwierig vor, erwachsen zu sein – was auch immer das sein soll.

»Du liebe Zeit! Was ist hier denn los?« Papa steht plötzlich vor uns. Grübelnd beäugt er den gigantischen Haufen alter Möbel.

»Hallo, Papa. Mira zieht hier ein!« Ich freue mich wahnsinnig, meinen alten Herren mal außerhalb des Restaurants zu sehen, traue mich aber nicht, mich direkt in seine Arme zu werfen – wegen der Peinlichkeit, versteht sich. Und weil ich Angst habe, diese Möbelbarrikade könnte einstürzen.

»Hier im Treppenhaus?« Er kann einfach ein richtig geil bescheuertes Gesicht machen, mein Vater. »Sieht zumindest für einen Außenstehenden so aus. Mensch, Mädchen, klasse, dass du die Bude bekommen hast. Gratuliere!«

Mira greift unsicher nach der förmlich gereichten Hand. »Klar. Danke für den Tipp – und den freien Tag. Ist ziemlich spät geworden gestern.«

Aha, also hat Papa den entscheidenden Tipp für Miras neue Bleibe gegeben! Na ja, ich könnte jetzt wieder zickig werden, weil ja offensichtlich keiner mit mir spricht – oder aber ich spare die Kraft und lasse es bleiben. Wofür ich mich entscheide, weiß ich noch nicht so genau und warte erst mal, was weiter passiert.

»Das hier ist Sperrmüll«, setzt Jessica zu einer Erklärung an. »Die von nebenan ziehen ins Ausland.«

»Ach, die Müllers. Stimmt ja! Ist das letzte halbe Jahr schnell vergangen! Sind aber ziemlich tolle Sachen dabei, meinen Glückwunsch.«

Ich sage es ja, ich kriege hier nichts mit und mein wertester Alter weiß es schon seit einem halben Jahr. Herzlichen Glückwunsch zum innerfamiliären Informationsfluss – oder zu meiner Ignoranz, sage ich da nur.

»Ja, das hab' ich vom Balkon oben gesehen!« Felix schmale Brust scheint vor Stolz zu schwellen. Meine Güte, der tut ja fast so, als habe er Amerika entdeckt.

Mister Columbus, pah!

Das Lächeln in seinem Gesicht steht ihm allerdings ausgezeichnet – unverschämterweise.

»Dann lasst uns den Kram hier mal hochschaffen. Wenigstens ist 'n kräftiger Kerl dabei.« Täusche ich mich oder höre ich einen leicht sarkastischen Unterton bei Papa heraus? Dabei zwinkert er Mira zu.

Und bei ihr bin ich mir ganz sicher, einen arg sarkastischen Zug um die Mundwinkel herum erkennen zu können. Steht ihr im Übrigen auch ausgezeichnet. Der Mund überhaupt, mit diesen weichen, sanften Lippen!

Meine Beine setzen sich nur schleppend in Bewegung, weil diese Treppen heute einfach nicht mein Ding sind und meine Knie sich weich wie Pudding anfühlen. Jede Stufe, die ich mich mit dem leichtesten Handgepäck hochschleppe, um nicht allzu lächerlich zu wirken, ist eine Qual und zerrt an meiner Lunge.

Felix, Mira und Papa gehen ganz vorne. Und Mira scheint es von den dreien am allerwenigsten auszumachen, das sperrige Sofa zu manövrieren.

Mein lieber Herr Gesangsverein – das sagt man so, hier ist in Wirklichkeit gar keiner –, die Frau hat Muckis! Vielleicht sollte ich sie bei Gelegenheit mal fragen, wie sie das macht.

Zwischendurch strahlt mich immer wieder der kleine Streifen nackter Haut an, auf dem nun winzige Schweißperlen glänzen.

»Wo sind denn all deine Sachen?« Papa schaut sich staunend in der kargen Wohnung um.

»Sie hat keine.« Felix, ganz Mann von Welt, zieht mit seinem Schweizer Taschenmesser fachmännisch die Regalschrauben nach. »Ausgebrannt. Niedlicher Tisch übrigens.«

Er zwinkert mir zu.

Miras Hände legen sich knapp neben meine um das rosa beschichtete Pressholz und nehmen behutsam den Tisch aus meinen verkrampften Händen. Wahrscheinlich sehe ich einfach zu doof aus mit knallrotem Kopf und einem pinkrosa Ecktischchen, so mitten im Raum zwischen all dem Gerümpel.

»Danke fürs Tragen!« Und zu meinem Vater sagt sie leise: »Alles, was ich besitze, ist entweder hier oben oder in meinem Kofferraum.«

Meine Hände fühlen sich merkwürdig leer an, mein Körper scheint plötzlich nackt ohne den Tisch als Schutzschild zwischen mir und dem Rest der Welt.

»Mensch, Mädchen. Zwei Herdplatten haste ja, aber nicht

einen einzigen Topf?« Papa sieht immer noch grübelnd in die leeren Regale, so als würden sie voller, je länger er darauf starrt. Dabei kratzt er sich am Kopf wie Jon.

Ich wäre froh, wenn Jon jetzt hier wäre, einfach so.

Für Mira wird es wohl auch eine pizzaarme Zeit werden, denn ich sehe hier weit und breit keinen Ofen. Ob sie überhaupt Pizza mag? Ich liebe Pizza! Keine Pizza und keine Nudeln, weil keine Töpfe da sind? Uff, ich bin einfach zu futtergierig für diese Wohnung.

Sie steht immer noch direkt vor mir, unschlüssig pendelt ihr Blick zwischen dem grellen Tisch und meinem Vater. »Wird schon mit der Zeit. Ich komme schon klar ... Wo stelle ich denn nur mal den Tisch hin?«

»Also ich habe da noch alte Töpfe und eine Pfanne, wenn du möchtest. Ein bisschen rote und grüne Farbe für die Wände. Einen alten Teppich ...« Oha, mein Herr Papa verschenkt die Hälfte unseres Hausstandes, während Jessica wie ein Wirbelwind Schränke und Regale auswischt mit einer Inbrunst, als würde *sie* hier wohnen wollen – in einem Hygieneparadies.

Irgendwie bin ich die einzige, die dumm herumsteht und nicht weiß, was sie tun soll.

»Neben dem Sofa ist ein schöner Platz für den Tisch«, schlage ich mit brüchiger Stimme vor. Hey, du Frosch, komm da raus aus meinem Hals!

»Danke.« Mira pustet in mein Ohr, so nah beugt sie sich zu mir herüber, um den Tisch auf seinen angedachten Platz zu bugsieren. Dabei dankt sie gar nicht mir, sondern Paps: »Gerne. Ich freu mich riesig über alles. Aber nur, wenn ihr das wirklich nicht mehr brauchen könnt.«

Nur ein kleiner, zweifelnder Blick trifft meinen, ein kurzes Flackern aus den stahlblauen Augen.

»Klar!« Papa reibt sich die Hände, der Ordnungsfreak in ihm, der sich jeden Tag über proppenvolle Schränke ärgert, hat unverhofftes Oberwasser.

»Vielleicht habe ich sogar noch ein altes Kofferradio. Ich weiß, das kann nicht mit der Lautstärke deiner Autoanlage mithalten, aber immerhin ist es besser als nichts. Bei mir verstaubt das sonst nur im Keller!«

Felix schiebt das Regal probehalber an die Wand neben der Balkontür. »Ein bisschen was Grünes wäre auch nicht schlecht. Zwei oder drei Topfpflanzen dürftest du schon noch haben.«

»Boah, ihr seid so lieb zu mir. Ich weiß gar nicht, wie ich das wieder gutmachen kann.« Das zarte Rosa auf den Wangen steht Mira wunderbar, warm und weich hängt es wie Wölkchen eine Etage über den geschwungenen Lippen.

Meine Hand wandert verstohlen in die Hosentasche und zerfleddert angespannt ein altes Taschentuch, das darin wohnt.

»Na, Lana. Wollen wir mal gemeinsam schauen, was wir noch so entbehren können in unseren heiligen Hallen?« Papa legt seinen Arm auf meine Schulter, so förmlich heute, fast schon feierlich.

»Ja«, krächze ich. Meine Füße sind wie festgewachsen am Boden.

»Kannst auch gerne noch hier bleiben, wenn du möchtest …« Unschlüssig blickt er von mir zu Felix hinüber, blicken alle zwischen mir und Felix hin und her.

Augenpingpong.

»Mhhh!« Reiß dich zusammen, Lana.

»Meinetwegen auch!« Die Worte kommen leise aus Miras Mund, so leise, dass nur ich sie hören kann und mir noch nicht mal ganz sicher bin, dass sie auch wirklich gefallen sind. »Oder ein anderes Mal.«

Das war noch leiser, ein Wispern nur, ein Hauch, der irgendwo im Hohlraum zwischen meinen beiden Ohren weht.

»Danke, ich bin müde.« Meine Füße setzen sich automatisch in Bewegung, um Papa zu folgen. Wofür danke ich eigentlich?

Vielleicht für Kost und Logis?

Im Treppenhaus fröstelt es mich, weil ich meine Jacke oben liegengelassen habe – besser gesagt, Papas.

Aber es fehlt mir einfach jede Kraft, wieder zurückzugehen. Viel zu watteweich ist das Gefühl, das sich hinterrücks in mir eingeschlichen hat.

Kapitel zehn

Mira

»Sieht doch schon total gut aus.« Jessica lehnt an der Balkontür, nachdem ich die Wohnungstür hinter Felix geschlossen habe, und lässt ihre Blicke ziellos über das karge Idyll gleiten.

»Eins muss man dem lassen, handwerklich ist der echt ein Ass, wenn er zwischendurch auch ziemlich viel Quatsch redet!«

Felix, ach so.

»Ja. Tausend Dank noch mal fürs Helfen – und natürlich für gestern. Das hätte ich ohne dich echt nicht geschafft!« Müde und zugleich ziemlich aufgedreht lasse ich mich aufs Schlafsofa fallen. Ausgezogen ist das viel, viel besser als jedes Bett, das ich jemals hatte. Also, nicht dass ich schon übermäßig viele Betten gehabt hätte, aber das hier macht echt was her. Vielleicht kommt es mir auch nur so vor nach den unzähligen Nächten auf dem Autorücksitz. Trotzdem springe ich ein bisschen rastlos gleich wieder auf.

»Gerne. Gerne immer wieder. Ich meine, natürlich wünsche ich dir nicht noch mal so eine Situation, aber gerne helfe ich dir wieder …« Jessica wird ein wenig rot und das beißt sich auf niedliche Art und Weise mit ihrer Haarfarbe. »Was fehlt denn noch?«

»Keine Ahnung. Klaus hat ja so ziemlich alles, was man irgendwie gebrauchen kann, vorbeigebracht.« Vor mir im Regal liegen ordentlich gestapelt Handtücher, alte Decken, frische Bettwäsche, Töpfe, Pfannen und zwei halbvolle Eimer mit Farbe. »Und demnächst folgt noch mehr.«

»Vielleicht eine Art Schreibtisch oder so?« Jessi schaut fragend.

Sie steht so weit entfernt von mir, wie sie nur kann in dieser kleinen Wohnung, während ich mich ziellos im Kreis drehe wie eine Katze mit Hämorriden und mich für den Bruchteil einer Sekunde frage, ob das wohl wirklich Zufall ist oder ob sie jetzt nicht ziemlich angenervt ist von der ganzen Plackerei.

»Mhhh, wann schreibe ich denn mal?«

Das war wohl die falsche Antwort, denn ihr Gesicht wird eher länger, auch wenn ich das im Halbdunkel kaum erkennen kann.

Die einzelne Glühbirne an der Wand bringt ziemlich wenig Licht, zumindest wenn es draußen so langsam auf die Nacht zugeht.

»Ich dachte ja nur. Oder vielleicht ein Küchentisch, wenn mal irgendjemandem einer über den Weg läuft? Wäre doch cool. Bei gutem Wetter könntest du den einfach nach draußen auf den Balkon stellen und in der Sonne sitzen.«

Langsam findet Jess zu ihrer alten Form zurück, wie sie so mit ausladenden Gesten von einem opulenten Mahl schwärmt: »Oder einfach mal ein kühles Bier in der Abendsonne trinken, obwohl … dazu braucht man ja nicht unbedingt einen Tisch.«

»Hey, Jessi, wir haben bald Winter. Bis zum Sommer ist noch eine ganze Weile hin!« Strahlend breite ich die Arme aus: »Soooo lang.«

Und so dicht vor ihr stehe ich plötzlich, dass ich ihren Schampooduft riechen kann, fruchtig mit einem leichten Hauch frischen Schweißes und kein Stück unangenehm.

Wir starren uns einen Moment lang an, forschend und unentschlossen, bevor ich mich mit ausgebreiteten Armen nach hinten aufs Sofa fallen lasse – aus heiterem Himmel und weil ich nicht weiß, was sonst.

»Möchtest du bei mir duschen?« Ich würde ihr gerne etwas zu essen anbieten, und sei es ein belegtes Brot oder eine Tiefkühlpizza. Aber in meinem Kühlschrank herrscht absolute Ebbe und ich kann die Frage, die in ihren Augen blitzt, nicht beantworten, weil ich sie nicht verstehe oder noch nicht verstehen will.

Bleischwer hängt etwas zwischen uns in der Luft, ein dicker, modriger Vorhang, wo eben noch Leichtigkeit und Lachen gewesen sind.

Die Frage war ja so doof, ich Esel, nachdem wir vierundzwanzig Stunden am Stück miteinander verbracht haben und sie meinen Kram miterledigt hat! Da sollte es ja wohl klar sein, dass sie bei mir duschen darf – auch ungefragt!

»Du kannst natürlich auch wieder hier schlafen …« Das macht's gerade überhaupt gar nicht besser. Noch mal: Ich Esel!

Jessica wendet sich ab, wühlt unkonzentriert in ihren Jackentaschen und starrt aus dem Balkonfenster. Nach einigen Sekunden befördert sie ihr Handy ans Tageslicht: »Danke, das ist lieb gemeint von dir. Aber ich sollte mich mal wieder bei Benny und Karim blicken lassen. Die kommen bestimmt schon um vor Sehnsucht nach mir.«

Ihre Stimme klingt betont heiter, während sie eine Nachricht tippt.

Piep, abgeschickt und eine Sekunde später irgendwoanders angekommen. Wie lange braucht eine SMS eigentlich bis zum Mond und zurück? Wenn das gehen würde, meine ich und reibe mir meine vor Müdigkeit ganz wehen Schläfen.

»Tut mir leid, ich wollte nicht so etwas Doofes sagen. Hey, Jess, es tut mir echt leid! Ich bin einfach so wahnsinnig müde, da gehen mir schon mal die Nerven durch.« Träge richte ich mich auf und lege versöhnlich die Hand auf ihre Schulter.

Zumindest versuche ich es.

Leider bin ich eine Millisekunde zu spät, denn die Schulter ist plötzlich weg. Zentimeter für Zentimeter bewegt sie sich weiter fort, zögerlich zwar, aber definitiv Richtung Wohnungstür.

»Schon gut.« Jessicas Stimme hickst ein wenig, fast so, als habe sie Schluckauf.

»Ich glaube es dir nicht ganz, dass alles gut ist.« Meine Beine sind schwer wie Blei auf dem Weg zur Tür und irgendwie magnetisch mit dem Teppich verknüpft.

»Hey, Mira. Du hast nichts falsch gemacht, Ehrenwort!« Ihr Blick geht einen klitzekleinen Millimeter an meinem vorbei – mit einer verschlüsselten Frage darin. Und nun weiß ich sicher, dass irgendetwas nicht stimmt, denn ihre sonst so fröhlichen Äuglein schauen traurig aus der Wäsche. Traurig und enttäuscht, wobei mir Letzteres weitaus mehr Sorgen macht.

»Ich hab' dich wahnsinnig gern ...«, setze ich zu einer langwierigen Erklärung an, aber Jessica wiegelt ab.

»Hey, ich dich doch auch. Du brauchst nichts weiter zu sagen ... und ich habe dir gerne geholfen. Ich ruf dich morgen oder übermorgen wieder an, okay!« Kein Okay mit Fragezeichen, sondern eine Feststellung.

»Okay.« Was soll ich auch sonst sagen?

»Schlaf gut.« Ihre Hand streift meine, kurz bevor die Tür krachend ins Schloss fällt.

Ich möchte noch irgendetwas antworten, aber ich weiß beim besten Willen nicht, was. Und meine Arme scheinen plötzlich zu schwach, um die Wohnungstür wieder zu öffnen.

»Schlaf gut«, raune ich der Tapete entgegen und lasse mich diesmal vornüber auf das Sofa fallen.

Die Decke duftet nach Weichspüler. Ich liebe Weichspüler und muss automatisch an Lana denken.

Ob sie wohl schon in dieser Bettwäsche geschlafen hat? Möglich wäre es ... Die Biene Maja kuschelt sich gemütlich an meine Wange. Hätte mir vor zwei bis drei Jahren mal jemand gesagt, dass ich mit zweiundzwanzig in Biene-Maja-Bettwäsche schlafen würde, ich schwöre, ich hätte ihm oder ihr den Vogel gezeigt. Einen Riesenvogel wie einen Strauß – oder mindestens einen Adler.

Aber jetzt finde ich es sogar ziemlich lustig.

Ich frage mich nur, was Lana von diesem Felix will. Na gut, der ist nett und alles und hat tolle Haare, aber irgendwie passen die so gar nicht zusammen!

Meine Körper rollt wie von selber auf die Seite, weg vom Licht, das zwar spärlich ist, aber trotzdem auf Dauer ziemlich in den Augen brennt.

Ein kleiner Stein macht sich in meinem Magen breit, der nach einer herrlich fettigen Tiefkühlpizza schreit. Ein schwerer Stein mit dem Gewicht eines Felsbrockens.

Seufzend verkrieche ich mich tiefer in die Decke und fühle mich plötzlich schrecklich einsam, obwohl heute eine Riesenlast von meinen Schultern gefallen ist. Schließlich habe ich einen Job und eine eigene Bude, also mindestens hunderttausend Prozent mehr als noch vor ein paar Tagen.

Und sogar ein paar Freunde, die mir zur Seite stehen – zumindest eine Freundin.

Eine?

Ich hoffe es, hoffe es so sehr. Ich Esel.

Mühsam grabsche ich nach meinem Handy und tippe »Schlaf gut!« mit harten, hektischen Bewegungen in das kleine Ding. Pieps! Und wieder zwei Worte, die binnen Sekunden einmal um den Globus reisen könnten.

So weit müssen die aber gar nicht, denn die Nachricht geht an Jessica und die ist ja erst vor zehn Minuten aus dem Haus gegangen. Da müsste die sich schon beamen können.

Meine Augen flimmern vor Erschöpfung, während ich den kleinen Apparat in meiner Hand so erwartungsvoll drücke, als wolle ich die Antwort aus ihm herauspressen.

Will ich aber nicht, denn dann wäre das Ding ja kaputt und ich bliebe in jedem Fall ohne Antwort.

Ich muss eingenickt sein, denn ich erwache ruckartig von einem schrillen Krächzen in meiner Hand. Im ersten Moment muss ich an einen toten Vogel denken, was ja in zweierlei Hinsicht absurd ist, denn ein toter Vogel würde keinen Ton mehr von sich geben und obendrein wohl kaum mit Vibrationsalarm.

»Schlaf gut!«, steht schwarz auf hellgrün auf meinem Display und lässt mein Herz dumpf und tief schlagen. Vielleicht ist Jessica mir also nicht mehr böse …

Noch während ich das Ding beiseite lege, sehe ich, dass unter der Nachricht Lanas Name steht.

Wirklich, trotz meiner schweren Lider – es ist keine Fata Morgana!

In meinem Magen schiebt sich ein zweiter Stein behäbig auf den ersten, der es schon fast geschafft hat, den Pizzahunger zu vertreiben. Und drumherum schwirrt eine Million Schmetterlinge mit wildem Flügelsirren, die mich kichernd in die Magenschleimhaut zwacken.

Gruselig schön.

Und wie irrsinnig.

»Gute Nacht!« Pieps.

Meine Augen fallen endgültig zu.

Kapitel elf

Lana

»Hey, welche Laus ist dir denn über die Leber gelaufen?« Tabea legt ihren Arm um meine Schultern und drückt einen ungestümen Kuss auf meine Wange, obwohl ich das eigentlich gar nicht leiden kann, so aus dem Hinterhalt.

»Mpfff!« Mein Mund schnaubt nur ein bisschen angeekelt. Besser gesagt, ein bisschen eklig. Deshalb, weil etwas Spucke herausflattert – zum Glück auf meinen eigenen Handrücken.

»Nun sag schon!«

Tabeas Griff um meine Schultern wird härter, erbarmungsloser, so sehr ich auch dagegen andrücke.

Von der anderen Seite knufft mir Jon für seine Verhältnisse beinahe sanft in die Nierengegend: »Hallo.« Ohne Ausrufezeichen, dafür mit einem Fragezeichen im Gesicht.

»Herrje, jetzt lasst mich doch alle mal in Ruhe!«

Wie ich mich auch drehe, der Schraubstock um meine Schultern will immer noch nicht weichen, während wir uns wie eine wackelige Dreierkette die Treppe zur Schule hochschlängeln. Ziemlich beschwerlich ist das, vor allem für diejenigen, die uns entgegenkommen. Entsprechend heftiger Missmut schlägt uns entgegen.

»Wenigstens sind wir heute pünktlich!« tönt es aus Jons Mund, wobei ich krampfhaft versuche, diesen kleinen, gekonnten Seitenhieb zu ignorieren.

Vor der Eingangstür ist Stopp, denn da passen wir beim besten Willen nicht zu dritt nebeneinander hindurch.

»Mensch, Lana, nun rede doch endlich. Dazu sind Freunde doch da. So wie du aussiehst, bist du doch schrecklich sauer. Und diesmal kann keiner der Lehrer schuld daran sein, weil die Schule noch nicht mal angefangen hat. Nun spuck's schon aus!« Tabeas Gesicht schiebt sich wie eine blondgelockte Sonne vor meines, ihr Kaninchennäschen mit der Nickelbrille darauf tanzt mitten zwischen meine Augen.

»Pffft!« Ich spucke wirklich aus, aber nur meinen Kaugummi auf den Fußboden zu den tausend anderen, die dort schon kleben, in beste Gesellschaft sozusagen.

Vielleicht bin ich Anfang der Woche ja sogar in einen meiner selbstgekauten getreten, der im Laufe der Zeit dort auf dem Boden zu einem unzersetzbaren, unverwüstlichen Monsterkaugummi mutiert ist. Ab und zu quatscht es nämlich immer noch unter meinem Schuh. Rekordverdächtig ist das!

»War dein Vater etwa wieder nicht zu Hause?« Jon versucht es jetzt auf die betont solidarische Tour und kratzt sich den Schädel wie ein Weltmeister im Läuseverjagen.

Ich glaube, er würde es sehr genießen, wenn einer seiner Kontrollfreakelternteile mal außerhäusig übernachten würde.

»Doch, war er. Das ist es ja gerade!« Ich beschleunige meine Schritte, versuche an Tabea vorbei durch die Tür zu huschen. Am liebsten würde ich jetzt auf der Stelle umkehren und direkt wieder gehen. Irgendwohin halt, wo ich meine Ruhe habe.

Zu Felix vielleicht? Mist, das fühlt sich auch nicht richtig an.

Lieber zu Mira, schießt es mir durch den Kopf. Eilig verbanne ich den Gedanke noch im selben Moment an den tiefsten Rand meines Gehirns. Obwohl da bestimmt eine himmlische Ruhe herrscht – also nicht in meinem Gehirn, sondern in der kleinen Bude mit den Sperrmüllmöbeln.

»Häh?« Jon bleibt verdutzt einen Schritt zurück und nun passen wir klemmfrei durch die Tür, leider, denn ich habe heute absolut gar keine Lust auf Schule.

Wenn ich schon an den Milder denke, wird es mir ganz anders. Da hilft auch die Gewissheit nichts, dass Jon und ich dank Felix den Stoff einigermaßen drauf haben. Meine Güte, *Felix*, noch eine Baustelle mehr auf den verästelten Bahnen meiner Kopflandkarte!

»Er *war* zu Hause und du regst dich trotzdem auf? Sag mal, bekommst du vielleicht deine Tage?« Ich erlebe wohl zum ersten Mal, dass Tabea ungeduldig wird, dabei ist die doch sonst die Ruhe selbst. Jetzt ist es an der Zeit, die Hosen herunterzulassen, Lana, ermutige ich mich selber. Entweder das oder ungesehen nach Hause schleichen.

Letzteres scheidet aber aus, aufgrund des veränderten Ist-Zustandes. Zu Hause ist nämlich gar kein Platz mehr für mich – stimmungsmäßig, meine ich, es sei denn, ich stünde darauf, das fünfte Rad am Wagen zu sein.

»Meine Güte, ich könnte kotzen.« Meine Beine wackeln schon nach der dritten Treppenstufe.

»Ja, wir auch, meine Liebe«, tuschelt Tabea. »So ist das, wenn es morgens um viertel vor acht ist und acht Stunden Schule vor einem liegen. Jetzt rede schon! Das allein kann's jawohl nicht sein.«

»Papa hat 'ne Tussi.« Ich erschrecke selber über meine Worte. Wie respektlos und böse die aus meinem Mund herausholpern. Obendrein fühlt sich meine Zunge dabei staubig an – wohl deshalb, weil dieser böse Satz den faden Geschmack der Missgunst trägt.

»Wie bitte?!« Tabeas Stirn schlägt wilde Falten.

Ja, ich weiß, Tabea, das ist allen Frauen gegenüber eine

Diskriminierung. Sie kann so etwas nicht gut hören. Ihre Mutter ist Gleichstellungsbeauftragte in einer großen Industriefirma – und noch dazu eine sehr engagierte.

»Tschuldigung!« Mein Blick senkt sich reumütig gen Boden. »Mein Vater hat eine Freundin, so wie es scheint.«

Der Lärmpegel um uns herum droht meine Worte zu ersticken.

»Was? Hat er sie dir vorgestellt? Mensch, jetzt lass dir doch nicht jedes Wort aus der Nase ziehen!« Tabeas Korkenzieherlocken springen bei jedem zweiten Wort auf und ab und ihr Blick fällt immer wieder auf den Minutenzeiger der großen Schuluhr an der Aulawand, die man von unserem Klassenraum aus optimal übers Korridorgeländer hinweg im Auge behalten kann.

Manchmal, wenn ich mein Handy und auch sonst keine Uhr dabei habe, melde ich mich einfach so zur Toilette, obwohl ich gar nicht muss, um einen kleinen Blick auf die Uhr zu werfen. Den Kopf über dem Geländer, stütze ich das Kinn auf die Arme, wenn die Sekunden im Klassenraum sich so zäh wie eines dieser Monsterkaugummis auf dem Boden ziehen.

Mühsam lausche ich dem Klacken, wenn wieder eine Minute vergangen ist. Das beruhigt mich irgendwie.

Klack, der Zeiger ruckt. Eine knappe Viertelstunde bleibt mir noch, mich den neugierigen Fragen meiner Freunde zu stellen. Und dann beginnt pünktlich der Matheunterricht, jedenfalls sofern kein Wunder geschieht – oder ein Erdbeben oder ein Vulkanausbruch uns hinaustreibt.

Ich weiß im Moment nicht, was besser ist, Mathe oder dieses Kreuzverhör, auch wenn die beiden eigentlich echt goldig sind und nur mein Bestes wollen.

Im Moment käme mir ein klitzekleines Erdbeben ganz gelegen, gerade stark genug, damit die ersten beiden Stunden ausfallen und ich in der Zeit mal ganz in Ruhe im Backshop einen Kaffee trinken gehen kann – allein.

Um nachzudenken. Aber nicht zu viel, nur ein kleines bisschen. Stattdessen hängen mir Tabea und Jon an den Lippen.

»Nein, ich habe sie heute Morgen getroffen. Im Bad! Oder besser gesagt vor dem Bad, genau genommen in der Tür.« Es ist mir immer noch ein wenig peinlich und noch etwas mehr, dass ich merke, wie ich langsam aber sicher erröte. »Ich kam gerade nackt aus dem Bad mit nichts als einem Handtuch um die Hüfte – und sie musste scheinbar mal dringend aufs Klo und somit ins Badezimmer hinein.«

»Und was hat sie gesagt?«

Meine Güte, warum interessiert es denn Jon, was diese Frau gesagt hat! Der ist doch sonst kein Freund der gesprochenen Worte. Daher überrascht mich sein plötzliches Interesse, was die nun *gesagt* hat.

Jon hat mal etwas ziemlich Kluges gesagt, nämlich dass Tanzen für ihn eine Form von Konversation ist. Und auf dem Gebiet ist er auch wirklich gut. Wenn der eine auffordert, liegt ihm das Mädchen meist zu Füßen. Rein sinnbildlich gesprochen, meine ich.

»Was sie gesagt hat? Als ob das nicht egal ist! Da war doch wirklich alles saupeinlich, oder?« Meine Stimme quietscht.

»Wieso? Ist doch das Normalste von der Welt, sich im Flur zu begegnen, wenn man gerade geduscht hat und einer darauf wartet, dass die Toilette frei wird.« Tabea verfolgt nachdenklich den Minutenzeiger. Sehr nachdenklich, ansonsten hätte ich das Gefühl, sie wolle mich veralbern.

»Ja, schon. Aber doch nicht unbedingt einer wildfremden Frau. Ich habe mich fast zu Tode erschrocken. Ich hätte höchstens damit gerechnet, dass Papa vor der Tür steht. Aber doch nicht sie!«

»Und du bist sicher, dass es seine Freundin ist?« Jon kratzt sich zur Abwechslung mal den Kopf. Darin scheint es mächtig zu arbeiten.

»Ja, ich bitte dich, wer soll das denn sonst sein? Eine Einbrecherin im Nachthemd, die zu mir sagt: Hallo, du musst Lana sein, ich bin die Nadine.«

Meine Geduld geht zu Ende. Trotzdem muss ich ein bisschen schmunzeln über die Vorstellung, eine Einbrecherin schleiche sich im Nachthemd aufs Klo – mit ziemlich zerrupften Haaren.

»Dein Vater hat also eine Freundin. Mensch, Lana, so unnormal finde ich das jetzt echt nicht!« Tabea legt mir die Hand so fest um die Schulter, als habe sie Angst, dass ich sonst wutentbrannt wegrennen könnte. Und da hat sie tatsächlich nicht ganz unrecht.

»Pffft! Und die stellt der mir nicht mal vor? Wie fies ist das denn?« Mein ganzes Gesicht tut schon weh vom Böse-aus-der-Wäsche-Gucken.

»Na ja. Das ist natürlich nicht so toll.« Tabea zuckt leicht zusammen, als der Minutenzeiger klackend einen Strich weiter rutscht. »Aber vielleicht ist sie ja auch ganz spontan vorbeigekommen, du hast schon geschlafen und er hat dich nicht wecken wollen?«

»Stimmt schon«, räume ich ein, »ich bin gestern ziemlich zeitig ins Bett.« Genau genommen, nachdem ich Mira diese SMS geschickt habe. Keinen blassen Schimmer, welcher Teufel mich da geritten hat!

Die Nummer hatte ich von Papa und ein glühend heißes Gefühl um die Mitte kurz vor dem Abschicken ... »Trotzdem hätte der ja mal einen Ton sagen können. Schließlich kennt er sie doch nicht erst seit gestern!«

»Hmmm?« Jon scheint zu grübeln, ob mein Vater nicht Untiefen besitzt, die uns bislang verschlossen geblieben sind und er diese Frau nicht doch vielleicht letzte Nacht irgendwo aufgegabelt hat. Der Gedanke muss ihn irgendwie faszinieren, jedenfalls vergisst er ganz, sich am Kopf zu kratzen.

»Ich weiß genau, was du sagen willst. Lass es stecken, denn das ist Quatsch. Ich schätze, in den Nächten, als er morgens nicht da gewesen ist, hat er bei ihr geschlafen. Alles andere macht doch keinen Sinn!«

Klack. In fünf Minuten schließt der Milder die Klasse auf. Oh, je!

Bilde ich mir das ein oder wackelt der Boden unter meinen Füßen schon ein bisschen? Ich habe die Hoffnung auf ein Erdbeben noch nicht ganz aufgegeben.

»Es tut dir weh, oder?«, raunt Tabea mir ins Ohr, ziemlich leise, weil der Platz vor unserem Klassenraum mittlerweile gerappelt voll ist mit verpennten Mitschülern, von denen logischerweise auch keiner zu spät kommen möchte. Denn darauf steht ja die Höchststrafe.

Ich schweige verstockt. Mein Herz zieht sich für den Bruchteil einer Sekunde zusammen, der Schmerz erwischt mich hinterrücks. Ich bin wütend und traurig zugleich, ein äußerst destruktives Gefühl nagt tief drinnen in mir. Am liebsten würde ich jetzt um mich treten und zeitgleich ganz, ganz fest in den Arm genommen werden.

»Ich habe recht, oder?« Tabea tut es. Sie nimmt mich ganz, ganz fest in den Arm.

»Ihhh, die sind lesbisch!« Zwei Meter hinter uns steht Leon, der obercoole Leon mit den immer neusten Fußballtrikots, und zeigt ungeniert mit dem nackten Finger auf uns.

Zum Glück steht Jon dazwischen, denn das unbändige Gefühl, dem Kerl mal dringend eine langen zu müssen, nimmt in mir von Sekunde zu Sekunde zu.

»Mhhh!« Jetzt ist es eher ein Knurren, das aus meiner Kehle dringt, ein wütendes Knurren, wobei sich meine Lippen immer noch nicht bewegen wollen.

Lesbisch, ein komisches Wort. Wenn zwei Mädchen sich lieben, Pffft! Meine Güte, was ist schon dabei!

Greta und Antonia aus der Zwölften sind lesbisch und ein Paar. Wie müssen die sich erst fühlen, wenn *mir* dieser doofe Satz schon so tierisch auf den nicht vorhandenen Sack geht!

Dabei bin ich ja gar nicht lesbisch!

Wie sich das wohl anfühlt, lesbisch sein, frage ich mich.

Vielleicht ein bisschen komisch – oder einfach ganz normal. Oder wie auf Wattewolken durch ganz tiefen, weichen Sand zu laufen?

Mich überläuft es heiß und kalt. Wenn ich es nicht besser wüsste, könnte ich glatt glauben, ich sei in den Wechseljahren. Unserer Nachbarin von ganz oben geht das genau so. Sie klagt immer, dass ihr abwechselnd heiß und kalt ist.

Ein Wechselbad der Gefühle. Und so zischt mein kochendes Blut durch meine eiskalten Adern, dass es mich spontan ziemlich stark schüttelt.

»Kümmere dich um deinen eigenen Scheiß und hör weiter deine *Kastelruther Spatzen*«, brüllt Tabea nach hinten und ein paar Mädchen, die gerade mit Brötchentüten unter dem Arm vorbeischlendern, lachen laut auf.

Und Leon, ja Leon, der wird tatsächlich ganz schön rot. Das beißt sich unvorteilhaft mit seinen strohblonden, perfekt gestylten Haaren. Der coole Leon stöpselt sich die Ohrhörer seines iPods tiefer in die Gehörgänge und wippt demonstrativ im Takt der Musik von dannen.

Hört der wirklich die *Kastelruther Spatzen*? Ist ja auch egal. Mir fehlt die Kraft, um irgendetwas zu ihm hinüber zu brüllen. – Ja! Ja und ja! Es tut weh, keine Frage.

Klack, acht Uhr. Der Zeiger tut mir leid, weil der nichts anderes kann, als immer nur weiter im Kreis zu laufen. Es ist eine Funkuhr, logisch, und Funkuhren sind die ärmsten Sklaven der Zeit. Dreihundertfünfundsechzig Tage im Jahr, sechzig mal vierundzwanzig Stunden. Das sind tausendvierhundertvierzig Mal allein an einem Tag. Wie oft das im Jahr ist, kann ich nicht ohne Taschenrechner ausrechnen. Aber ich arbeite daran. Da hätte ja selbst der Milder guten Grund, mal stolz auf mich zu sein.

»Mensch, Leute, lasst uns später weiter darüber reden. Wie

wär's, wenn wir uns heute Abend im Moskito treffen? Mir ist nach lauter Musik!«

Jon und Tabea nicken beide, ohne lange darüber nachzudenken.

»Muss ja nicht so lange sein«, füge ich ironisch hinzu, weil heute Freitag ist und wir morgen gar keine Schule haben. »Dann kommt morgen auch keiner zu spät.«

Mein Stuhl fühlt sich eisig an unter meinem Po, als ich mich zum Unterricht bereitsetze – und mein Kopf glühend heiß. Ob man mit siebzehn tatsächlich schon in den Wechseljahren sein kann?

Hektisch tippe ich unter dem Tisch in den Taschenrechner. Fünfhundertfünfundzwanzigtausendsechshundert Mal macht der Schuluhrzeiger ›Klack‹ pro Jahr. So oft, so verlässlich, dass es mir Angst macht. Mechanisch läuft und läuft und läuft er und das Schlimmste, was dazwischenkommen kann, ist ein Erdbeben oder eine kaputte Batterie.

Der Boden wackelt wieder leicht unter meinen Füßen, als der Milder mich an die Tafel ruft.

Und ich laufe und laufe und laufe jeden einzelnen butterweichen Schritt weiter bis nach vorne – vorbei an meiner eigenen Angst, die mir dicht auf den Fersen lauert, bereit jederzeit hineinzubeißen.

Kapitel zwölf

Mira

Die Rothaarige sitzt wieder mit einem Glas Rotwein am Tresen, als ich mich verabschiede. Elegant sieht sie heute aus, wie sie den Stiel des Glases gekonnt zwischen den Fingern dreht. Ich könnte schwören, dass die mit Klaus flirtet, ein Lächeln so breit wie der Gardasee, mindestens.

Und seine Augen glänzen auch ganz verdächtig. »Tschüß, Mira-Mädchen. Wir sehen uns morgen in alter Frische!«

Da geht was zwischen denen, ich schwöre es!

»Tschüß!« Mich fröstelt es schon, als ich die Tür nur ein Stückchen weit öffne. Es wird wirklich langsam Zeit, dass ich mir eine neue Jacke zulege.

Und das mit der alten Frische kann ich im Moment echt nicht versprechen. Ich fühle mich nämlich heute ziemlich durch den Wolf gedreht. Alle halbe Stunde werfe ich einen hektischen Blick auf mein Handydisplay, um festzustellen, dass sich noch keine Jessica gemeldet hat.

Schuldgefühle plagen mich, fest und unsanft, obwohl ich noch nicht einmal genau weiß, was ich falsch gemacht habe.

»Falls du gleich nach Hause gehst, sei doch so lieb und schau auf dem Weg nach oben mal nach Lana. Die hat nämlich heute den ganzen Tag ihr Handy ausgeschaltet und ich mache mir ein bisschen Sorgen. Das brauchst du ihr natürlich nicht zu sagen!« Klaus' Hand legt sich schwer auf meine Schulter und in meinem Magen macht sich ein dicker Klumpen breit.

»Ja, mal sehen.« Ich muss husten. Wahrscheinlich habe ich meinen Schal zu fest um den Hals geschlungen. »Ich wollte eigentlich noch kurz ins Moskito auf ein Bierchen.«

»Klar, viel Spaß. Wenn irgendwas wäre, wäre sie auch bestimmt schon hier aufgetaucht!« Klaus winkt verliebt grinsend und ich schleiche durch die Kälte von dannen.

Das Letzte, was ich jetzt möchte, ist allein in meiner kleinen Bude zu hocken und nachzugrübeln. Vielleicht ist Jess ja heute auch da und wir können den ganzen Mist begraben. Welchen Mist genau es zu vergraben gibt, davon habe ich gerade keine Ahnung, will ich im Moment auch gar nicht wissen.

Sich bei dieser Kälte nicht totzuzittern ist schon anstrengend genug.

Brrr!

Vor dem Moskito ist heute noch nicht viel los. Das ist logisch, denn es ist ja Freitag und die Party geht erst später ab. Soll mir aber auch recht sein.

Später, wenn es hier rappelvoll sein wird, liege ich zu Hause im Bett und schnarche mich durch metertiefen Schlaf.

Der schönste Platz ist immer an der Theke, hat mal Wasweißichwer gesagt – und das ist jetzt auch meiner, ein eiskaltes Alsterwasser vor meiner Nase.

An der Wand hängt ein Spiegel, in dem ich die gesamte Tanzfläche im Blick habe. Aber es tanzen nur zwei Frauen, Mädchen fast noch, ziemlich langsam miteinander. Und ziemlich eng, wie ein Pärchen, die Arme liebevoll umeinander geschlungen.

Der Brei in meinem Magen wird mehr und mehr. Hoffentlich muss ich mich nicht übergeben.

Meine Füße wackeln automatisch im Takt. Trotzdem kann

ich den Blick nicht von den beiden nehmen. Während ich sie nicht aus den Augen lasse, macht sich ein leichtes Kribbeln in meinen inneren Organen breit.

»Hallo, schöne Frau. Ganz alleine hier?« Ein junger Mann um die dreißig – wenn man das nun jung nennen möchte – setzt sich auf den Barhocker neben mich. Auf jeden Fall ist er kein Junge mehr.

Ich nicke. Was soll ich dazu auch sagen? An der Theke sitzt ja auch keiner außer mir. Es scheint wohl so, als sei ich alleine hier.

»Darf ich dich zu einem Drink einladen?« Der Kerl hat hübsche Augen. Er wirkt ganz lieb und zutraulich.

Ich weiß, so redet man eigentlich eher über einen Hundewelpen, aber es passt.

»Mhhh!« Ich nicke wieder. So langsam muss der glauben, dass ich halbgar bin oder so. Aber andererseits, was gibt es da schon groß zu besprechen? Soll er sich doch was einfallen lassen. Ein bisschen Kurzweil täte mir vielleicht ganz gut.

»Hast du auch einen Namen?« Jetzt schlägt's dreizehn. Was denkt der denn, wie alt ich bin, dass der so mit mir redet? Drei doch wohl höchstens.

»Ich nehme noch mal dasselbe«, rufe ich dem Barkeeper zu, der gelangweilt in der Gegend herumglotzt und trockene Gläser abtrocknet.

Er nickt und macht sich an die Zapfanlage.

Nichts weiter, kein Wort.

Muss ja auch nicht sein.

Wie gebannt, aber hauptsächlich um den Typen neben mir nicht anschauen zu müssen, folge ich mit müden Augen jeder seiner Bewegungen. Die benutzen hier die billige Zitronenbrause, aha.

Schmeckt aber wahnsinnig gut und prickelt kühl auf der Zunge!

»Ich bin Jens!« Ups, fast hätte ich den Herrn neben mir

vergessen, kann ihn aber nun beim besten Willen nicht mehr ignorieren, als er mir seine schlaffe Hand hinhält. Immerhin hat der mir ja auch den Drink gesponsert.

»Mira!« Ich mag eigentlich keinen so laschen Händedruck. Unsere Hände berühren sich nur kurz wie beim Abklatschen, das reicht.

»Also, Mara, sehr gesprächig bist du ja nun nicht. Magst mir was von dir erzählen?« Jens hat blasse Augen mit beginnenden Falten an den Seiten und sieht echt harmlos aus.

Die Haare gehen ihm auch schon aus, zumindest vorne über der Stirn. Vermutlich trägt er sie deshalb besonders kurz geschoren.

»Mira!« So viel Zeit muss sein: »Gibt nicht viel zu erzählen über mich ...«

»Tschuldigung, Mira, aber bei so einer hübschen Frau kann ich das kaum glauben!« Jens' Barhocker rutscht wie von selber ein Stückchen dichter neben meinen – und mein Alster in einem Zug meine Kehle hinab.

»Mhhh!« Ich kann es kaum glauben, der will mich tatsächlich anmachen.

»Noch mal dasselbe für die Lady«, ordert Jens ganz selbstverständlich, ohne mich vorher zu fragen: »Du scheinst Durst zu haben ...«

»Ja, danke!« Ich will mich nicht beklagen, ich wollte ja schließlich Unterhaltung heute Abend.

»Woher kommst du, Mira? Nicht von hier, oder?« Jens' Augen suchen meine. Da er keinen Sichtkontakt kriegt, heftet er seinen Blick auf meine rechte Wange.

Die Mädchen auf der Tanzfläche haben sich gerade geküsst, ich schwöre es, mitten auf den Mund.

Aber daran scheint Jens kein Interesse zu haben, dafür fixiert er weiter meine Wange. Die glüht mittlerweile schon und mein ganzer Körper sitzt in einer gewissen Schräglage da, um einen direkten Körperkontakt zu vermeiden.

Im Spiegel suchen meine Augen von Zeit zu Zeit nach Jessicas rosa Haarschopf – ohne Erfolg.

»Ich wohne hier in Buxtehude, komme aber ursprünglich aus dem Ruhrgebiet.« Kleine Schlucke, lieber nur kleine Schlucke, ermahne ich mich, denn der Brei in meinem Magen hat sich längst noch nicht aufgelöst. Im Gegenteil, er wird zäher und zäher. Die beiden haben sich eben schon wieder geküsst.

»Bist noch nicht lange hier, oder?« Jens nippt an seinem Weizenbier. Der scheint ja nur mäßigen Durst zu haben – oder er will mich abfüllen, betrunken machen.

»Eine Woche und ein bisschen.« Unsere Gesichter haben sich einander zugewandt, ganz automatisch. Der leichte Schatten eines Dreitagebarts schimmert um seinen Mund herum und ich ertappe mich dabei, wie ich mich frage, ob der wohl beim Küssen kratzt.

»Das dachte ich mir. Ansonsten wärst du bestimmt nicht alleine hier!« Jens Finger malen kleine, unkoordinierte Blumenmuster auf das beschlagene Weizenglas.

»Doch, bestimmt. Ich wollte einfach nur ein Bier trinken gehen.« Ich weiß nicht, was dagegen spricht, dass eine Frau allein ein Bier trinken geht.

Dass ich nicht allein in meiner neuen Bude sein wollte, verschweige ich natürlich lieber. Vielleicht kommt der sonst auf die dumme Idee, mir dort Gesellschaft leisten zu wollen – und ich eventuell auf die noch dümmere Idee, ja zu sagen.

»Und was machst du so?« Irgendetwas muss ich ja auch mal fragen, auch wenn es mich nicht sonderlich interessiert. Wenigstens ist mir jetzt warm, fast schon heiß im Gesicht. Trotzdem habe ich keine Lust, meine Jacke auszuziehen, sondern ziehe sie eng um mich herum wie einen Schutzpanzer.

Die Mädchen auf der Tanzfläche küssen sich jetzt ungefähr alle paar Minuten und ich habe inzwischen keinen Zweifel mehr daran, dass die beiden wirklich ein Paar sind.

Oder mindestens eine von denen hackedicht ist.

Aber das erscheint mir ziemlich abwegig.

»Muss Liebe schön sein, was?« Jens' Blick ist meinem gefolgt und unsere Augen treffen sich im Spiegel.

Kein Wort verliert er darüber, dass es zwei Mädchen sind und dass denen wohl ein Mann fehlt, blablabla ... den üblichen Kram halt, den viele Mackertypen jetzt vom Stapel lassen würden.

Und das macht ihn mir unendlich sympathisch.

Ich nicke bedächtig und bin mir nicht ganz sicher.

»Ach so, was ich mache? Ich bin Koch in einem großen Kindergarten. Anstrengend, aber schön!« Sein Glas leert sich bis zur Hälfte, endlich, ich kam mir schon fast versoffen vor. »Und falls du jetzt denkst, dass es da jeden Tag nur Nudeln mit Tomatensoße gibt, muss ich dich auch enttäuschen.«

»Denke ich nicht, keine Sorge. Bestimmt auch Pommes und Pizza und Milchreis oder Pfannkuchen.« Ein leises Lachen steigt tief aus meiner Kehle, so dass ich mich für einen Moment regelrecht erschrecke.

Ja, ich amüsiere mich wohl echt, zumindest ein bisschen. »Ich arbeite auch in einer Küche. Allerdings ohne Kinder.«

»Oh, schön, da haben wir wieder eine Gemeinsamkeit!« Jens' Fältchen um die Augen werden tiefer, wenn er lacht, was ihm nicht unbedingt schlecht steht. »Nimmst du noch eins?«

Er deutet mit dem Kinn auf mein leeres Glas, weil nun seine beiden Hände damit beschäftigt sind, Muster auf das immer noch beschlagene Weizenglas zu malen. Bestimmt ist der eigentlich Raucher und muss seine Finger jetzt anderweitig beschäftigt halten.

»Mhhh!« Ich nicke. »Warum *wieder* eine Gemeinsamkeit? Welche denn noch?« Meine Wangen glänzen rot aus dem Spiegel herüber.

»Na die, dass wir beide alleine hier sind!« Etwas Forschendes liegt in seinem Blick.

»Ach so.« Ich bin für einen Augenblick nicht ganz bei der

Sache, weil sich soeben die Eingangstür öffnet und Lana mit dem Pummeligen und der Blondgelockten von neulich die Diskothek betritt. Genau genommen dauert der Augenblick recht lange und ich könnte schwören, dass sie mir von da hinten mitten in die Augen sieht – im Spiegel, meine ich. Lange, tief und unbeweglich. Der Brei wabert von einer Magenseite zur anderen, erinnert mich an eine turbulente Schifffahrt. Ich halte mich mit den Augen am Glasregal hinterm Tresen fest.

So lange, dass ich gar nicht mitkriege, wie Jens die Hand mit seinem neuen Glas gekreuzt über meinen Arm und mein Glas legt: »Komm lass uns Brüderschaft trinken!«

»Warum nicht«, murmele ich, ohne daran zu denken, was das bedeutet, den Blick immer noch auf Lanas ernstes Gesicht gerichtet. Ein Deckenlicht strahlt ihr Haar von hinten an, so dass es aussieht, als würde sie einen Heiligenschein tragen. Mein Herz stolpert und sie sieht in diesem Moment wunderschön aus. In diesem Moment, in dem Jens trinkt und mich dann mitten auf den Mund küsst. Ich schließe die Augen.

Klar, so geht Brüderschaft trinken nun mal!

Mist!

Seine Lippen fühlen sich eigenartig an auf meinen, weich und fremd zugleich und ein bisschen wie ein dicker Regenwurm. Der Dreitagebart kratzt kaum, jetzt weiß ich's.

Lana schaut immer noch schräg an mir vorbei, als ich die Augen wieder öffne, und wendet sich abrupt ab, um den beiden anderen dicht auf den Fersen in Richtung WC zu folgen.

»Prost!« Jens schaut mich grinsend an, als sei nichts Ungewöhnliches geschehen.

Ist es ja auch nicht – vielleicht.

Vielleicht auch doch.

Vielleicht auch nicht.

Man bräuchte jetzt eines von diesen Gänseblümchen, wo man dann Blatt für Blatt abreißen kann, um am Ende festzustellen, dass man sich verzählt hat.

Der Brei in meinem Magen steigt und mein ganzer Kopf ist kochendheiß: »Sorry, ich muss mal aufs Örtchen …«

Meine Jacke werfe ich achtlos auf den Barhocker neben meinem, weil ich das Gefühl habe, dass meine Haut mittlerweile glüht wie offenes Kaminfeuer.

»Kein Problem, ich passe solange auf deine Jacke auf«, ruft er mir noch hinterher. Lieb von ihm, rauscht es mir um die Ohren wie ein Karussell, während ich an den beiden küssenden Mädchen vorbei zum Klo hetze.

Schön sehen sie aus, so versunken in sich selbst, ineinander, fast wie im Märchen oder – halt eben verliebt.

Als ich die WC-Tür öffne, fällt mein Blick als allererstes auf den Spiegel an der Wand.

Oh, Mann, ich bin wirklich ziemlich durch!

Weil ich mir nach Feierabend noch Bratensoße auf mein Hemd gekleckert hatte, das gute blau-weiß karierte, hat Klaus das mit den Kochjacken zusammen in die Wäscherei gegeben.

Ich habe ja noch keine Waschmaschine. Demzufolge stehe ich jetzt nur in einem Herrenunterhemd da, direkt vor dem Spiegel und glotze mir selber ungläubig ins Gesicht.

Kein Wunder, dass ich so gefroren habe. Meine Güte, dass ich daran gar nicht mehr gedacht habe!

Da wäre ich doch lieber noch mal nach Hause gezottelt und hätte mir etwas übergeworfen.

Na gut, ich stehe im Herrenunterhemd ohne etwas darüber in einer Diskothek, küsse einen fremden Mann, dem das offensichtlich gefällt – so sehr, dass er mir einen Drink nach dem anderen ausgibt –, und laufe einem Mädchen hinterher, dass mich böse angeschaut hat. Und das nur, weil ihr gestern in einem Anflug von Zickigkeit eine Laus über die Leber gelaufen ist!

Ich glaube, es ist an der Zeit, auf Kaffee umzusatteln oder einfach schlafen zu gehen.

»Hey!« Die Augen, die meine im Toilettenspiegel treffen, schimmern unergründlich schwarz.

»Hallo!« Meine Lippen zittern ein bisschen, das beobachte ich im Spiegel, obwohl ich eigentlich gar nicht friere.

»Wie geht's so?« Lana steht ganz dicht hinter mir, hinter dem einzigen Spiegel hier in der Toilette, rührt sich keinen Zentimeter und schaut direkt in mein Gesicht. Direkt unter meine heiße Wangenhaut.

»Geht, danke.« Ich weiß nicht, ob es geht, ehrlich gesagt, meine Füße gehen auf jeden Fall nicht. Sie wollen sich einfach nicht bewegen, um Lana den Weg zum Waschbecken frei zu machen. »Danke für deine Nachricht gestern Abend.«

»Und hast du?« An meiner nackten Schulter kann ich Lanas Atem spüren, einen warmen Hauch in regelmäßigen Abständen.

»Was?« Mensch, mach den Mund auf, schnauzt eine Hälfte meines Gehirns die andere an – die, in der sich das Sprachzentrum befindet. Welche das ist, haben beide vergessen.

»Na, gut geschlafen.« Lana rückt noch ein Stückchen näher und beugt sich zum Wasserhahn vor – an mir vorbei, logischerweise. Dabei streift eine ihrer Haarsträhnen meinen nackten Oberarm – samtig weich wie Kätzchenfell. »Du weißt ja, was man in der ersten Nacht im neuen Bett in einer neuen Wohnung träumt, das geht in Erfüllung.«

»Ich kann mich gar nicht mehr dran erinnern. Ich glaube, ich habe einfach geschlafen wie ein Stein. Da hat deine Nachricht also schon etwas gebracht. Noch mal danke. Und sorry, dass ich nicht zurückgeschrieben habe!«

Ein paar Wasserspritzer landen in meinem Dekolleté, kullern lautlos ihres Weges.

»Oh, 'tschuldigung. Ich wollte dich nicht nass machen!« Lana schnappt in Windeseile eines dieser Papierhandtücher aus dem Spender und tupft hektisch unterhalb meines Halses herum.

Mit einem Mal entgleitet ihr das Papiertuch und fällt lautlos zu Boden, während die Hand regungslos da liegen bleibt, wo sie war. Im Spiegel treffen sich erneut unsere Blicke und ich kann einer kleinen, beginnenden Gänsehaut bei ihrer vollen Entfaltung auf meinem ganzen Körper – zumindest an den sichtbaren Stellen – beiwohnen.

»Mist.« Lanas Hand angelt nach einem neuen Tuch, kriegt aber keines zu fassen. »Hilf doch mal mit!«

»Klar, warte.« Umständlich fummele ich am Papierspender. Meine Bewegungen ziehen sich zäh wie Kaugummi.

»Oh, Mann, Mira. Schläfst du, oder was? Du weißt aber schon, dass ein weißes Unterhemd ziemlich durchschimmert, wenn es nass wird?!«

Bilde ich mir das ein oder ist die jetzt auch knallrot geworden?

»Uff, ja!« Daran hatte ich nicht gedacht – eher an Sommerurlaub und ihr weiches Haar auf meinem Unterarm. Kleine Schweißtröpfchen rinnen siedendheiß unter dem Hemd meinen Rücken herab. Aus Schreck vor meinem eigenen Gedanken, wahrscheinlich.

»Besser?« Wir stehen jetzt nebeneinander vor dem Waschbecken, obwohl ich mich nicht daran erinnern kann, auch nur einen Zentimeter weit meine Füße bewegt zu haben. Vielleicht haben die Fliesen sich verschoben, denke ich pragmatisch und trinke einen Schluck Wasser direkt aus dem Hahn.

»Ja, besser. Mein Hemd ist so staubtrocken wie meine Kehle.« Die Stelle, an der Lanas Hand mich trockengerieben hat, prickelt wie Brausepulver im Mund. »Cooles Outfit!«

Keine Ahnung, was ich sonst sagen soll und ich merke erst jetzt, dass ich wie gebannt in den Ausschnitt ihrer Bluse unter dem dunklen, abgewetzten Cordjackett starre. Darauf scheint sie zu stehen, denn ein ähnliches hat sie auch gestern Abend bei mir vergessen.

Bestimmt ist das von ihrem Vater, schießt es mir durch den Kopf – also nicht das, was sie in der Bluse trägt, rund und weich an den kühlen Stoff geschmiegt, nein, das ganz bestimmt nicht, sondern das Jackett.

Zwei hochrote Gesichter begegnen sich, bevor sie die Arme in die Hüften stemmt und mich von schräg unten anblickt. »Deins aber auch!«

Ihr Gesicht ist so dicht vor meinem, dass ich eine kleine Schweißperle auf ihrer Oberlippe erkennen kann. So nah, ganz ohne Dreitagebart ... und die Kacheln an den Wänden um uns herum beginnen sich sacht im Kreis zu drehen – bis plötzlich die Tür aufgerissen wird.

»Hey, Señora Lana! Wo bleibst du denn nur so lange?« Es ist die Blondgelockte mit fliegenden Haaren, die da im Toiletteneingang steht: »Wir warten hier schon mindestens zehn Minuten vor der Tür. Oh, hallo!«

»Hallo, ...!« Wie hieß sie noch mal. Automatisch drehe ich mich zu ihr – endlich bewegen sich auch meine Füße, die sturen Biester – und reiche ihr brav meine Hand. Reichlich förmlich, wie ich finde, aber sie ergreift sie sofort.

»Kommt schon. Wir wollen tanzen!« Der kleine Pummelige streckt seinen Kopf ebenfalls zur Tür herein. Das wird ja ein wahrer Menschenauflauf hier drinnen!

Ein leichter Windhauch weht herein, fegt über meine stachelige Gänsehaut und lässt mich schaudern.

»Ach, mir ist kalt. Ich denke, ich geh jetzt besser nach Hause. Bin direkt vom Dienst hergekommen und ziemlich durch«, brummele ich in meinen nicht vorhandenen Bart und latsche unentschlossen zur Tür. »Viel Spaß noch. Wir sehen uns.«

Draußen umfängt uns dichte, laute Rockmusik und der Zauber ist vorbei. Der innere Aufruhr bleibt jedoch mein Gast. Ich zittere wie Espenlaub, das sagt man wohl so.

»Okay, komm gut nach Hause«, Lanas Gesichtszüge sind starr und auf etwas auf der anderen Seite der Tanzfläche gerichtet.

Jens. Den hätte ich beinahe vergessen.

»Mhhh!« Lauft Füße, lauft, ermahne ich mich. Schließlich kann ich ja nicht ohne Jacke nach Hause.

»Und grüß deinen neuen Freund von mir!« Im Vorbeigehen streift Lanas Hand meine wie zufällig, bevor sie mit ihren beiden Freunden auf die Tanzfläche verschwindet.

Ein übler Geschmack legt sich augenblicklich auf meine Zunge, das bitterste Brausepulver der Welt.

»Hey, alles okay?« Jens steht vor seinem Barhocker und reicht mir meine Jacke.

»Ja, schon. Ich bin nur ein bisschen müde. Werde jetzt mal nach Hause gehen, sorry. Und danke für die Drinks!« Hätte ich nicht eben noch meine schlanke Statur im Spiegel gesehen, könnte ich glauben, ich wöge weit über hundert Kilo, so schwer fällt mir jeder einzelne Schritt zur Ausgangstür.

Ein zögernder Jens folgt dicht an meiner Seite.

»Wenn ich dich jetzt frage, ob ich dich bringen soll, kennen wir beide die Antwort schon vorher. Deshalb erspare ich uns das. Wenn du's aber willst, brauchst du mir nur ein kleines Zeichen zu geben, okay?« Jens öffnet die Ausgangstür einen Spalt und blickt mich prüfend an.

Meine Miene verzieht sich keinen Millimeter, weil die Zeichen auf *nein* stehen und ich jetzt allein sein will.

»Viel Spaß noch!«, lautet meine lasche Verabschiedung, während er mir eine kleine Karte mit seiner Handynummer in die Hand drückt.

»Meld dich gerne. Ich freue mich!« Jens' Hand legt sich für einen kurzen Moment um meine zitternde Schulter und das tut einfach gut.

»Mach ich. Und danke!« Und das meine ich wirklich ernst.

Beim Hinausgehen sehe ich den Pummeligen – Jon heißt der, genau! – mit Lana auf der Tanzfläche. Sie tanzen ziemlich eng und ich bin mir fast sicher, dass sie mich gesehen hat, bevor sie ihm einen Kuss auf den Mund drückt.

Der Heiligenschein, den der Discospot um ihr Haar zaubert, ist nur noch halb so groß wie vorhin.

Auf dem Heimweg zerrinnt mir beim Gähnen die eine oder

andere Schneeflocke im Mund und eine einzelne heiße Träne tropft mir vom Kinn.

Ich kann den nahenden Winter bei jedem meiner Schritte spüren, während ich ab und zu etwas von dem Brei, der mir in der Speiseröhre brennt, wieder in meinen Magen hinunterwürge.

Kapitel dreizehn

Lana

Ach, du liebe Güte – verdammte böse Güte!

War ich das eben, die Jon geküsst hat, mitten auf den Mund, mitten auf der Tanzfläche, mitten zwischen der Hälfte aller meiner Mitschüler und mitten in sein Herz?

Das schlägt wild an meiner Brust, weil wir immer noch tanzen und das ziemlich eng.

War ich das oder jemand, der mir einfach verdammt ähnlich sieht und heute zufälligerweise die gleichen Klamotten trägt wie ich? Täuschend echt ist diese Ähnlichkeit und enttäuschend echt das bittere Gefühl, das mich seither nicht loslässt.

Dort drüben an der Eingangstür, irgendwo in einer anderen Welt, einem Paralleluniversum, verschwindet Miras hagere Gestalt in der Nacht.

Vielleicht bilde ich mir nur ein, dass ein eiskalter Wind direkt hinter ihr zur Tür hereinkriecht und meine Knochen klirren lässt.

Huh!

»Sorry«, murmele ich in die haarige Stelle über Jons Ohr, diese flauschige Stelle, die ich seit Jahren in- und auswendig kenne.

»Ich weiß!« Er hält mich weiter fest, etwas lockerer zwar, aber schubst mich nicht weg oder so. »Ich weiß.«

»Keine Ahnung, was da in mich gefahren ist! Wir sind doch schließlich Freunde, die besten Freunde …« Meine Stimme flattert hinter der von Freddy Mercury her. »*We are the Champions of the World.*«

Es fühlt sich gar nicht so an, Mister!

»Ich bin dir nicht böse, Lana.« Seine Augen treffen meine für einen kleinen Moment. Sie blicken unendlich traurig. »Ich fand es schön.«

»Ja, schön schon, aber …« Aber es fühlte sich nicht richtig an, genauso wenig wie bei Felix – und trotzdem anders. Verletzlicher?

»Sag nichts, bitte!« Eine Drehung noch und das Lied ist zu Ende. Da legt sich Jons Hand kurz auf meinen Unterarm mit den aufgestellten zitternden Härchen. »Komm, wir holen uns was zu trinken.«

Schon ist er in der Menge verschwunden, während ich wie angenagelt am Rand der Tanzfläche stehe, um mich ungefähr eine Million Leute, die ich teilweise nur vom Sehen kenne und die mich anglotzen wie ein Pferd mit sieben Beinen.

Vom Tresen her nickt mir einer zu, den ich im ersten Moment nicht recht einordnen kann. Kurzgeschorenes Haar und Dackelblick – außerdem mindestens fünfzehn Jahre älter als ich, eine Ewigkeit also.

Ich versuche mir für eine oder zwei Sekunden vorzustellen, wie ich wohl mit dreißig oder fünfunddreißig sein werde. Vielleicht verheiratet mit Kindern und allem, der übliche Werdegang?

Mich schüttelt es!

Uff, jetzt weiß ich's! Das ist doch der Typ, den Mira vorhin geküsst hat. Miras Freund?

Warum ist die dann weg und er hockt noch hier?

Vielleicht muss sie früh aufstehen.

Vielleicht sollte ich grüßen, stehe aber weiterhin nur mit offenem Mund da und gaffe.

In meinem Magen prickelt Kohlensäure, die eigentlich gar nicht da drinnen sein kann, weil ich mein Alsterwasser immer noch unangetastet in der Hand halte. Es fehlen nur ein paar Schlucke, die übergeschwappt sind, weil meine Hand vor Aufregung ganz zittrig ist. Das Mädchen neben mir wirft mir schon ziemlich böse, warnende Blicke zu, damit ich nur ja nicht auf die Idee komme, einen oder mehr Tropfen auf ihr kostbares Paillettentop zu vergießen.

Scheußlich ist es, wenn man mich fragen würde, ihr Top und mein schlechtes Gewissen.

Jon steht jetzt drüben am Tresen und plaudert mit einem aus der Elften, gestenreich und mit hochrotem Kopf. Bestimmt ist es irgendetwas Politisches, Jon ist nämlich bei der Grünen Jugend aktiv – und stille Wasser sind tief.

Da mische ich mich lieber nicht ein, weil ich von Politik so gut wie keine Ahnung habe. Darum sollte ich mich vielleicht mal bemühen, wo ich doch bald volljährig bin und wählen darf.

Wählen zwischen was? Zwischen Farben? Rot, grün, schwarz, braun, gelb. Vor meinen Augen dreht sich ein Kaleidoskop, das nur ich sehen kann. Es dreht sich immer schneller wie ein getuntes Kinderkarussell.

Es zieht mich zur Tanzfläche; auf dem Weg dorthin vermeide ich sorgfältig den Blickkontakt mit den Dackelaugen. Dann beginne ich zu tanzen. Ich tanze mein inneres Kaleidoskop. Da hinein stehlen sich heimlich Bilder, Momentaufnahmen ... ich Träumerle, ich.

Mira im Unterhemd vor den schmuddeligweißen Badezimmerkacheln, ihr straffer Bizeps ... Miras Mund so dicht vor meinen eigenen Lippen. Mira, Mira, Mira ... in tausend kleinen Dreiecken. Kopfüber und gruselig dreht sich alles vor mir.

Tabea stürmt auf mich zu, irgendwann habe ich angefangen, mich wie irre im Kreis zu drehen, um die blöden Bilder abzuschütteln – und dabei tatsächlich etwas von meinem kostbaren Drink verschüttet.

»Hey, endlich eine Tanzpartnerin! Komm, stell dein Bier ab.«

Pragmatisch drückt sie es einem aus unserer Klasse in die Hand, der ein bisschen verloren an der Tanzfläche herumlungert. Es ist Ludwig, der Schüchterne.

Mensch, eigentlich habe ich keine Lust auf fremden Sabber in meinem Glas. Der nippt nämlich bestimmt daran, wenn der nicht ganz damit durchbrennt!

Keine Chance, schon wirbele ich mit Tabea über den schmutzigen Plastikboden.

Ab und zu klebt etwas leicht unter meinem Fuß, wahrscheinlich eine Colapfütze oder die Reste meines persönlichen Monsterkaugummis. Lady Gaga. *»Bad Romance«*. Das passt ja wohl irgendwie.

Neben uns tanzen zwei Mädchen, ausgelassen und vertraut zugleich, küssen sich zu *»Revolverheld«* direkt auf den Mund und tanzen noch enger als Tabea und ich, obwohl die schon ziemlich besitzergreifend ist. Eine schöne Romanze?

Sieht so aus.

»Hey, das sind doch die beiden aus der Zwölften!« Tabea winkt fröhlich zu ihnen rüber. »Sag mal, Lana, warum bist du denn heute Abend so neben der Spur? Immer noch wegen deinem Dad? Habt ihr noch mal gequatscht?«

»Ach, nee. Der war noch im Restaurant, als ich los bin.« Das ist eine ziemlich lahme Ausrede, denn sonst dackele ich ja auch wegen jeder Kleinigkeit zu ihm auf die Arbeit und heule mich aus. »Vielleicht ist es besser, das erst mal sacken zu lassen.«

»Ja, vielleicht. Es ist wegen deiner Mutter, oder?« Tabea hält kurz in der Drehung inne. »Es tut dir weh, eine andere an seiner Seite zu sehen ... Tut mir leid, ich will dir nicht zu nahe treten, versteh mich nicht falsch. Ich hab dich wahnsinnig lieb …«

»Er liebt doch nur meine Mutter!« *Mama*, hätte ich am liebsten gesagt, aber das hört sich in meinem momentanen Quängelton einfach zu kindisch an: »Hat geliebt, meine ich. Ach, ich weiß nicht …«

Keine Drehung mehr, stopp. In meinem Kopf dreht sich schon genug. Meine Lippen zittern und ich muss bestimmt gleich anfangen zu heulen.

Verdammt peinlich ist das, besonders nach der Sache mit dem Kuss.

Ein verzerrtes Bild von Mamas Grabstein mit den vielen, vielen Blumen schiebt sich feixend ins Kaleidoskopmuster, rüttelt ganz tief in meinem Herzen.

»Mensch, Lana. Du Arme. Natürlich hat er deine Mutter geliebt und liebt sie auch noch … Aber vielleicht ist er einfach einsam. Versuch das zu verstehen, bitte!« Tabeas Arme liegen locker um meinen Körper, ihr Gesicht ist in meinem Haar vergraben.

Jetzt machen wir den beiden aus der Zwölften wahrscheinlich ernsthaft Konkurrenz, aber im Moment ist mir verdammt egal, was die Leute von mir denken. Außer Papa.

»Und warum spricht der dann nicht einfach mit mir? Bin ich dem etwa schon so egal?« Ich spüre die erste Träne meine Wangen herabrollen.

»Ich denke, das wird er noch. Das glaube ich wirklich. Bestimmt hat der nur Angst, dich damit zu verletzen … Vielleicht will er sich auch erst wirklich sicher sein, nach dem Motto: Schlafende Hunde soll man nicht wecken.« Tabeas Griff wird etwas lockerer. »Ist sonst noch was? Irgendein Schatten auf deiner Seele?« Ich liebe es, wenn sie in Bildern spricht. »Was ist eigentlich mit dem Jungen von neulich? Felix, meine ich.«

»Nö, nichts. Gestern habe ich ihn kurz getroffen. Das ist beim Umzug von Mira gewesen. Die ist bei uns ins Haus gezogen. Du weißt schon, Papas Küchenhilfe.« Meine Stimme klingt brüchig und fremd, fast heiser.

»Natürlich weiß ich, wer das ist. Die ist ja gerade noch hier gewesen. Mit ihrem Freund, glaube ich. Hübscher Bursche!« Tabea zieht mich in Richtung Tresen zu Jon, dem ich jetzt nur sehr ungern unter die Augen treten möchte, aber das kann sie ja nicht wissen. Noch nicht. *Mit ihrem Freund, glaube ich ...* Während sich die Dackelaugen des Kurzhaarigen in mein inneres Kaleidoskop einfügen, muss ich automatisch an einen Hundewelpen denken.

Mit ihrem Freund, ihrem Freund, ihrem Freund, mein Kaleidoskop dreht sich zum Zerspringen!

Ächzend werfe ich mich auf einen der Barhocker und stürze Jons eiskalte Cola hinunter, nachdem ich mein eigenes Alster, das mir sehr galant hinterhergetragen wurde, dankend abgelehnt habe. »Kannst du gerne trinken.«

Da freut sich einer wie ein Schneekönig, Ludwig nämlich, während meine Eingeweide sich anfühlen, als hätte ich mindestens zehn Alster getrunken. Also nicht, dass ich schon mal zehn getrunken hätte, ich schätze nur mal so ...

»Sorry, Leute. Ich gehe nach Hause.« Meine Lippen blockieren ein bisschen und mein Kopf wirkt benebelt, obwohl ich keinen Tropfen Alkohol getrunken habe. »Bin hundemüde.«

Wie viele Metaphern es mit Hunden gibt: hundemüde, hundsgemein, schlafende Hunde – und alles irgendwie negativ. Als ob die armen Viecher was dafür könnten!

Zum Abschied umarme ich Jon und Tabea so hastig, als sei ich auf der Flucht, und schlüpfe in die nasskalte Nacht hinaus.

Ich reiße den Mund auf und atme Winterluft. Sie prickelt auf meiner Zunge und beruhigt mich ein bisschen, während die ersten Schneeflocken vor den Scheinwerfern der vorbeifahrenden Autos Samba tanzen.

Das Kaleidoskop in meinem Kopf gibt endlich Ruhe.

Mit knirschenden Schritten wandere ich durch eine überdimensionale Schneekugel.

Kapitel vierzehn

Mira

»*Life is life, nana na nana, life is life …*« Ich habe keine Ahnung, woher der Ohrwurm jetzt plötzlich kommt, obwohl ich heute noch gar keine Musik gehört habe. Ziemlich treffend ist er aber, muss ich sagen!

Hinter meinen Schläfen pocht ein dumpfer Schmerz und ich wäre am allerliebsten direkt im Bett geblieben, anstatt diese Samstagsschicht zu schieben.

Samstags ist immer besonders viel los. Morgens gibt es schon Brunch und den ganzen Pipapo und mittags kommen viele Familien, die nach dem Shoppen in der Stadt keine Lust mehr haben, zu Hause selber zu kochen. Verstehen kann ich es, generell, meine ich, nur nicht heute.

In meinen Ohren fiept es irre laut, als ich die Tür zum Goldenen Hirsch öffne und die kleine Glocke versucht, mir den letzten Nerv zu rauben. Das würde sie auch schaffen, wenn ich den nicht schon längst verloren hätte, irgendwo zwischen meinen Sofaritzen und in absurden Träumen.

Da kann ich wirklich nur von Glück sagen, dass heute Nacht nicht die erste Nacht im neuen Bett gewesen ist. Im Traum hat mich ein überdimensional großer Rasenmäher gejagt, eher schon ein Mähdrescher. Die Person am Steuer kenne ich, mein Gedächtnis hat sie aber gerade ausgeblendet.

»Guten Morgen!« Bettina winkt mir freundlich zu und reicht unaufgefordert einen Kaffee herüber.

»Boah, danke. Du bist meine Rettung!« Meine Knie wackeln, als hätte mich tatsächlich fast ein Mähdrescher erwischt.

»Setz dich erst mal. Der Chef ist noch gar nicht da. Dauert ja auch noch fast eine halbe Stunde, bis wir öffnen.« Ein Schinkenbrot wandert zielstrebig über den Tresen auf mich zu. »Ein guter Start in den Tag ist das A und O. Ist wohl bisschen später geworden gestern?«

»Eigentlich nicht so sehr.« Ich frage mich, wofür eigentlich das A und das O stehen. »Ich bin aber trotzdem hundemüde!« Außerdem durchwabert mich ein Haufen wirrer Gedanken, aber das behalte ich lieber für mich. Außerdem zwackt die Karte mit Jens' Handynummer in meiner Potasche mich in den Hintern, liebe Augen strahlen mich aus der Erinnerung heraus an und ich fühle einen verrutschten Kuss im ganzen Gesicht.

Leichte Wut oder eher Enttäuschung zerrt an mir, wenn ich an Lana und Jon denke, an die Enge der Tanzfläche und die vielen, vielen Leute um sie herum. Ich hätte eher gedacht, dass die was von dem Schönling Felix will!

Der Pummelige steht ihr besser, aber irgendwie auch nicht. Mit einem Mal gleiten Lanas Hände wieder knapp oberhalb meines Dekolletés über meine feuchte Haut, genauso wie in der letzten Nacht, die mir schon Jahre zurückzuliegen scheint. Doch meine morgendlich frisch geduschte Haut prickelt immer noch an der Stelle – wie kleine Nadelstiche.

»Du siehst auch müde aus. Hast du dich schon eingelebt in deiner neuen Bude? Blöde Frage, oder? Bestimmt stellt sie dir jeder Zweite.« Die Gläser glänzen in Bettinas feingliedrigen Händen. Die Frau könnte glatt Werbung für Spülmittel oder so machen.

»Mhhh, so viele haben mich das nun auch noch nicht gefragt.« Genau genommen keiner. Zumindest kann ich mich nicht dran erinnern. »Dauert wohl noch ein bisschen. Ich geh mal an meinen Platz hinter den Schälkartoffeln. Wenn ich noch länger sitzenbleibe, schlafe ich ein.«

»Klar, wenn du was brauchst, ruf einfach. Ich bin da. Deine Hilfe müsste auch jeden Moment kommen!« Meine Güte, kann diese Frau schnell Schinken- und Käsebrote schmieren!

Davon sollte ich mir mal eine Scheibe abschneiden. Also nicht von den Broten, sondern der rasanten Geschwindigkeit, denke ich und schäle und schäle.

»Ding, ding, ding!« Schon wieder rauscht es ganz erschreckend hinter meinen Ohren.

Das ist vielleicht schon meine Hilfe.

Ich habe keine Ahnung, woher die jetzt plötzlich kommt, aber Hilfe hört sich gut an, ganz besonders heute, wo mein Kopf noch am Kissen horcht, während der Rest schon hier steht und Gemüse putzt.

Mühsam verkneife ich mir den Drang, aus dem Bullaugenfenster zu starren. Hätte ich doch bloß …

Meine Finger richten wie ferngesteuert Obstplatten für das Frühstücksbuffet an, als sich knarrend die Küchentür öffnet und zwei mindestens genauso müde Augen in die meinen blicken.

»Hi!«

Schlagartig wird mir bewusst, wer den Mähdrescher heute Nacht gefahren hat. Dieses Haar, diese dunkelblaue Bluse, die vollen Lippen und der leicht mürrische Gesichtsausdruck.

Lana.

Die kleine, zickige Lana hat mich über die Felder gejagt, ein Schulmädchen und die Tochter meines Chefs. Wenn das öfter vorkommt, sollte ich wohl mal meinen Kopf untersuchen lassen – auf irreparable Schäden.

Ein »Hallo!« entschlüpft meinem Mund, der eigentlich mehr als genug damit zu tun hat, ein überdimensional großes

Stück Tomate zu verspeisen. Darum spucke ich mit dem Hallo leider zugleich auch Tomatensaft aus. Es muss ziemlich doof aussehen, wie ich so mit übervollem Mund kaue und mir mit der einst blütenweißen Schürze das tropfende Kinn trockne, denn sie grinst amüsiert: »Heute hast du ja immerhin deine Kochjacke an. Da macht's nicht ganz so viel, wenn die komplett durchnässt ist. Scheint ja nichts durch.«

Sie lacht so dreckig, aber auch echt *sweet* – und ich werde knallrot.

»Mhhh.« Schlucken!

»Du siehst ziemlich neben der Spur aus. Lange Nacht gehabt?« Lana stülpt sich zügig die Bluse über den Kopf und steht nur im BH mit dem Rücken zu mir da, während sie im Regal nach einer Kochjacke kramt.

Wenn mein Gesicht eben schon rot war, dann ist es jetzt mindestens lila. Und ich bin ziemlich froh, dass sie mit dem Rücken zu mir steht, so oder so.

»Nö«, nuschele ich mit immer noch vollen Backen, »du?«

»Eigentlich nicht. Ich war ziemlich früh im Bett. Warum?« Die Kochjacke steht ihr gut, viel besser als das Mähdrescheroutfit von heute Nacht: halb Mensch, halb Maschine.

»Na, du siehst auch nicht gerade aus wie das blühende Leben!« Mit verschränkten Armen stehen wir voreinander. Selbst einer, der draußen am Kellerfenster vorbeigeht, könnte sehen, dass die Luft hier drinnen zum Zerschneiden dick ist.

»Mhhh?«

Böse Blitze schießen aus ihren Augen. Morgenmuffeligkeit hin oder her, das hier gehört in die Liga »sauer werden«.

»Ich wusste gar nicht, dass du hier auch für deinen Dad arbeitest.«

Das sollte versöhnlich klingen, tut es aber nicht. Viel eher hört es sich schussbereit an. *High Noon!* Jetzt fehlen nur flirrendes Sonnenlicht, Wind und umherwirbelndes Geäst als Untermalung unseres Duells.

»Und ich wusste gar nicht, was dich das angeht!« Puh, das hat gesessen. Aber auch nur, weil ich so groggy bin.

Jetzt bloß nicht klein beigeben, sonst hast du für immer verloren, ermahne ich mich. Django, zieh!

»Ding, ding, ding!« Autsch, das schmerzt in meinen Ohren – und in Lanas anscheinend auch, denn die kneift für einen Moment die Augen noch fester zusammen.

Ein mächtiger Windhauch fährt zwischen uns, als sich die Küchentür blitzschnell und ganz weit öffnet.

»Hallo, Mädels. Hallo, meine Lieblingstochter.« Lanas Vater wirbelt mit vollem Kaffeebecher herbei und drückt seiner Tochter einfach so einen warmen Kaffeekuss auf die Stirn.

»Hallo? Guten Morgen. Schön, dass ich dich auch mal wieder sehe!«

Also, wenn das entwaffnend sein soll, bin ich der Kaiser von China. Lanas Stimme trieft vor Ironie, die Arme trägt sie vor der Brust verschränkt wie einen Panzer.

»Oh, die Laune ist im Keller.« Lanas Vater wendet sich den Schnittchen zu. Pah, der reagiert einfach gar nicht weiter darauf, das finde ich ziemlich tough!

Schweigend widmet sich jeder seiner Küchenarbeit.

Lana steht direkt neben mir und schneidet Brötchen auf, so dicht, dass ich ihr Parfüm riechen kann, sportlich und nicht zu aufdringlich. Wären wir Kumpels oder wenigstens nicht gerade verfeindet, würde ich sie fragen, welches sie benutzt.

Meine Nase prickelt wie Brausepulver, genau genommen meine ganze linke Seite. Näher zur Wand kann ich leider einfach nicht rücken.

»Hey, Lana. Hör mal zu. Es ist möglicherweise kein feiner Zug von mir, dich nachts alleine zu lassen. Aber immerhin bist du siebzehn. Kann sein, dass es falsch von mir war, dir Nadine nicht gleich vorgestellt zu haben. Ich habe es eigentlich nur gut gemeint, aber das nützt uns jetzt nicht viel … Ich entschuldige mich hiermit offiziell bei dir. Nimmst du die Entschuldigung an?« Klaus legt sich mächtig ins Zeug, immer einen Sicherheitsabstand zu seiner kleinen Zicke einhaltend, was vermutlich auch Sinn macht, denn Lana lodert förmlich vor Wut.

Ihre Wangen sind knallrot angelaufen – das sieht übrigens ziemlich süß aus, so frisch und lebendig energisch – und ihr Atem geht stoßweise. Herrje, wer hat der Frau ein Messer in die Hand gegeben?

»Pfffü!«

Das kann alles heißen, auch ›Leck mich am Arsch‹.

»Ich möchte sie dir heute Abend gerne vorstellen – bei einem leckeren Essen. Du darfst aussuchen, was ich koche. Ist das ein Angebot?« Klaus kommt vorsichtig näher, die Arme ausgebreitet wie ein Adler im Gleitflug.

»Pahh! Und ich hocke da alleine und glotz euch beiden beim Knutschen zu? Nein, danke.« Lana zerkleinert Rote Beete, als ginge es um ihr Leben. Der gesamte Küchentresen sieht aus wie nach einem Kettensägenmassaker, sogar meine Küchenschürze ist schon rot gesprenkelt.

»Mensch, Lana, komm mal her!« Die ausgebreiteten Arme schließen sich sanft um ihre Schultern. Sie hat übrigens breite, sportliche Schultern. »Jetzt sei halt nicht albern. Du wirst uns nicht beim Knutschen zusehen müssen, einfach nur nett essen und ein bisschen quatschen. Und alleine brauchst du auch nicht zu sein. Bring doch eine Freundin mit – oder den netten langhaarigen Burschen, wenn du möchtest.«

Hä? Ist der jetzt wieder aktuell? Eine ziemlich rapide Fluktuation ist das, wenn man mich fragt.

Macht aber keiner.

»Nee, ganz bestimmt nicht.« Also nicht? Lana versucht sich aus der Umarmung zu winden.

»Oder Jon. Der isst doch so gerne.« Klaus' weiße Kochjacke ist nun auch von hinten komplett mit Rotebeetesaft bekleckert. Aber meine Lippen bleiben lieber versiegelt. Das ist auch besser so, weil ich abwechselnd Möhren und Tomaten in mich hineinschlinge. Ein kleiner Vitaminschub wird mir gut tun – und beruhigt die Nerven.

»Mmmpf!« Das könnte *ja* heißen – oder auch *nein*, keine Ahnung.

Das hier ist auf jeden Fall spannender als Tennis. Und Rote Beete roh sind eher nicht so mein Ding, wahrscheinlich vergifte ich mich gerade! Igitt! Unauffällig spucke ich einen kleinen Batzen in die Biotonne. Hoffentlich hat es keiner gesehen.

»Du kommst also? Schön. Und wen bringst du mit?« Klaus kann die Gesichtszüge seiner Tochter anscheinend besser deuten als ich. Ich hätte schwören können, dass die ihm jetzt hundertpro einen Vogel zeigt.

Stattdessen zeigt sie mit ihren triefend blutroten Fingern auf mich.

Auf *mich*?

Ich drehe mich vorsichtshalber noch mal um, um zu schauen, ob sich jemand hinter mich geschlichen hat. Aber da steht nur die rot bespritzte Wand und die kann sie ja nun wirklich nicht meinen.

»Und es gibt Pizza. Um Punkt halb neun!« Lanas Worte dulden keinen Widerspruch. Aber sie lacht jetzt entwaffnend. Zwei kleine Grübchen, in die perfekt zwei kleine Murmeln passen würden, leuchten unter ihren Wangen.

Auf meinen Armen bildet sich eine Gänsehaut, fühlt sich stachelig an unter der Kochjacke, pieksig und klirrend kalt.

Was zur Hölle habe *ich* denn mit dem ganzen Vater-Tochter-Mutter-Freundin-Mist hier zu tun?

»Mira? Ja, meinetwegen gerne! Magst du Pizza, Mira?« Klaus grinst irgendwie erleichtert, vermutlich, weil sein kleines Prinzesschen jetzt nicht mehr ganz so sauer auf ihn ist.

»Und morgen reden wir in Ruhe, okay?«

»Ja.« Ich nicke zögerlich, obwohl die letzte Frage mit Sicherheit nicht an mich gerichtet gewesen ist. Aber ich mag halt Pizza – und irgendwie Lana.

Irgendwie, verwirrend.

Und das, obwohl die echt nerven kann!

»Ja«, stimmt auch Lana jetzt deutlich kleinlauter zu und erwidert die Umarmung. Klaus' Kochjackett sollte jetzt möglichst schnell in die Wäscherei!

In meinem Magen macht sich eine beschwingte Stimmung breit, heiter wie ein volkstümlicher Schlager. Vielleicht, weil ich ewig lange keine Pizza mehr gegessen habe?

Vielleicht, weil Jessica mir eine Nachricht geschickt hat und nicht mehr böse auf mich ist. Denn wer sauer ist, fragt ja nicht, wie es dem anderen geht.

Vielleicht, weil es so lustig ausgesehen hat, als Lana der schicken Dame aus Versehen die Bratensoße über die ziemlich edle Strumpfhose gekippt hat. Zum Glück war die Soße schon kalt und die Frau hat auch gelacht.

Vielleicht, weil ich mich ein klitzekleines Bisschen auf heute Abend freue.

Ganz vielleicht nur!

Der Steinbrocken von gestern hat sich in meinem Magen in Kieselsteine aufgelöst, die bei jeder Bewegung in mir auf- und abhüpfen.

Kapitel fünfzehn

Lana

Was mache ich bloß für Sachen, denke ich auf dem Heimweg von meinem kleinen Nebenjob, während Mira gemächlichen Schrittes neben mir herschreitet.

»Und du magst Pizza?« Was für eine blöde Frage eigentlich, weil doch jeder Pizza mag. Ich weiß aber nicht, was ich sonst sagen soll.

Was redet man mit einer, die man kaum kennt?

Einer, die ein bisschen aussieht wie ein Kerl mit total coolen Haaren.

Einer, die die neue Freundin des Vaters kennenlernen soll, obwohl die ihr ja eigentlich am Allerwertesten vorbeigehen kann.

»Klar, ich liebe Pizza!« Ihre Lippen glänzen hungrig und ein bisschen wild, als sie das Wort ›liebe‹ ausspricht: »Hab schon ewig keine mehr gegessen.«

»Du Ärmste! Die Pizza von Papa ist echt gut. Du wirst sie wirklich lieben!« Ich versuche, das Wort genauso lang zu dehnen wie Mira. »Was magst du drauf? Wenigstens schmecken soll es dir ja ...«

Wenn schon alles andere total mistig ist. Der leise Hauch

eines schlechten Gewissens nagt an mir, denn sie hat ja gar keine Chance gehabt, nein zu sagen, wenn die Tochter ihres Chefs sie zu einem Essen einlädt, das der Chef gibt, während er daneben steht und auf Antwort wartet…

Oder?

»Ich mag eigentlich alles.« Mira grinst und zieht sich fröstelnd ihre obercoole Jacke enger um die Schultern. »Am allerallerliebsten vielleicht Salami und Peperoni. Ja, das ist es!«

Eine eisige Böe fährt uns hinter der nächsten Häuserecke fauchend um die Ohren, so sehr, dass ich automatisch einen Schritt dichter an Mira heranrücke, um mich in deren Windschatten zu bewegen.

Dummerweise scheint sie nur gerade dem gleichen Reflex zu folgen, so dass wir gegeneinander prallen wie beim Football. Mira gerät ins Straucheln, mich wirft es rechter Hand in ein Gebüsch. Mühsam wehre ich mit ausgestreckten Händen die Dornen ab. Meine Füße verlieren allmählich den Halt. Ein leichtes Odeur von Hundeurin steigt mir in die Nase. »Uff!« Nein, nur das nicht, jetzt nur nicht in Hundepisse landen, ermahne ich mich und vollführe einen beherzten Sprung in die Gosse.

»Hopsa!« Miras Arm greift mühelos um meinen Bauch und zerrt mich zurück auf den Bürgersteig. Keine Frage, die Frau hat Muckis!

Meine Mitte brennt wie Feuer unter ihrer Berührung.

»Danke!« Flattrige Hände klopfen Blättlein und Ästchen von meiner Jeansjacke. Diese ganze Sache hier ist mir äußerst peinlich und ich sehne mich plötzlich nach einer ausgiebigen heißen Dusche.

Und ihr Arm, ja ihr Arm, der liegt immer noch locker um meine Hüfte, rührt sich keinen Millimeter weit weg, prickelt durch Jacke und Bluse hindurch.

»Alles gut bei dir oder hast du dir weh getan?«

»Ja. Ich meine, nein. Alles gut!« Mal abgesehen von meinen

zitternden Knien. Es ist fast so, als hätte ich ganz überraschend hohes Fieber und einen irre heißen Kopf.

Vielleicht wäre eine kalte Dusche doch besser, überlege ich, als unsere Augen sich hinterrücks treffen – unter einer Straßenlaterne im November in Norddeutschland. Schummriges Dämmerlicht hüllt uns ein wie eine warme Decke.

So könnte irgendeine drittklassige Liebesschnulze anfangen – oder auch ein Psychothriller. Und wäre es nicht wirklich so, würde ich mich jetzt kaputtlachen. Erst passiert dieser Beinahesturz in den Busch, in den Buxtehudes Hunde am allerliebsten pullern, und jetzt herrscht diese feierliche Stimmung!

Ihr Arm brennt Löcher in meine Kleidung, eine brennende Kerze.

»Bist du sicher, dass alles gut ist?« Miras Lippen sind ganz, ganz nah an meinen und dann ganz nah an meinem Ohr, weil ich den Kopf ein bisschen zur Seite drehe. Ich kann gar nicht anders, sonst passiert mir das gleiche wie gestern mit Jon. Ein verpatzter Kuss pro Woche sollte doch wohl reichen, oder?

Ich nicke hektisch und versuche, meine Haarfrisur wieder einigermaßen in Ordnung zu bringen.

Apropos Haarfrisur, kenne ich nicht die Haarfrisur dort drüben auf der anderen Straßenseite?

Mein Hirn funktioniert zwar auf Sparmodus, aber rosa tragen ja nun wirklich nicht viele *on top*.

»Jessi, hallo! Hallo! Mensch, bist du blind?!« Meine Stimme überschlägt sich beinahe.

Vielleicht wird das hier doch eher ein Psychothriller als eine Romanze?

Jessica hat einen riesigen grauen Hund bei sich und für einen kleinen Moment bereue ich, sie gerufen zu haben, weil der wirklich, wirklich riesig ist.

Der Arm um meine Mitte löst sich plötzlich, während Jessi winkend auf uns zuläuft.

»Hallo, ihr beiden!« Für einen kleinen Moment habe ich

das Gefühl, ihre Stimme klänge ein wenig distanziert, aber dann lächelt sie warm und schließt mich in die Arme.

Das Grünzeug neben mir scheint wirklich ein äußerst beliebtes Gebüsch zu sein. Der Riesenköter macht nämlich auch gerade dort hinein.

»Wo kommt denn der Hund her?«

Mira drückt Jessi so fest, dass die eigentlich kaum noch Luft bekommen dürfte. Aber die scheint das wirklich zu genießen.

Etwas verbeißt sich in meine Eingeweide, ein kleines, bitteres Gefühl hinterlassend.

»Das ist Harvey und der gehört zu meinem neuen Job. Süß, nicht wahr?«

Nein, nicht wahr. Ich habe mächtig Respekt vor großen Hunden.

»Welcher Job?« Mit großen Augen schaue ich gebannt auf Miras Hände, die vorsichtig Harveys Rücken kraulen. Der Witz ist, dass sie sich dafür noch nicht einmal bücken muss, weil der Rücken einfach so irre hoch ist.

»Ich führe Hunde aus. Gegen Geld. Viele Leute sind berufstätig und haben keine Zeit, mittags ihre Hunde Gassi zu führen. Die geben mir den Schlüssel und ich hole sie ab. Ab und zu gönne ich mir bei denen sogar ein kleines Schläfchen auf dem Sofa. Merkt ja keiner. Dieser hier ist ein irischer Wolfshund – und der größte, aber auch der liebste, den ich je gesehen habe.« Jessicas Augen leuchten, blicken abwechselnd von mir zu Mira und wieder zurück.

Vielleicht hätte ich *sie* einladen sollen, anstelle von Mira – oder besser noch dazu. Aber das hätte Papa wohl kaum gut gefunden, weil dann das eigentliche Kennenlernen in den Hintergrund gerückt wäre und eine lustige Quatschrunde in den Vordergrund.

Pizza satt – und Mädchengekicher.

Obwohl Mira nicht wie eine wirkt, die übermäßig kichert.

Das nicht, und sie trägt mit absoluter Sicherheit keine niedlichen Kleidchen. Ein leises Lachen huscht aus meiner Kehle, obwohl ich mich bei dem Wort ›Wolf‹ am liebsten hinter den Rücken der beiden verkrochen hätte.

»Das klingt geil. Wie bist du darauf gekommen?« Meine Hände halte ich vorsichtshalber ein bisschen höher in die Luft. Es könnte ja sein, dass der kleine Harvey ganz plötzlich Lust auf einen Satz Finger bekommt.

»Die kleinen Plagegeister habe ich quasi von einer Freundin übernommen, die letzte Woche zum Studieren weggezogen ist. Die dachte, ich könnte die Kohle gut gebrauchen.« Jessica zerrt von Zeit zu Zeit an Harveys Leine. »Ich glaube, dieser Kumpel hier muss mal dringend weiter in den Park und sein Geschäft erledigen. Euch noch einen schönen Abend ... Und wir telefonieren! Morgen!« Sie zeigt mit zwei Fingern, Zeigefinger und Mittelfinger auf uns beide.

Telefonieren wir zu dritt? Geht das überhaupt mit meinem Handy? Wäre ja eigentlich ganz cool.

»Gerne«, brülle ich ihr noch hinterdrein, als sie das Hündchen schon unter großer Anstrengung hinter sich her über die Straße zieht. Irgendwie sieht der gar nicht so aus, als müsse er dringend.

»Nett«, sagt Mira. »Supernett!«

Ich weiß nicht genau, ob sie den Hund oder Jessica meint, gehe aber automatisch von Letzterer aus, während wir daheim angekommen sind und sich die Haustür krachend hinter uns schließt.

»Klar, vielleicht können wir ja mal alle zusammen ins Kino?« Grundgütiger, was mache ich denn heute nur? Erst nötige ich ihr ein irre langweiliges Kennenlernessen mit irgendeiner Trulla auf und zwinge sie dann auch noch ins Kino.

»Klar!« Miras Schultern sind starr hochgezogen und ich habe das Gefühl, dass sie noch irgendetwas sagen möchte, obwohl sie die Lippen ganz fest zusammenbeißt.

Bestimmt ist ihr kalt, denn eine leichte Gänsehaut zieht sich ihren Hals hinab bis in den Ausschnitt.

Weiter will ich es gar nicht wissen.

Will ich?

Und *klar* kann so ziemlich alles heißen.

Mein Herz tanzt Tango in meiner Brust auf unserem letzten gemeinsamen Treppenabsatz, als sich unsere Hände wie zufällig streifen.

»Also bis später«, rutscht es ihr rau über die zusammengebissenen Lippen, während ich nur müde nicke. Meine Stimme hätte meinen Gefühlswirrwarr hundertprozentig sofort verraten.

Und was ziehe ich überhaupt an?

Spätestens jetzt müssten bei mir alle Alarmglocken klingeln. Für Felix oder irgendjemanden hätte ich mich niemals hübsch gemacht – und nun schon gar nicht für Papas neue Freundin.

Pah!

Der Duft von frischem Hefeteig umfängt mich, als ich aufschließe.

Gehen Sie nicht über Los und ziehen Sie nicht zweihundert Euro ein, denke ich und gehe auf direktem Weg ins Bad, wo ich mich einschließe.

Hoffentlich müssen wir heute Abend nicht auch noch so etwas Blödes wie Monopoly spielen!

Kapitel sechzehn

Mira

Uff, was für ein Tag! Mein beinahe blütenweißes Hemd klebt mir wie eine zweite Haut am Rücken. Das muss Angstschweiß sein, weil ich ja eben erst aus der Dusche gekommen bin.

Ziemlich eng, ziemlich kurz, ziemlich gewagt ist das, denn falls ich Schweißflecken unter den Armen bekomme, wird man die sofort bemerken. Leider ist es aber das einzige weiße Hemd auf weiter Flur, besser gesagt, in meinem neuen Kleiderregal. Auf eine Essenseinladung war ich nicht gefasst.

Wenigstens hat zumindest eine meiner Jeans kein Loch. Sie ist schön weit und dunkelblau. Blau steht mir ziemlich gut, finde ich, fast genauso gut wie Lana.

Ich weiß, Eigenlob stinkt, aber eine kleine Aufheiterung kann ich jetzt gut gebrauchen, auch wenn sie nur von mir selber stammt. Warum ich, frage ich mich immer wieder. Und dann schlage ich mir die volle Wahrheit um die Ohren: Weil ich als einzige gerade in der Nähe gewesen bin.

Brauche ich eine Handtasche, frage ich mich als Nächstes. Und wenn ja, was würde ich da hineintun?

Was nur stopfen sich Frauen in nahezu allen Teilen der Welt ohne Unterlass in ihre Handtaschen?

Taschentücher, Bonbons, Toilettenpapier – oder eine Dose Würstchen für unterwegs? Dann bräuchten sie aber auch noch einen Dosenöffner.

Was für bekloppte Gedanken ich habe, während ich mich wie ein eitler Gockel vor dem Spiegel drehe, schüttele ich den Kopf über mich selber, stopfe meinen Schlüsselbund in die ausgebeulte Hosentasche und flüchte ins Treppenhaus.

Das mit der Handtasche vergesse ich mal ganz schnell, denn ich habe eh keine.

»Ding, dong!« Mir bleibt fast das Herz stehen. Was ist, wenn die es sich jetzt plötzlich anders überlegt haben und die ganze Sache in den Wind schießen?

»Hallo, komm rein!« Klaus öffnet mir kauend die Tür. »Sorry, aber du weißt ja, bevor das Essen rausgeht, muss ich erst mal kosten …«

Ein bisschen ungewohnt sieht er aus, so frisch rasiert und ohne die Kochjacke. Gegen sein Hemd sieht meines irgendwie graubraun aus.

»Klar, kein Problem!«

Meine Hände wissen nicht genau, wo sie hinsollen. In die Hosentaschen ist ja unhöflich. Die Füße wissen es auch nicht besser, sie taumeln vor und zurück wie bei einem schüchternen Tänzer. Hört auf, ermahne ich sie stumm, sonst denkt hier noch jeder, dass ich vorher einen gezwitschert habe!

»Ach ja, wie unhöflich, du kennst dich ja hier gar nicht aus. Und mein wertes Fräulein Tochter scheint im Bad die Zeit vergessen zu haben – oder ist vor dem Fernseher eingenickt. Also da ist Lanas Zimmer, hier das Wohnzimmer und dort die Wohnküche.« Klaus' Zeigefinger streckt sich abwechselnd nach allen Seiten. Wir stehen hier also mitten im Zentrum eines ziemlich kleinen Universums.

Lanas Zimmer, aha, denke ich und will mich automatisch in der Küche verkriechen.

»Hey, geluschert wird nicht. Schau doch mal nach Lana.

Nadine müsste auch jeden Moment kommen.« Wie ein Fels versperrt er die Küchentür.

»Okay«, wenn ich ganz langsam gehe, klingelt es vielleicht ja gleich an der Tür. Aber diese Wohnung ist wirklich klein und der Flur sehr kurz.

Meine Hand klopft ganz sachte, mäuschenleise an Lanas Zimmertür.

»Ja, Mann, was ist denn?« Sie scheint echt gute Ohren zu haben. »Komm rein!«

Welch bezaubernder Tonfall, ganz reizend.

Jawohl, zu Befehl kann ich mir gerade noch verdrücken und schiebe zaghaft meinen Kopf durch die Tür.

Das Chaos auf dem Boden droht mich zu erschlagen. Kleidungsstücke jeglicher Art tummeln sich auf jeder freien Stelle des Teppichs, während meine Augen systematisch Meter für Meter abwandern – bis hin zum Kleiderschrank, der Wurzel allen Übels.

Und da steht sie, Lana, mit dem Rücken zu mir und zieht sich gerade ein knallgrünes T-Shirt über den Kopf.

Allerdings in die falsche Richtung über den Kopf, nämlich aus, stelle ich erschrocken fest, und dann dreht sie sich auch schon zu mir um. »Was ist denn? Ich komm ja gleich«, die Stimme wird ganz leise, »… zum Tischdecken …«

Diese Worte waren ganz sicher nicht für mich bestimmt. Mein Herz rumpelt, während meine Augen die ihren suchen – aber immer wieder muss ich den Blick senken, weil der Anblick mich plättet.

Lana steht da in ihrem schwarzen BH, hat die Arme lässig vor dem Bauch verschränkt und schaut mich mit einer seltenen Mischung aus Schüchternheit und Trotz an.

Ihre Silhouette spiegelt sich im Fenster, das flackernde Kerzenlicht vom Schreibtisch untermalt den Hintergrund und aus dem kleinen CD-Player tönt Elvis Presley mit *»Love me tender«*.

Das ist der Moment, in dem ich sie einfach nur wunderschön finde und die Kieselsteine in meinem Magen sich zu einem goldgelben Feuerball verwandeln, der zuckend und zischend durch meine Adern und sämtliche Blutgefäße rauscht. *»Ich muss durch den Monsun«*, um das zu löschen, erinnere ich mich schmunzelnd an die Worte von *Tokio Hotel*.

»Hallo!« Mir ist ganz schön schwindelig und wenn ich es nicht besser wüsste, würde ich glauben, ich hätte mich verknallt.

Verschossen, verliebt. Dumpf beglotze ich mich selber im Spiegel hinter ihr, eine große, etwas zu dünne Frau mit ziemlich coolen Haaren, zugegebenermaßen, und einer äußerst kaputten Jacke.

»Hallo.« Lana angelt sich, ohne hinzusehen, ein weißes Herrenhemd von hinten aus dem Schrank und betrachtet mich skeptisch. »Hab hier gerade ein kleines Ordnungsproblem, weil ich nicht weiß, was ich anziehen soll, sorry. Guck halt einfach weg!«

Und weggucken, das tu ich auch, weg von ihrem BH und hin zum Fenster, bis sich unsere Blicke in der Scheibe treffen.

»Ich kann dir beim Aufräumen helfen, wenn du möchtest.« Außerdem hätten meine Hände dann etwas Sinnvolles zu tun.

»Ja, danke.« Lana schlüpft in das Hemd und ihre Augen schimmern tiefer als irgendeines der drei oder wievielauchimmer Weltmeere. Das schätze ich zumindest. Wenn man ganz genau hinschaut, kann man den schwarzen BH durch den hellen Stoff hindurchschimmern sehen.

So schön, so warm, so weich glänzen ihre Brüste im schummrigen Licht der nackten Glühbirne unter der Decke.

So schön, dass es mich schüttelt, während ich vorsichtig ein Kleidungsstück nach dem anderen auf meinem Arm zusammenlege und ihr hinüberreiche.

Weil ich nicht besonders gut schwimmen kann und keinen blassen Schimmer habe, wie tief diese Weltmeere sind, hüte ich mich, so gut es geht vor direktem Blickkontakt. In der Fensterspiegelung geht es besser.

»Du machst das ziemlich professionell.« Lanas Stimme hüpft ein bisschen, fängt sich aber schnell wieder, während ich auf dem Teppich kauere und zwischen den Bergen von einzelnen Socken diejenigen herausklaube, die es zusammenzufinden gilt.

»Klar, ich bin Profi auf kleinstem Raum. Schließlich habe ich bis vor Kurzem noch im Auto gewohnt.« Meine Stimme ist auch alles andere als fest, denn der Ausschnitt ihrer Bluse schwebt direkt vor meinen Augen.

Reizend!

Ich finde das Wort doof, aber jetzt passt es mal.

»Ach, ja. Ich Esel. Das hatte ich schon fast vergessen, ich habe so selten mit Leuten zu tun, die in ihren Autos leben.«

Das Chaos lichtet sich zügig, und eigentlich ist das Zimmer jetzt sogar ziemlich hübsch. Klein zwar, aber äußerst gemütlich mit dem großen Hochbett und der niedlichen Schreibtisch-Leseecke darunter.

Sogar ein Sofa kommt unter einem Haufen Jeans zum Vorschein.

»Ding, dong!« Die Türklingel.

»Oh, Mist. Das wird sie schon sein!« Lana rauft sich die Haare und kauert sich auf dem Schreibtischstuhl zusammen.

»Hey, mach dir keine Sorgen. Was soll denn schon groß passieren? Gib ihr 'ne Chance!« Meine Hand legt sich automatisch auf ihre Schulter, weil ich für einen kleinen Moment diese innere Elektrizität vergessen habe, mit der meine Hände aufgeladen sind.

Lana zuckt leicht zusammen und blickt mich einfach nur aus diesen mörderisch tiefen Augen an.

Ihre Lippen glänzen rot. Nicht so rot wie die Wand hinter ihr, sondern wie ein besonders leckerer Apfel. Sinnlich und voll und ziemlich dicht vor meinen.

Bamm, bamm! Es klopft an der Tür.

»Hey, ihr beiden, die Pizza ist fertig!« Klaus' Gesicht glüht so rot, wie sich meines anfühlt. »Und ich möchte dir jetzt gerne Nadine vorstellen.«

Achselzuckend quält Lana sich aus dem Bürostuhl. »Okay, Papa!«

He, was ist denn nun? So zahm habe ich die ja noch nie erlebt! Außer halt eben gerade vor der roten Wand.

Langsam folge ich Vater und Tochter in die Wohnküche. Und die ist echt toll, mit dem Sofa und allem. Sogar ein kleiner Fernseher steht in der Ecke auf der Arbeitsfläche.

Die Pizza duftet einfach verführerisch und ich wundere mich nur ein ganz kleines bisschen, als mir plötzlich die Rothaarige aus dem Restaurant die Hand reicht.

Wusste ich doch, dass zwischen den beiden was läuft!

Lana sagt artig »Hallo« und zieht mich an der Jacke neben sich aufs Sofa. Die lege ich aber noch ganz schnell ab und schiebe sie hinter mich, weil ich ja weiß, dass es sich nicht gehört, in der Jacke zu essen, und ich auf keinen Fall blöd auffallen will.

Mein Hemd wirkt ziemlich verwaschen neben denen der anderen. Witzigerweise tragen wir nämlich alle weiße Hemden oder Blusen. Nadine lacht als Erstes darüber. »Als hätten wir uns abgesprochen ...« und steckt uns an. »Darf ich mich vorstellen? Ich bin Nadine.«

Natürlich darf sie, das ist ja der Sinn der Sache.

Lana streckt ihr mit einem leicht mürrischen Gesichtsausdruck die Hand hin, immerhin, und angelt dann hungrig nach einem Stück Pizza direkt vom Blech – mit Peperoni und Salami. Welch ein glücklicher Zufall!

Sie murmelt kauend: »Und guten Appetit.«

»Meine Tochter: gefräßig wie ein Löwe, aber sonst wirklich ganz liebenswert.« Klaus legt Nadine die Hand auf die Schulter. »Und das ist Mira, sie arbeitet bei uns in der Küche. Du hast sie bestimmt schon das ein oder andere Mal gesehen.«

»Natürlich, ich kenne wenige Mädchen in dem Alter, sie so schnell und so fleißig Kartoffeln schälen – und mit Inbrunst.« Nadine lacht leise auf, als Klaus' Hand auf ihrem Knie landet. Ich schätze jedenfalls, dass es das Knie war.

Vielleicht hat er noch Pizzasoße oder Käse an den Pfoten, denke ich schmunzelnd und greife etwas schüchtern nach dem kleinsten Stück. Ich will ja nicht unverschämt wirken – oder gefräßig wie die Löwin zu meiner Rechten.

»Ich wusste gar nicht, dass man mit Inbrunst Kartoffeln schälen kann«, schmatzt die Löwin neben mir belustigt und legt, ganz der Papa, ihre Pfote auf mein Knie.

Kochendheiß glüht sie durch meine Jeans hindurch!

Und sie hat wirklich eine ziemliche Pizza-Hand, denn es ist die, mit der sie bis vor drei Sekunden ihr Pizzastück gehalten hat. Zum Glück habe ich mich für die dunkelste Jeans entschieden! Dazu trage ich jetzt ein hübsches Band aus Schweißperlen auf der Stirn.

Falls die beiden etwas bemerken, lassen sie es sich zumindest nicht anmerken – oder sind zu beschäftigt mit sich selber.

Innerlich kocht mein Blut, obwohl ich von oben stetig eiskalte Cola nachschütte und die Löwinnentatze schon lange wieder weg ist, um sich ein neues Stück Pizza zu reißen.

Ich weiß nicht, was ich sagen soll, also nehme ich auch noch eins, obwohl ich eigentlich keinen Hunger mehr verspüre, sondern etwas anderes, wesentlich schwerwiegenderes.

Sehnsucht vielleicht – nach Lanas Händen auf meinen Schenkeln und ihren warmen, weichen Brüsten auf meinen?

Obwohl ich nie andere Brüste außer logischerweise meinen eigenen angefasst habe, glaube ich ziemlich sicher zu wissen, wie sie sich anfühlen.

Verbissen versuche ich, dieses Gefühl beiseite zu schieben, ganz tief unter den Flickenteppich, der zwar auch schon bessere Zeiten gesehen hat, aber das ganze Ambiente hier ziemlich wohnlich macht.

»Und, Lana, weißt du schon, was du machen willst? Nach der Schule, meine ich?«

Nadines Augen blitzen freundlich erst zu mir und dann zu der Tochter ihres Geliebten. Sie blitzen irgendwie wissend, und ich kann nur hoffen, dass ich mich da täusche, mich irre.

Ich Irre!

Wir sind einfach zwei Mädchen, die unter dem Tisch herumalbern. Ja, das sind wir. Doch, ganz sicher!

»Nö, nicht sicher!« Lanas Lippen glänzen, nachdem sie mit der Zunge darübergefahren ist, langsam und ausgiebig, sanft und voll.

Nur mühsam kann ich dem Drang widerstehen, einen kleinen Klecks Tomatensoße von ihrer Oberlippe zu wischen. Meine Hand setzt schon an und zuckt fahrig zurück, wobei ich beinahe das Glas umgerissen hätte.

Klaus schaut schon ein bisschen scheel zu uns herüber.

Meine Güte, die müssen mich für bekloppt halten, während Lanas Finger schon wieder zielstrebig auf mein Knie zuwandern, leicht und schwer zugleich meinen Oberschenkel herab.

»Mensch, Lana, nun rede doch mal. Die Nadine möchte dich doch nur mal kennenlernen ... Lana möchte gerne Abitur machen nach dem Realschulabschluss. Und vielleicht Erzieherin werden oder ...« Klaus gestikuliert wild und hört sich an wie ein mächtig stolzer Vater.

»Oder zur Bundeswehr gehen«, unterbricht ihn Lana und ich verschlucke mich an einem großen Stück Salami, das einfach nicht meine Speiseröhre hinabrutschen will. Zum einen, weil die Hand auf meinem Knie ziemlich fest zudrückt – vielleicht doch nicht wie bei zwei Mädchenfreundinnen, die unter dem Tisch herumalbern –, und zum zweiten, weil ich mir Lana als Feldwebel bei der Bundeswehr nur allzu gut vorstellen kann, nicht aber zwischen zwanzig dreijährigen Kindern, die um sie herumtollen wie ein Sack Flöhe.

»Bundeswehr? Meine Güte, aber doch nicht in den Krieg!« Auch Nadine hüstelt an einem Brocken Pizza herum. Sie starrt Klaus an, der kaum merklich den Kopf schüttelt, und das ist der einzige Fehler, den ich ihr im Nachhinein vorwerfen kann. Ich meine, dass sie Lana nicht direkt gefragt hat.

»Und wenn schon. Das werde ich wohl noch selber entscheiden dürfen!« Klar, momentan führt sie gerade einen ganz persönlichen, spontanen Krieg gegen die neue Freundin ihres Vaters.

Mein Knie wird so fest gedrückt, dass ich für einen kurzen Moment die Befürchtung habe, in Zukunft ein künstliches Gelenk mein Eigen nennen zu dürfen.

»Autsch!« Ist es das erste Mal, dass ich in dieser trauten Runde etwas sage? Meine Stimme klingt eingerostet und ziemlich rau. Und alle starren mich an.

»Natürlich ist das deine Sache. Ich habe mir nur Sorgen um dich gemacht.« Nadine hebt versöhnlich die Hände, entwaffnend eigentlich, aber Lanas Augen glühen vor Wut.

»Keine Sorge, von Kriegszügen meiner Tochter ist nie die Rede gewesen.« Klaus' Hand ordnet leicht zitternd die Gläser auf dem Tisch, obwohl die gar nicht in Unordnung geraten sind, und zischt seinem lieben Töchterchen entgegen: »Und du sei bitte nicht so übertrieben feindselig. Keiner hat dir etwas getan und jeder hier meint es nur gut mit dir!«

Lana zuckt zurück und beobachtet mit unbewegtem Gesicht, wie sich die Hand ihres Vaters wieder völlig selbstverständlich auf Nadines Knie legt.

»Ich weiß nicht, was sie das angeht. Sie ist schließlich nicht meine Mutter!«

Dann herrscht eisige Stille, nur kurz unterbrochen vom Scharren eines Stuhls über den Küchenboden. Es ist Lanas Stuhl, der mit einem lauten Knall zu Boden fällt.

Bamm!

In meinen Ohren rauscht es und in meiner Hand glüht Lanas Löwentatze, die sie ergreift und mich wortlos hinter sich her zur Küchentür hinauszieht.

Mein Körper hängt nun einmal an meiner Hand und stolpert hinter ihr her. Beinahe wäre ich über den ziemlich verhedderten Flickenteppich gefallen.

»Sorry!« Es ist mehr ein Krächzen als ein Wort, das da aus meinem Mund rutscht.

Klaus schüttelt den Kopf: »Du kannst ja nichts dafür. Vielleicht hätte ich früher mit ihr reden sollen ... Vielleicht kannst du sie ein bisschen wieder zur Ruhe bringen.«

In diesem Moment sieht er ziemlich alt aus, mein Chef. Und mir ist die ganze Sache sehr unangenehm.

An meiner Hand wird weiter energisch gezogen, während Klaus mir nachruft: »Und sag ihr, dass ich sie lieb habe.«

Ich nicke und greife noch hektisch nach meiner Jacke, ehe ich in den Hausflur hinausschnelle.

Mein Arm müsste inzwischen beinahe drei Meter lang sein, denn Lana ist gefühlt schon fast beim Fahrstuhl, das Haar wüst um den Kopf verteilt, wild und wütend.

Und wunderschön.

»Sag mal, spinnst du!?« Atemlos springe ich durch die sich langsam schließende Fahrstuhltür.

»Ja!« Lana blickt mich blitzwütend von schräg unten an. Ihre glühenden Blicke treffen mich wie Gewehrsalven. Vielleicht ist an der Sache mit der Bundeswehr ja echt was dran.

Und dann legt sie ihre Lippen auf meine, ganz warm und weich, viel wärmer und weicher, als ich es je für möglich gehalten hätte, und küsst mich.

Ich registriere kaum, wie sich die Fahrstuhltür unsanft in meinen Rücken schiebt und es ist mir auch piepegal, ob die Tür gleich wieder aufgeht.

Ja, die spinnt, denke ich voller Begeisterung und genieße es so sehr, dass ich beinahe das Atmen vergesse.

Ihre Zunge fühlt sich leicht und unheimlich lecker an in

meinem Mund, spielt mit meiner, süß und fordernd, samtig zart.

Ein bisschen Pizzageschmack mischt sich dazwischen, während meine Hände wie von selber Lanas Rücken hinabwandern. Ortskundig verweilen sie auf ihrem wundervollen Po und ziehen die ganze verheißungsvolle Gestalt noch dichter an mich heran. Wie aus-zwei-mach-eins schmiegt sich ihr Körper perfekt an meinen, schickt eine leidenschaftliche Hitze durch meinen Leib, einfach flauschig und energisch zugleich.

Ihre Brüste ruhen ein kleines Stückchen unter meinen und fühlen sich genau so an, wie ich es mir vorgestellt habe. Vielleicht sogar noch ein bisschen besser.

Rumpelnd setzt sich der Fahrstuhl in Bewegung, rumpelnd wie mein Herz – und Lanas heißer Atem flattert an meinem Ohr vorbei. Nach oben.

Kapitel siebzehn

Lana

»Uff!«

Benommen stolpere ich aus der Fahrstuhltür, als die sich wieder öffnet und ziehe eine ziemlich konfuse Mira hinter mir her. In meinem Kopf herrscht Leere und in meinem Bauch ein wohligwarmes Gefühl. »Und nun? Wo gehen wir hin?«

»Mhhh! Das wollte ich dich gerade fragen.« Mira verschränkt die Arme störrisch vor der Brust und schaut mich zweifelnd an. Ihre Augen leuchten stahlblau und hell. »Da du keine Jacke und auch keine Schuhe dabei hast, würde ich vorschlagen, wir halten uns irgendwo drinnen auf. Draußen ist es nämlich mittlerweile saukalt. Vielleicht gehen wir ja auch einfach wieder zu dir …?«

Der letzte Satz klingt deutlich leiser in meinen Ohren.

»Auf gar keinen Fall! Hör mir zu, auf gar keinen Fall werde ich da wieder hochgehen. Ich bin echt auf hundertachtzig!«

Das bin ich wirklich. Mein Herz schlägt schneller, als ein ICE fahren kann, und in meinem Magen tummeln sich mindestens hundertachtzig Schmetterlinge. »Die kann sich doch nicht so aufspielen, als sei sie meine Mutter!« Meine Arme sind ebenfalls vor der Brust verschränkt, felsenfest. Ich weiß nicht, ob ich weinen oder lachen soll. Leide ich unter dem prämenstruellen Syndrom oder bin ich komplett irre oder einfach nur im Kusswahn?

»Runter meinst du wohl.« Mira streicht sich das Haar nach oben und stippt einen kleinen Schweißtropfen von der Oberlippe.

Das könnte meiner sein, denke ich automatisch. Mir ist wahnsinnig heiß, obwohl ich barfuß und ohne Jacke im Hausflur stehe.

»Hä?«

»Na runter in euer Stockwerk. Nicht hoch. Wir sind auf meiner Etage gelandet. Und falls du es vergessen hast, *du* hast den Knopf für die Vier gedrückt. Ich jedenfalls nicht. Außerdem glaube ich nicht, dass sie sich muttermäßig aufspielt, ganz ehrlich! Und ...«, Mira weicht schon mal vorsichtshalber einen Schritt zurück, »ich soll dir von deinem Vater sagen, dass er dich lieb hat.«

Es folgt noch ein klitzekleiner Schritt rückwärts, so ungefähr zwei Mäuselängen lang, kaum zu sehen, aber deutlich zu spüren.

»Ich ihn auch. Und dich auch!« Ich schreie, dass es mir selber in den Ohren weh tut und merke erst jetzt, dass ich zittere. Eine heiße, schwere Träne rollt meine Wange herab und Mira kommt tatsächlich wieder einen Schritt näher, drei oder vier Mäuschenlängen vielleicht.

»Ich dich auch irgendwie!«

Irgendwie, na schönen Dank. Aber ihre ruhige, feste Stimme entspannt mich ein wenig.

»Wir könnten auch zu mir gehen ... Ich meine natürlich, nur wenn du möchtest.«

Miras Hand legt sich sanft auf meinen Rücken, kurz über dem Gürtel berührt sie meine nackte, kühle Haut an der Stelle, an der mein Hemd ein wenig hochgerutscht ist. Kalt ist die Hand und Schauer flirren meine hintere Hälfte auf und ab.

Genau genommen auch die vordere, aber die nicht ganz so doll, weil die noch immer ziemlich sauer ist.

Sauer macht lustig, denke ich und grinse.

Wie albern! Ich möchte mal wissen, was hier lustig sein soll. Trotzdem nicke ich und lehne mich unauffällig dichter an ihre große, magere Gestalt. »Klar, warum auch nicht. Gehen wir zu dir!« Meine Füße watscheln ein bisschen und wenn ich ganz genau hinhöre, spüre ich immer noch den Monsterkaugummi unter meiner Sohle, obwohl ich ja gar keine Schuhe trage, sondern bloß Socken.

Wahrscheinlich bilde ich mir das nur ein, um nicht weiter darüber nachdenken zu müssen, dass ich hier gerade in aller Öffentlichkeit ein mir beinahe fremdes Mädchen geküsst habe – das zugegebenermaßen auch noch gerne – und nun auf dem Weg in ihre Wohnung bin.

Ihre Wohnung, in der sie ganz alleine wohnt, ohne irgendeinen Anstandswauwau!

Damit meine ich Eltern oder so etwas, keinen Hund im eigentlichen Sinne.

Mira wühlt umständlich den Schlüssel aus ihren weiten, weiten Hosentaschen. Sie trägt noch Baggy Pants, obwohl die schon lange nicht mehr modern sind. Und die stehen ihr auch noch hammermäßig gut und betonen ihren schmalen Oberkörper mit den kräftigen Schultern.

Als sie sich zum Schlüsselloch hinunterbückt, blitzt mich für einen kleinen Moment der Rand einer karierten Boxershorts an.

Mädchen tragen selten Boxershorts, aber zu ihr passt es. Mein Gesicht glüht noch ein bisschen violetter. Heiß!

»Herein in die gute Stube – oder schlechte Stube, je nachdem … Tut mir leid, ich hab' noch nicht sonderlich viel Licht hier drinnen.« Mira schält sich umständlich aus ihrer Jacke und knipst Papas alte Schreibtischlampe an. »Ich kann ein paar Teelichter anzünden, wenn du magst.«

»Okay.« Vorsichtig hocke ich mich auf die äußerste Sofakante und verstaue meine Eisfüße unter ihrem Schlafsack.

»Tee oder Bier?« Mira kramt geschäftig in der Küche herum, besser gesagt, in unserem ehemaligen Regal neben dem Zweiplattenkocher. Hier ist ja alles in einem Raum.

Unwillkürlich muss ich an Felix denken, an sein langes Haar im Sonnenlicht, als er vorgestern oder wann auch immer das erst war, das Regal festgeschraubt hat.

Felix kommt mir plötzlich Lichtjahre entfernt vor, obwohl der mit seinen harten Zimtundzuckerlippen ja nur drei Stockwerke tiefer wohnt. Gigantische drei Stockwerke.

»Am besten beides! Wenn du hast, natürlich nur ...«

Wenn sie nicht hätte, hätte sie es wohl nicht angeboten, oder? Ich Schaf!

»Klar, gerne!« Wir werfen mit Floskeln der Höflichkeit um uns, reden um den heißen Brei herum, tanzen in Mäuschenschritten brüchige Stellen ins Laminat.

Am liebsten würde ich sagen ›Komm her und wärme mich – und sch... auf den Tee‹. Aber ich kann einfach nicht – und sollte es vermutlich auch nicht.

Wahrscheinlich sollte ich im Allgemeinen ohnehin mehr auf meinen Umgangston achten, so wie der Milder, mein Lehrer, immer sagt. In diesem kurzen Moment wäre er bestimmt stolz auf mich. »Toll, danke sehr. Lieb von dir.«

»Der Tee dauert noch einen kleinen Augenblick. Die Technik ist hier nicht die neueste.« Das Bier, das sie mir in die Hand drückt, ist eisig, weil es direkt vom Balkon kommt. Immerhin spült es jedes kühne Wort aus meiner Kehle.

»Kein Problem!« Unauffällig taxiere ich Mira, die den Wasserkocher zu beschwören scheint, doch bitte schneller zu kochen. Ihre Wangen glänzen rosig – wunderschön und ein bisschen müde.

»Sag mal, warum bist du Nadine gegenüber eigentlich so feindselig?«

Ein Außenstehender könnte glauben, sie frage den Wasserkocher.

Oder den Teebecher.

Mir ist schon gar nicht mehr nach Tee, das Bier prickelt angenehm zwischen meinen Ohren.

»Pffft! Sie ist nun mal nicht meine Mutter.«

»Das will sie doch auch gar nicht sein. Ich will dich ja nicht drängen ... aber magst du mir sagen, was mit deiner Mutter ist?«

Der Wasserkocher kann darauf nicht antworten – und ich glaube, ich auch nicht.

»Mit meiner Mutter ist nichts. Meine Mutter *war!* Sie ist gestorben, als ich noch ziemlich klein war!«

So, jetzt ist es raus und unter mir tut sich nicht wie erwartet der Boden auf. Auch die Decke kracht nicht ein. Es passiert rein gar nichts, äußerlich, während mein Herz in mir drinnen Achterbahn fährt.

»Oh, das tut mir leid!« Miras Atem streift mein Ohr, als sie neben mich auf die Schlafcouch plumpst, warm und wuchtig, einen Arm ziemlich nah an meiner zitternden Kniescheibe.

»Das muss es nicht. Du kannst ja nichts dafür!« Ständig tut es irgendwem leid. »Wenn einer etwas dafür kann, dann dieser bescheuerte Krebs ...!«

»Mhhh, Mist!« Mira kuschelt sich mit unter meinen – Pardon, ihren – Schlafsack. Ihre Füße berühren meine und sind mindestens genauso eisig. Brrr!

»Ja, genau, was anderes fällt mir manchmal auch nicht mehr ein. Meine Mutter war wunderschön, ich kenne keine schönere, tollere Frau auf der Welt. Logisch, dass die dort unten in der Küche neben meinem alten Herren keine Chance gegen sie hat. Für meinen Vater aber schon! Und das will einfach nicht hinein in meinen Kopf!« Meine Füße zappeln empört, treffen in ihrem Missmut die von Mira.

»Klar, hat keine eine Chance gegen deine Mum. Aber gönne deinem alten Herren doch ein bisschen Nähe und Normalität!«

Miras Bier klimpert gegen meines.

»Willst du etwa sagen, mit mir allein sei keine Normalität möglich?« Die Wut kommt über mich wie eine Tsunamiwelle, während Miras Lippen ganz dicht vor meinen durch mein persönliches kleines Weltall schweben.

Unsere Lippen treffen sich so gierig, dass die Härchen auf meinen Armen unter der knisternden Berührung erzittern.

»Nein. Aber du weißt doch selber, dass man sich ab und zu einen anderen Erwachsenen als Partner wünscht – und das damit verbundene Feuer im Bauch. Ich war mir zumindest gerade eben ganz sicher, dass du es spürst!«

Als Mira die Arme vor der Brust verschränkt, um mich mit einem betont strengen Blick zu mustern, verschüttet sie ein wenig von ihrem Bier auf meiner Bluse. Doch das stört mich gar nicht, weil jede Faser meines Körpers mehr als genug damit zu tun hat, süchtig nach ihrer Haut auf meiner zu sein.

»Ja, jajajaja!« Ich rolle genervt mit den Augen. »Aber er ist doch mein Vater und alt und alles!« Das klingt lasch, selbst für mich, und ich bin die Urheberin dieser Worte.

Bei mir ist das Feuer nicht nur im Bauch, sondern lodernde Flammen überziehen jeden noch so winzigen Quadratzentimeter meiner Haut, sogar die zwischen den Zehen. Geht das Papa etwa genauso?

»Du kennst doch Bettina, die aus dem Restaurant. Dir ist bestimmt schon mal aufgefallen, dass die total nervös ist, wenn der Besitzer auftaucht.«

Ihre Kunstpause reicht mir gerade zu einem Nicken.

»Das Alter ist also wohl egal, denke ich!« Mira ist sich da sicher, mit einem wahrhaft bezaubernden Lächeln auf den Lippen.

»Also das Alter ist egal. Verstanden und akzeptiert. Und das Geschlecht?«

Vor dem Haus donnert ein gigantischer Lkw in einer Lautstärke vorbei, die für einen Moment die meines Herzschlags übertönt.

»Mhhh, das Geschlecht?« Miras Hand legt sich um meine und schon diese kleine Berührung bringt mein Innenleben in Aufruhr: »Schätze schon. Irgendwie …«

»Schätze schon irgendwie?« Ich traue mich kaum, sie anzusehen, kann aber auch nicht so richtig wegsehen und schaue zum Fenster hinaus.

Vorhänge hat sie nämlich keine. Und wer soll hier oben auch zum Fenster hereinschauen?

Ihr Gesicht wirkt nachdenklich und auf eine sinnliche Art und Weise zufrieden, während sie sanft meine Hand streichelt, meine eben noch eiskalte Hand, die sich plötzlich warm und watteweich anfühlt.

Ein Teil von mir zerfließt und ein anderer schämt sich ein bisschen. Der, der zerfließt, ist so stark, dass er Bäume ausreißen könnte und fühlt sich ein ganz klein wenig unsterblich an. Und der andere? Der andere hüpft über tiefes, rauschendes Wasser mit der bitteren Angst im Nacken, jederzeit das Gleichgewicht verlieren zu können.

Mein Herz rauscht wild in meinen Ohren, als der Lkw außer Reichweite ist und mein Gehör sich wieder entspannt hat.

Miras schlanker Oberkörper richtet sich auf. Ihr strahlendes Haar leuchtet heller als jeder Heiligenschein in der dunklen Scheibe, obwohl sie genau in diesem Moment ganz sicher keinen verdient hätte.

Ihre Hand, die das Bier längst auf den Boden verfrachtet hat, wandert geschickt und stark unter meine Bluse, streichelt und tastet meinen Rücken aufwärts und bleibt vielleicht eine Sekunde auf meiner linken Brust liegen.

Ich könnte schreien und toben vor Glück über dieses irre Gefühl, lachen, weinen, mich umbringen vor Begehren, küssen, küssen, liebenliebenlieben.

Und ich mache gar nichts, bleibe ganz still sitzen, die Hände um meine Füße geschlungen, die jetzt nur noch mittelkalt sind.

Moment mal, lieben? Habe ich das gerade wirklich gedacht?

»Meinst du, ich bin schwul oder so? Ich meine, wir beide – wohl?« Meine Stimme ist nur ein Flüstern und Miras Hand bleibt leicht und schwer zugleich auf der Stelle kurz über meinem Hosenbund liegen. Ich erinnere mich noch gut an diesen Abend im Moskito zurück. Damals hat genau diese Stelle sich wegen dieser klitzekleinen Kollision beim Tanzen super angenehm warm angefühlt.

Wenn ich ehrlich bin, hätte ich nichts dagegen, wenn sie ihre Hand noch ein Stückchen weiter in mein Höschen schiebt, denn den Heiligenschein hat sie ja ohnehin schon verwirkt.

»Schwul? Nein. Schwul sind nur Männer.« Ihre Lippen legen sich auf meine und mein Herz schlägt wild im Takt unserer tanzenden Zungen.

»Okay, also schwul schon mal nicht.«

Atemlos keuchend strecke ich mich auf dem Sofa aus, hinein in Miras warme Arme, hinein in die gigantische Hitze unserer leicht verschwitzten Körper.

Am liebsten würde ich meine Klamotten abwerfen, so heiß ist mir, und ich strampele den Schlafsack energisch beiseite. »Wir sind beide Mädchen, ich meine, Frauen. Und küssen uns. Gegenseitig. Hast du so etwas schon mal gemacht?«

Mira stützt sich auf ihren Ellenbogen und streicht mir mit der anderen Hand mein Haar aus dem Gesicht. So wie sie das macht, könnte man glatt glauben, dass es mindestens den Wert von Blattgold besitzt. Just in dem Moment, und das tut wahnsinnig gut, jagt eine wohlige Gänsehaut über meinen Rücken.

»Also, dass zwei Frauen sich küssen, das schon. Aber ich selber nicht ... Mein letzter Freund war ein Mann, Rüdiger, du weißt schon, mein Chef in der Autowerkstatt ...«

»Dein letzter Freund war somit definitiv keine Frau. Haben wir das also schon mal geklärt.«

Meine Hand wandert ganz beiläufig ihren starken Arm hinauf, ertastet mit leichten Fingern den Bizeps. »Der, wegen dem du im Auto gewohnt hast, nehme ich an?«

»Ja, genau der. Der, der mich gegen eines dieser gestylten Blödchen eingetauscht hat. Weswegen dann mein Platz in seiner Wohnung ziemlich schnell Geschichte gewesen ist.«

Miras Hand schleicht zart im Ausschnitt meiner Bluse hinauf. »Und mein Arbeitsplatz auch. Unglückliche Umstände halt ...«

»Unglückliche Umstände? Das Schwein hat dich rausgeworfen!« Meine Hand schließt sich fest um Miras Oberarm, meine Lippen streifen kurz ihr Ohrläppchen.

»Na ja, so war es nicht direkt. Mir sind ein bisschen die Sicherungen durchgebrannt und ich habe kurzerhand das teuerste Auto, das gerade in der Werkstatt stand, ziemlich kräftig zerstört.«

Miras Blick ist weit in die Ferne gerichtet, ihre Gedanken sind in einer anderen Stadt in einer längst vergangenen Zeit und sie sieht in diesem Moment wahnsinnig müde aus. Die Augen glitzern in verwaschenem Hellblau und sind rötlich umrandet.

»Ritschratsch Polster entzwei. Danach ging es mir für ein paar Minuten – oder Sekunden – besser. Dann kam die Reue und das sichere Bewusstsein, dass ich meine Lehre nicht beenden kann, zumindest nicht dort. – Ich habe gekündigt. Meine Freundschaft zu ihm, meine Liebe und auch meinen Job. Ein Bett und ein Dach über dem Kopf waren ja sowieso schon Geschichte. Oder hätte ich mich dazwischenlegen sollen?«

»In flagranti erwischt? Und du hast ihn geliebt?« Zaghaft wischt mein Zeigefinger einen kleinen Schweißtropfen von Miras Stirn. Ob er salzig schmeckt?

»Ja und ja. Dachte ich zumindest ... Also, zusammengefasst

kann ich nicht sagen, dass er mich hinausgeworfen hat. Vielleicht indirekt, aus seinem Leben, das ja. Aber wer weiß, wenn ich an dem Abend nicht früher nach Hause gekommen wäre, wie lange er diese ganze Betrügerei dann noch durchgezogen hätte. Und ob das gut gewesen wäre? Mit Sicherheit nicht, denke ich. Böd gelaufen ist das, aber im Endeffekt war es besser so. Keine Ahnung ...«

Unter Miras Hemd zeichnen sich ihre kleinen Brüste ab, wenn sie auf dem Rücken liegt. Klein und trotzdem so weiblich. Meine Finger wandern automatisch zu den Knöpfen und öffnen gründlich einen nach dem anderen.

Im weißen Feinripphherrenunterhemd sieht sie einfach heiß aus, wahnsinnig sexy – und wie ich es bereits geahnt hatte, trägt sie keinen BH.

In meinem Unterleib zieht es verdächtig, als ich meine Hand zitternd und unsicher auf einen dieser kleinen Hügel lege und Mira küsse, hinein in ein stilles Stöhnen aus der tiefsten Tiefe ihrer Kehle. Zitronenbrause extra stark.

Mit hochrotem Kopf streift Mira ihr Hemd ganz von den Schultern. Das hochgerutschte Unterhemd lässt mich einen weiteren Blick auf ihre karierten Boxershorts werfen.

Ohne es wirklich wissen zu wollen, versuche ich mir vorzustellen, welche Art von Unterwäsche Felix trägt, verbanne den Gedanken aber ganz schnell wieder. Andererseits, wie lustig wäre es, wenn er die gleichen trüge! Lustig schon irgendwie, aber um Lichtjahre weniger sexy.

»Du trägst Boxershorts?« Es ist eine unsinnige Frage, denn ich weiß es ja bereits.

Ich versuche Zeit zu schinden, weil ich absolut nicht weiter weiß mit meinen Händen, die auf Miras flachem Bauch sanft den Bund ihrer Shorts streifen.

»Ja, die finde ich ziemlich klasse. Rüdiger hat es immer gestört. Aber das interessiert wohl keinen so wirklich, oder?« Mira hält die Luft an und blickt mich fragend an. »Und du?«

»Und ich? Mich stört es nicht, falls du das meinst!«

Meine warmen Hände streicheln weiter ihren Bauch, schieben sich Millimeter für Millimeter unter das Feinripphemd.

Irgendwie geht das einfacher, wenn ich ihr dabei nicht ins Gesicht sehe – oder eben nur in der Fensterscheibe. Das flackernde Kerzenlicht malt diffuse Muster auf Miras Bauch und wärmt mein Herz von innen. Ich schaffe es nur mit Mühe, dem Drang zu widerstehen, einmal kurz und fest über ihren Nabel zu lecken. Der sieht einfach wahnsinnig lecker aus.

»Ich meine, was trägst du?«

Mira liegt ganz ruhig vor mir, neben mir, unter mir, die Hände hinter dem Kopf verschränkt und mit geschlossenen Augen. »Ich meine, falls das nun nicht zu indiskret ist …«

Ich frage mich, wie das noch indiskret sein kann, jetzt wo ich vorsichtig ihre rechte Brustwarze zwischen Daumen und Zeigefinger halte.

»Uff! Schwarz halt!« Meine Zunge weigert sich, mir zu gehorchen und tut es tatsächlich, streift flüchtig die Haut kurz über dem Shortsrand. »Panty oder String. Heute Panty, glaube ich.«

Schau nach, schau nach, fühl nach, bete ich stumm.

Miras Atem geht schnell und das Ziehen in meinem Unterleib wird immer ungestümer.

Ihre Brustwarzen zeichnen sich klein und hart unter dem Hemdchen ab, unter dem meine Hand wie ein unartiges Mäuschen hin- und herkriecht – über eine gigantische Gänsehaut.

Ich weiß nicht genau, was ich da tue, aber ich glaube, ich bin gerade dabei, die Küchenhilfe meines Vaters zu verführen.

Die zweite Hand kommt helfend hinzu und streift ihr das Hemd über den Kopf, was natürlich nicht ganz ohne Pannen abläuft, denn ihr Ohrring verheddert sich im Saum. Falls das wehtut, lässt sie sich zumindest nichts anmerken.

Ich glaube, Mira ist die schönste Frau, die ich je in meinem Leben gesehen habe. Anders schön als Mama damals, natürlich.

Also, nicht dass ich schon viele nackte Frauen so dicht in Reichweite gehabt hätte, aber jeder Quadratzentimeter ihrer Haut glänzt betörend sinnlich. Ab und zu lecke ich kleine Schweißtröpfchen von dieser Haut und koste verstohlen ihren Busen.

»Und du, Lana. Hast du damit Erfahrung?« Mira setzt sich auf und legt beide Hände auf meine kochenden Wangen.

»Womit?« Meine Lippen können ihren einfach nicht widerstehen und mein Gehirn scheint blutleer.

»Mit Frauen küssen und so.« Wir sitzen voreinander, sie halbnackt und ich mit irre wirrem Haar, wie mir die Scheibe verrät.

»Nein!« Die Zeit reicht nicht, mein Haar zu richten, weil meine Hände sich entschlossen haben, möglichst jede Stelle ihres Oberkörpers persönlich kennenzulernen.

»Das hätte ich nicht gedacht.« Mira öffnet hochkonzentriert meine Bluse.

Zumindest versucht sie es, aber die Knöpfe sind nicht ohne List. Nach höchstens dreißig Millisekunden gibt sie auf und streift mir das Teil einfach über den Kopf.

»Aber ich möchte welche machen. Erfahrung meine ich. Jetzt!« Meine Finger nesteln hektisch meine Jeans auf. Mir ist heiß und das Ding muss runter, sonst werde ich verrückt!

»Panty, tatsächlich!« Mira grinst, bevor sie mich küsst. Ihre Arme legen sich behutsam um meinen Oberkörper und öffnen meinen BH. »Wow! Bist du sexy!« Ein verzückter, verklärter Ausdruck legt sich auf ihr Gesicht, als sie vorsichtig meinen Busen berührt, die großen starken Hände auf meinen Po wandern lässt und mich wortlos fester an sich zieht.

Auch ihre Jeans fällt zu Boden, irgendwo auf den Haufen mit Socken, Hemden und sonstigem Kram.

Und jetzt kann ich mit Sicherheit sagen, dass ihr die Shorts sagenhaft gut stehen, den schlanken, muskulösen Po perfekt umspielen.

Für einen Moment habe ich verlernt zu sprechen, finde das aber gar nicht allzu schlimm, denn unsere sehnenden Körper kommunizieren auf eine ganz andere, viel, viel schönere Art miteinander – und verstehen sich blendend.

Ich weiß nicht genau, wann unsere Höschen von uns gegangen sind und auf welchem Weg. Irgendwann ist die Kerze so weit heruntergebrannt, das sie erlischt und meine Finger trotzdem wie von selbst den Weg in eine wunderbare, heiße Nässe finden.

Beine, die nicht meine sind, schlingen sich um meinen Leib. Große, warme Hände auf und in mir lassen mein Herz toben und wüten und meinen Bauch erzittern.

Unter mit tut sich der Boden auf, schließt mich ein, hält mich gefangen, warm, satt und glücklich – für einen kurzen, langen Moment.

Und ich weiß in dem Moment, dass es der bisher schönste in meinem Leben ist.

Kapitel achtzehn

Mira

Lana.

Ich öffne die Augen. Zäh und verschwommen ist mein Blick. Schlaftrunken, könnte man sagen.

Lana, mein erster Gedanke. Mein zweiter auch.

Lana. Mein dritter, vierter, fünfter und hundertster vielleicht.

Der Wecker klingelt leise und monoton, als ich zaghaft den Blick hinüber zu meiner warmen linken Seite wende. Und da liegt sie tatsächlich, zusammengerollt wie ein Kätzchen, das rechte Bein ein klein wenig auf meines geschoben, und schnarcht leise in mein Ohr.

Ihr Haar liegt breit gefächert auf dem Kissen, dunkelblond und wunderschön. Und ich ertappe mich dabei, wie ich eine lange Strähne zwischen Daumen und Zeigefinger nehme, nur einfach um daran zu riechen.

Ein bisschen nach Aprikose duftet es, ein wenig nach Salamipizza und alles in allem wahnsinnig lecker. Fast zu lecker, um wahr zu sein. Ihr warmer Bauch sonnt sich an meinem schlaftrunkenen Rücken. Beinahe wird mir schwindelig, als ich mich mühsam aus den Decken schäle.

Ich fühle mich, als hätte ich kaum geschlafen, bin gleichzeitig aber voller Elan und unbändiger Kraft, ganze Wälder auszureißen.

Mühsam unterdrücke ich den Drang, Lana zu wecken, meine Lippen sanft auf ihre zu legen, und schleiche wie ein Dieb unter die Dusche. Das heiße Wasser tut gut, prasselt auf meine Haut herab wie ein rauschender Wasserfall.

Ich selber grinse mir innerlich zu, weil jetzt absolut kein Weg mehr daran vorbeigeht, mir einzugestehen, dass ich echt aufs Übelste verknallt bin. Schmetterlingsblöde-himmelhoch-jauchzend verknallt!

Und doch ist da noch etwas anderes, das in meinem Magen rumort und meinem Hinterkopf eine leichte Migräne bereitet. Ein schales Gefühl, diffus unter meinem Iro versteckt. Es ist der Hauch eines schlechten Gewissens, der sich in immer kürzeren Abständen meldet. Ein unangenehmer Begleiter, wie eine juckende Stelle am Rücken, die sich einfach nicht abschütteln lässt.

Geh weg, murmele ich ins Badehandtuch, geh weg, du doofes … ja was?

Aber er oder sie oder es geht halt nicht, schleicht sich wie ein gehetztes Tier um mich herum, beobachtet mich lauernd, während ich in meine Klamotten schlüpfe.

Ich bräuchte dringend mal eine Waschmaschine, versuche ich mich abzulenken, denn die saubere Wäsche, die sich ja eh schon drastisch reduziert hat, wird langsam knapp, während ich seufzend einen letzten schmachtenden Blick auf die schlafende Lana werfe.

Der Anblick ihrer halb geschlossenen Augen und der leicht geöffneten Lippen lässt meine Knie für einen Augenblick weich wie Pudding werden.

Ich muss jetzt hoch und raus und weg, arbeiten. Königsberger Klopse stehen heute im Restaurant auf der Speisekarte. Auf mich wartet eine Menge Hackfleisch.

Das und die Standpauke meines Lebens – von Klaus natürlich – weil ich seine Tochter so gut wie entführt habe. Oder Schlimmeres.

Es kommt eben darauf an, wie man es sieht.

Väter können da ziemlich eigen sein, denke ich. Fürchte ich. Wenn ich mich gestern noch vor meinen eigenen Gefühlen gefürchtet habe, streunt jetzt meine Angst vor Klaus wie ein struppiger Straßenköter durch meine Eingeweide.

Zaghaft öffne ich die Tür zum Goldenen Hirsch. Wenn bloß diese blöde Glocke nicht wäre, könnte ich mich vielleicht unbemerkt hineinschleichen.

Und dann?

Und mich dann in der Toilette einschließen bis Feierabend ist? Mit hängenden Schultern und gesenktem Blick versuche ich am Tresen vorbei zu schleichen.

»Guten Morgen!« Zack, erwischt.

Zu meiner Überraschung steht Nadine hinterm Tresen, das rote Haar straff zu einem üppigen Zopf gebunden, und lächelt mich zaghaft an. Sie sieht müde aus, ein wenig blass und reicht mir wortlos einen Kaffee.

»Guten Morgen.« Meine Stimme zittert. Mein Magen flattert. »Wo ist denn Bettina?«

Nach Klaus wage ich einfach nicht zu fragen und ihrem Blick kann ich auch nicht übermäßig lange standhalten.

»Kommt etwas später, weil sie eine Überstunde abfeiert. Ich glaube, sie ist gestern aus gewesen. Mit einem Herren …« Nadine grinst verschämt. »Du siehst auch ein bisschen übernächtigt aus.«

Wenn sie mich jetzt fragt, ob ich auch mit einem Herren ausgewesen bin, möchte ich direkt im Erdboden versinken und auf der anderen Seite der Welt wieder auftauchen.

Wenn überhaupt.

»Nur ein bisschen müde und so …« Gott, klingt das lahm. Der Pudding in meinen Knien wackelt hin und her.

Verschüchtert wandern meine Augen zum Bullaugenfenster der Küchentür. Die Höhle des Löwen, so gesehen. Leider kann ich nichts erblicken. Und die Radiomusik hinter der Theke ist so laut, dass ich auch keinen Mucks aus der Küche höre.

Hektisch nippe ich an dem heißen Kaffee und verbrühe mir prompt die Zunge. Wie schade, wo sie immer noch nach Lanas Küssen schmeckt!

Zart, weich und wild.

Und jetzt ein bisschen taub von der heißen Brühe.

Wenn es weh tut, merkt man, dass man noch lebt, hat mein Vater früher immer gesagt, wenn ich mit dem Fahrrad oder Skateboard lang hingeschlagen bin.

Meine Zunge brennt wie Feuer. Trotzdem bin ich mir gerade nicht ganz sicher, ob ich noch lebe. Mein ganzer Körper fühlt sich an wie betäubt.

Taumelnd vor Glück, verrückt vor Sorge.

»Na ja, du bist ja noch jung.« Nadine grinst schon wieder.

Bin ich das? Ich fühle mich gerade eher alt und gebrechlich.

»Ah-Grrh!«Aus der Küche dringen leise Flüche, zischende Geräusche.

Ach, du liebe Zeit!

»Uff! Klaus! Der war heute Morgen schon früh wach. Irgendein merkwürdiger Anruf in der Nacht. Hat sich die ganze Zeit über gedreht wie ein Grillhühnchen. Pffft, komische Welt, in der wir leben!« Wem sagt sie das?

Meine ist gerade ganz schön verdreht. Mein Unterleib zieht immer noch angenehm bei jedem noch so kleinen, unkeuschen Gedanken an Lanas Wunderhände und in meinem Kopf fährt ein Bulldozer unermüdlich seine Runden.

»Ja, ich geh dann mal an meinen Platz.« Ich weiß einfach nicht, was ich sonst sagen soll. Natürlich will ich einerseits nicht in die Küche, weil ich den Schiss meines Lebens habe. Andererseits kann ich auch nicht länger Nadines forschenden Blicken ausweichen.

Wahrscheinlich hoffe ich auf ein Wunder. Ziemlich großkotzig ist das, denke ich sogar selber, wo ich doch letzte Nacht schon eines erlebt habe.

Ein gigantisches noch dazu.

Mit Mäuschenschritten trippele ich Richtung Küche, streife Nadine mit einem letzten Seitenblick, die in aller Seelenruhe angetrocknete Getränkereste aus Gläsern vom Vortag spült und mir gewiss nicht rettend zur Seite springen wird.

Zögernd widerstehe ich dem Drang, einfach zur Eingangstür wieder hinauszuhuschen. Die blöde Glocke hätte mich ja doch verraten.

Klaus wandert wild gestikulierend in der Küche auf und ab und murmelt leise Flüche in sein Handy: »Hören Sie, es ist mir scheißegal, was Sie denken! Ich habe Sie nur zurückgerufen, um Ihnen zu sagen, dass Sie uns in Ruhe lassen sollen.« Klick, aufgelegt.

Schade, dass man beim Handy nicht einfach den Hörer auf die Gabel donnern kann. Das wäre ein viel klareres Statement.

»Guten Morgen«, hauche ich und krieche beinahe zu Kreuze hinter den Kartoffeln.

»Hallo, Mira. Gut, dass du da bist!« Klaus' Hand fällt schwer auf meine Schulter.

»Mhhh!« Meine Schulter sinkt ganz automatisch eine Etage tiefer. Erdgeschoss sozusagen. Der Wackelpudding in den Knien bebt.

»Heute Nacht rief mich ein gewisser Rüdiger an.« Es folgt eine effektive Kunstpause.

Ups, immer wenn man denkt, es kann nicht schlimmer werden, kommt ein hohes Ross vorbei und tritt einem mächtig in den Magen. In diesem Falle mir.

»Dein ehemaliger Chef.«

»Ja, ich weiß. Mein ehemaliger Chef …«

Meine Finger fliegen hektisch mit dem Sparschäler über die Kartoffeln. Was zur Hölle wollte der?

»Der Kerl scheint ja ein bisschen irre zu sein!« Eine weitere effektive Kunstpause.

Das denke ich zwar auch, schweige aber lieber.

»Der Mann hat mich vor dir gewarnt. Hat mir mitgeteilt, dass du eine bist, die gerne Firmeneigentum beschädigt.« Dahinter steht ein großes Fragezeichen.

»Gerne nicht.« Meine Kopffarbe wechselt von rot ins Bläuliche hinein. Das sehe ich an der Spiegelung in der Scheibe.

»Aber du hast es getan? Mensch, Mira, nun mach schon den Mund auf. Ich bin doch auf deiner Seite!« Klaus weicht in der Tat nicht von meiner Seite.

Meiner Seite?

Das werden wir ja sehen, wenn mein Geständnis raus ist:

»Ich habe bei einem der Autos aus der Werkstatt die Ledersitze zerstochen.« Und ich schlafe mit deiner Tochter, höhnt eine Teufelsstimme in meinem Kopf.

»Warum denn nur? Mensch, Mira, lass dir nicht jedes Wort aus dem Mund herausziehen!« Klaus pustet in seinen wahrscheinlich ohnehin schon kalten Kaffee.

»Er war mein Freund. Ich meine, mein Chef und mein Lebensgefährte. Wir haben zusammen gewohnt – in einer kleinen Bude über der Werkstatt –, bis eines Tages eine andere auf meiner Seite vom Bett gelegen hat. Da sind mir die Sicherungen durchgebrannt. Tut mir leid!« Ich weiß in dem Moment selber nicht genau, was mir leid tut.

Das mit den Autositzen auf gar keinen Fall.

Die Nacht mit Lana auf gar, gar, gar keinen Fall.

Dass Klaus sich diesen Mist von Rüdiger anhören muss, das schon. Ja, das ist es, was mir leid tut. Und dass ich jetzt im schlimmsten Fall meinen Job los bin, weil Klaus Angst um seine Sitzpolster hat.

Meine Schultern sacken noch tiefer, Kellergeschoss. Ich frage mich, ob sich gleich unter mir die Erde auftun wird. Tiefer als Keller geht ja nicht.

Voller Angst wende ich mich um zu Klaus, der immer noch ganz dicht an meiner Seite steht.

Ich fasse es nicht, der grinst. Der grinst tatsächlich und lacht sogar ein bisschen. »Wahrscheinlich hat er es dann wohl auch nicht besser verdient. Mensch, Mira, du bist 'ne Marke ... Aber unterstehe dich bitte, unsere Stühle mit Messern zu verunstalten!«

Ich bin baff. Ein bisschen misstrauisch zwar noch, aber baff.

»Klar. Würde ich echt nie tun. Ehrenwort«, hochoffiziell schüttele ich Klaus die Hand, ohne groß darauf zu achten, dass meine erdbraun von den Kartoffelschalen ist.

»Okay, wie gesagt, ich vertraue dir. Aber mal was anderes, wie geht's denn meiner Tochter? Dir scheint sie sich ja anzuvertrauen, denn ich nehme an, dass sie bei dir übernachtet hat.«

Oh je! Ich kann diese Annahme wohl nur bestätigen. Meine Puddingbeine zittern vor Angst.

»Ja, sie hat bei mir übernachtet.« Auf, unter, in und neben mir, um genau zu sein, was ich aber lieber nicht bin. »Heute Morgen hat sie noch geschlafen. Ich wollte sie nicht wecken.« Mein Herz durchzieht ein kleiner, sonniger Stich beim Gedanken an die schlafende Lana. Meine Güte, mich hat es aber übel erwischt!

»Mhhh, das ist gut. Sie hat sich also etwas beruhigt. Gott sei dank. Ich denke, ich rufe sie mal in einer Stunde oder so an. Dann müsste meine kleine Nachteule auch ausgeschlafen sein.«

Auf Klaus' Lippen legt sich ein rührend liebevoller Zug, und um seine Augen tanzen kleine, freundliche Lachfältchen. Ich kann nur hoffen, dass Lana die Bombe nicht am Telefon platzen lässt.

»Danke dir, dass du sie heute Nacht zu dir mitgenommen hast. Ist oft ein echter Temperamentsbrocken, meine Kleine.«

»Klar, gerne.« Beinahe hätte ich mir in den Finger gesäbelt.

Aber von Nahem, ganz Nahem gesehen kein Stück. Seufzend muss ich an Miras wunderbare, kleine Brüste im Kerzenschein denken. Solche hat kein Typ, jedenfalls keiner, den ich kenne. Definitiv nicht!

Ein Schwall Sehnsucht strömt durch meine Arme, während ich den Wasserkocher für einen löslichen Kaffee befülle. Ich mag eigentlich keinen löslichen Kaffee, aber mir steht der Sinn nach etwas Starkem, etwas sehr Starkem, dass das Gefühl in mir drinnen für einen kleinen Moment in Schach halten kann. Da hilft nur extra starker Kaffee.

Friedlich sieht die Straße aus, wie sie da unterm Balkon liegt – und winzig. Ganz und gar nicht friedlich fühlt es sich in meinem Magen an, in dem eine Horde junger Welpen um die Wette tobt. Kann es wirklich sein, dass ich verliebt bin?

Vielleicht sollte ich eine Pro- und Kontraliste machen.

Also zuerst mal habe ich letzte Nacht eine Frau geküsst. Und dann mit ihr geschlafen, obwohl ich nicht den blassesten Schimmer einer Ahnung hatte, wie das gehen kann. Ich habe es gemacht, ich habe es gemocht, ich habe es genossen, ich habe es geliebt.

Das alles spricht schätzungsweise dafür. Ja, ganz sicher.

Ich mag außerdem den Geruch von Miras Haut, der noch immer in der Zudecke hängt. Ich mag ihn so sehr, dass ich die Decke mit auf den Balkon genommen habe – nicht nur, weil es hier draußen saukalt ist.

Ein bisschen schon, aber nicht hauptsächlich.

Zwölf Uhr schlägt die Kirchturmuhr, was bedeutet, dass ich ziemlich lange geschlafen habe. Und das wiederum kann ich nur, wenn ich mich absolut sicher und wohl fühle, will sagen, zumeist in den eigenen vier Wänden oder mal bei Tabea, die ja meine beste Freundin ist.

Ich sehne mich nach Miras warmen Händen auf meinem Rücken und meinem Bauch – und überall.

Das spricht auch eher dafür, denke ich.

Bisher spricht alles dafür, außer vielleicht der nebensächlichen Kleinigkeit, dass Mira eine Frau ist. Und da sie eine Frau ist, müsste ich zwangsläufig lesbisch sein oder bi oder was auch immer. Puh!

Ich sollte den Telefonjoker zu Rate ziehen und wühle mein Handy aus dem Berg von Schlafsäcken und Decken auf dem Sofa.

Heute ist Sonntag. Sonntagmittags essen die meisten meiner Freunde, also genau genommen Tabea und Jon, immer mit ihren Familien gemeinsam zu Mittag, quasi das einzige Mal in der Woche. Heiliger Termin also und nicht unbedingt der beste Zeitpunkt für einen Telefonjoker, erst recht, wenn es nicht mal um eine Million geht.

Jessica! Ich rufe Jessi an. Die sitzt jetzt bestimmt eh gemütlich beim Kaffee, weil sie auch gerade erst wach geworden ist.

»Hallo!« Jetzt bin ich mir nicht mehr so sicher, ob meine Stimme gut gelaunt klingt.

»Hey, Lana! Du bist's. Toll, dass du anrufst. Wie geht's dir denn?« Jessica schlürft tatsächlich in den Hörer. Wetten, es ist ein Cappuccino vom McDonald's?

»Och, schön eigentlich.« Nachdenklich fahre ich mir mit allen fünf Fingern durch eine wirre Haarsträhne.

»Wie kann es einem denn schön gehen? Und uneigentlich?« Sie amüsiert sich, ich merke das, mit einem leichten Hauch von Dringlichkeit. Und da ist noch etwas, das ich am Telefon nicht sehen kann. Es ist eben kein Bildtelefon.

»Uneigentlich habe ich mich verliebt!« Vor dem Haus hält ein Auto mit quietschenden Bremsen und lässt das letzte Wort beinahe in einem wütenden Hupen untergehen.

»Verstehe. Und warum nur uneigentlich?« Jessi, meine Jessi, hilf mir auf die Sprünge!

»Na ja, ich war mir bis eben nicht ganz sicher. Also nicht ganz hundertprozentig ...« Meine Stimme wühlt sich durch ein verdächtiges Halskratzen. Ein Kratzen, das kurz vor dem Heulen kommt.

»Du hast dich also verliebt, ob nun ganz sicher oder nicht. Und das verwirrt dich. Kleine Lana, wie kann *ich* dir da weiterhelfen?«

Bilde ich mir das ein oder ist die gerade ein bisschen gereizt?

»In eine Frau!« So, Butter bei die Fische, wie man so schön sagt.

»Schön!« Jessi kichert nervös.

»Schön?« Habe ich mich verhört?

»Wenn es sich schön anfühlt, ist es doch schön. Und das sollte verliebt sein auch sein, oder nicht?«

Ich kann seltsamerweise sehen, wie Jessica nervös auf einer ihrer rosa Strähnen herumkaut.

»Ja, du hast wohl recht.«

Wir drehen uns im Kreis und mir wird langsam schwindelig. Dass in dieser kleinen Butze aber auch gar nichts zu futtern herumliegt.

»Lass mich raten. Es ist Mira?« Mit Fragezeichen und trotzdem ziemlich zielsicher.

»Ja.« Nur ein Hauchen. »Ja, Mira!« Mit Nachdruck.

» …«

Eine rauschend laute Stille hüllt uns ein und ich verstehe so langsam gar nichts mehr.

»Wie kommst du darauf?« Erledigt kuschele ich mich wieder unter die Decke und sauge unbewusst Miras und unseren Duft in mich auf.

»Ich hab's euch angesehen, dir angesehen und vor allem Mira. Eure Augen haben Bände gesprochen!«

Jessi gestikuliert und kaut noch doller. Das weiß ich, denn alles was sie tut, tut sie mit Inbrunst.

»Ehrlich? Ich habe es nicht gemerkt. Na ja, jetzt halt schon. Scheiße, ich glaube, ich bin lesbisch!« Mein Kopf donnert unsanft gegen die Wand hinter mir.

»Ich auch. Wo ist das Problem?«

Ein seltsames Klingeln in meinem Ohr, fast so penetrant wie die Türglocke im Restaurant, lässt mich für einen Moment zusammenzucken. *Ich auch, ich auch, ich auch* hallen die Worte wie ein rebellisches Echo von Miras vier Wänden.

»Häh!?« Jetzt ist es passiert und ich habe mich an diesem saustarken, ultraheißen Kaffee verbrüht – und obendrein sind ein paar große Tropfen auf der Bettdecke gelandet. Miraduft mit Kaffeearoma.

»Ich auch. Ich bin lesbisch. Wollte es dir immer schon mal sagen, bin aber nie dazu gekommen. Aber was hätte das auch geändert?«

Jessica hat aufgehört zu kauen und ich kann durch das Handy das leise Zischen einer angezündeten Zigarette hören. Also ist sie wohl doch nicht bei McDonald's, denn da darf man nicht paffen.

»Warum denn nicht? Ich meine, warum hast du denn nichts gesagt?«

Ich fasse es nicht und halte meine angebrutzelte Zunge kurzerhand unter den eiskalten, laufenden Wasserhahn. Es ist ein seltsames Gefühl. Nun fühlt sich meine Zunge zwar eindeutig kühler an, aber Miraküsse kann kein Wasser dieser Welt abspülen. Jetzt verschlucke ich mich auch noch, muss husten und haue unsanft mit der Oberlippe gegen den Hahn. Jessica ignoriert meine seltsamen Geräusche.

»Ich dachte mir, du merkst es schon von selber. Ein anderes Mal dachte ich, du könntest vielleicht Schiss bekommen, dass ich mich in dich verknalle, und dich von mir zurückziehen. Das wollte ich auf keinen Fall – jemanden vergraulen, meine ich. Und dann bin ich zu dem Entschluss gekommen, dass du es irgendwann bemerken wirst und dass es im Grunde genommen keine Rolle spielt, ob ich nun Jungen oder Mädchen mag, Frauen oder Männer. Jon ist ja auch eher so etwas wie deine beste Freundin und jeder Blinde kann drei Meilen gegen den Wind riechen, dass der echt in dich verknallt ist. Mindestens drei Meilen. Oder wenn das besser klingt, drei Kilometer. Also etwa von hier bis zu REWE.«

Mist! Mist! Mist!

Dass mir der Mund wehtut, dass ich so ignorant bin und dass Jon angeblich in mich verschossen ist!

»Uff!« Meine Stimme zittert verdächtig nach Heulkrampf.

»Ja, uff!« Jessis Stimme bebt auch. Irgendwie glaube ich im Moment, dass eine von uns beiden eine doofe Kuh ist. Ich weiß nur gerade nicht genau, welche.

»Und wo ist eigentlich *hier*? Wenn du sagst, von hier bis zu REWE.« Eifrig versuche ich, Kaffeeflecken aus der Bettdecke zu reiben. Das mache ich mit einem Taschentuch, das zusätzlich Papierflusen darauf hinterlässt. Ich tu das einfach, um meine Hände in Schach zu halten.

»Ich bin im Moskito und warte dort gerne auf dich. Komm vorbei. Du klingst so, als könntest du einen anständigen Kaffee gebrauchen.« Jessica hat ihre ursprüngliche Bestimmtheit wiedererlangt.

»Okay, bin gleich da. Aber eine Frage habe ich noch!« Hektisch binde ich mir mit einer Hand einen Zopf und tapere ein wenig schwindelig Richtung Duschkabine.

»Nur zu. Welche?« Im Hintergrund läuft leise Radiomusik. Jessica scheint kurz draußen gewesen zu sein. Klar, drinnen ist der Empfang ja auch nicht so prall. *»Ich bau 'ne Stadt für dich …«* Das sind *Ich und ich*. Ich kenne das Lied, mag es aber nicht besonders. Dazu kann man meiner Meinung nach auch kein Stück tanzen. Und ich möchte nicht, dass mir irgendwer 'ne Stadt baut. Ein Haus mit Pool, das ja, aber eine Stadt, das wäre echt großkotzig!

»Oh, Mann. Halte mich jetzt nicht für bekloppt. Aber warst du denn auch mal in mich verknallt? Ich habe echt keine Peilung!« Ich suche verzweifelt nach Handtüchern, bevor mir einfällt, dass Mira ja nur das eine windschiefe Regal in der Küche hat, worin sie alles lagert. Egal, nehme ich halt ihres. Da kommt's jetzt auch nicht mehr drauf an – in Bezug auf Körpernähe und Bakterienaustausch, meine ich.

»Nein, in dich nicht. Dich fand ich einfach so klasse. Bis gleich!« Klickend ist das Gespräch beendet.

Meine Füße schlingern ein bisschen auf dem Weg ins Moskito und ich freue mich auf ein heißes Würstchen zum Frühstück. Mit viel Ketchup und am besten eine große Portion Pommes dazu!

»Hallo!« Jessica umarmt mich stürmisch wie immer zur Begrüßung und drückt mir einen etwas verhaltenen Kuss auf die Wange.

»Hallo!« Meine Wange glüht trotzdem und ein leises schlechtes Gewissen schleicht wie eine Katze um meine Beine herum.

»Setz dich. Ich hab' dir schon mal einen Kaffee bestellt. Müsste jeden Augenblick kommen.« Etwas in ihrer Stimme duldet keinen Widerspruch.

Um ihre Augen leuchten blasse Ränder, während das schlechte Gewissen mit einem Satz auf meinen Schoß hüpft.

»Sag mal, Jessi, als wir damals, also gestern oder vorgestern, Miras Möbel vom Sperrmüll geholt haben, da ...«

Ich weiß nicht weiter, nur dass dieses Gefühl gerade sehr beharrlich an meinen Eingeweiden zerrt, während ein gelangweilter Student mir meinen Milchkaffee serviert. Automatisch muss ich wieder an Felix denken und schiebe den Gedanken beiseite. Dafür juckt es mir jetzt massiv in der Nase.

»... da? *Da* heißt übrigens ja auf russisch.«

»Da hast du doch gesagt, dass du verliebt bist. Und ich dachte, in Felix, obwohl der ja in mich ... oder ich in ihn ...« Schon wieder Felix, diesmal fliegt der Gedanke an ihn als gigantischer Nieser wieder aus mir heraus.

»Gesundheit!« Jessi beobachtet mich fragend und kaut auf einer ihrer rosa Strähnen.

»Da bist du gar nicht in Felix verliebt?« Die Frage ist so blöd, dass mir das Blut in den Ohren rauscht.

So blöd. Die Katze will einfach nicht aus dem Sack – und das schlechte Gewissen setzt mir zu. Mein Magen knurrt wütend, als ich einen Schluck Kaffee nippe. Zum Glück ist dieser hier nicht so heiß und Miras Bettdecke in weiter Ferne.

»Nein, auf keinen Fall. Und du wohl auch nicht?« Jessica angelt sich meinen Keks von der Untertasse, betrachtet ihn skeptisch, ohne mich anzusehen.

»Ich glaube nicht!« Nachdenklich und mit zum Bersten angespannten Nerven schnappe ich mir den zweiten Keks und betrachte ihn genau so intensiv. »Hübsch, aber nicht außergewöhnlich.« Das passt auf Felix und auf den Keks.

»Ja, genau. Nett, aber nicht zum Anbeißen.« Jessica nickt heftig.

»Sondern du bist in Mira verliebt?« Mist, die Worte hören sich doof an aus meinem Mund. Und was noch viel schlimmer ist, sie fühlen sich auch so an. Langsam bekomme ich eine Ahnung, wer von uns beiden die doofe Kuh ist.

»Ja, in Mira. Und du wahrscheinlich auch? Die Anzeichen deuten darauf hin.« Jessi schaut verlegen zur Seite. Ich weiß nicht, ob sie in dieser Sekunde sauer ist oder verletzt, aber irgendwann zwischen gestern und heute wird sie es gewesen sein. Wahrscheinlich beides.

»Ich? Vielleicht …« In dem Moment weiß ich, dass ich es schon eine ganze Zeit lang gewesen bin und das kein Felix der Welt eine Chance gegen sie gehabt hätte – nicht mal mit einem dicken Porsche unter dem Hintern. Also nicht, dass ich auf so was stehe oder so, jedenfalls nicht ausdrücklich.

Miras gelber Panda fährt Karussell in meinem Kopf. Na ja, vielleicht ist es auch das Postauto, das kann ich nicht mehr ganz genau erkennen, denn es rast fast so schnell wie mein Herz. »Ja, wahrscheinlich. Und ich dummes Schaf habe mal wieder nichts bemerkt!«

»Ja, genau, mein liebes, dummes Schaf. Selbst wenn die Welt um dich herum Kopf stünde, hättest du nichts bemerkt.

Genauso wenig wie die Tatsache, dass dein bester Freund mindestens ein oder zwei Augen auf dich geworfen hat.«

Tja, mehr als zwei hat er ja nun auch nicht. Ich finde den Gedanken lustig, dass Jon vielleicht noch ein drittes oder viertes in den Untiefen seiner Schultasche mit sich herumträgt, und muss kichern. Bis mir eine bis zehn Tränen aus den Augen kullern.

Jessica nimmt meine Hände in ihre, schnappt sich mit den Zähnen meinen Keks und kaut ihn, während sie mich traurig anlächelt. »Die Liebe ist eine verrückte Geschichte, meine liebe Lana.«

Das ist mir jetzt auch klar. Warum hat mir das vorher nur keiner gesagt. Plötzlich muss ich an meinen Vater und Nadine denken und meine Wut auf sie ist mit einem Mal wie weggeblasen. Ich werde mich wohl bei ihnen entschuldigen müssen, heute noch.

Aber zuallererst bei Jessica.

»Also ... Na ja, ich weiß nicht, wie ich es sagen soll.« Bumm, bumm schlägt mein Herz. »Dann hab ich dir also die Frau ausgespannt!?« Das klingt verrückt, albern, unwirklich – und wie eine Tatsache.

Jessis Augen blicken zugleich müde und amüsiert. »Nein, nicht wirklich. Natürlich hat sich das ziemlich doof angefühlt, den Glanz in Miras Augen zu sehen, wenn sie dich angesehen hat und alles. Aber sie ist ja nie *meine* Frau gewesen. Ich hätte es wohl gerne gehabt, aber wie gesagt, die Liebe ist verrückt und man kann sie nicht steuern. Das weiß ich inzwischen ganz gut ...«

Betrübt senkt sie ihren Blick, und jetzt sind es meine Hände, die fester zudrücken: »Jess, meine Jess! Das tut mir so leid. Wenn ich das alles nur gewusst hätte ...«

»Und dann? Hättest du verzichtet auf das Verliebtsein und alles? Und ich hätte sie trotzdem nicht gehabt. Was heißt auch *gehabt*? Das klingt so nach Besitz. Besser gesagt, ich wäre ihr trotzdem nicht so nahe gewesen, wie ich es gerne gewollt hätte. Na, Prost Mahlzeit! Was hätte das also genützt?«

Bei dem Wort Mahlzeit beginnt mein Magen wieder zu knurren – idiotischerweise.

»Keine Ahnung. Nichts?« Hinter uns geht die Eingangstür auf und ein kalter Windhauch huscht herein. Meine Güte, es wird bald Winter, aber in meinem Herzen lodert ein Sommerhochdruckgebiet mit Waldbränden und allem Pipapo!

»Ja, richtig. Nichts!« Jessicas Blick fixiert irgendetwas hinter mir, aber ich bin zu faul und zu geplättet, um mich umzudrehen.

»Und wie fühlst du dich *jetzt*?« Meine Augen flattern nervös, als ich ein erneutes Niesen unterdrücke. Diesmal kann definitiv nicht Felix der Grund sein, denke ich, und schaudere bei dem Gedanken, dass ich jetzt immer beim Niesen an ihn denken muss.

»Durch den Wolf gedreht. Ja, das trifft es ganz gut. Aber es geht mir nicht allzu schlecht.« Jessica schenkt mir einen nachdrücklichen Blick, bevor sie sich erhebt. »Weißt du, ich mag euch beide sehr gerne. Als Freundinnen. Und davon kann man nie genug haben. – Hallo, ihr beiden!«, wendet sie sich dann freudig Leuten zu, die offenbar gerade hereingekommen sind, ohne dass ich es bemerkt hätte.

Deshalb erschrecke ich mich auch beinahe zu Tode, als sich zwei Hände, klein, kühl und fest, auf meine Augen legen. Tabea?

»Tabea!« Ich hasse dieses Spiel immer noch, freue mich aber wie ein Schneekönig, Pardon, eine Schneekönigin.

»Hallo!« Neben mir stehen Tabea und Jon und wühlen sich zielstrebig je einen Stuhl unter dem Vierertisch hervor.

»Wo kommt ihr denn her?« Ich fasse es ja nicht! »Und was ist mit eurem heiligen Familienmittagsmahl?«

»Jessica hat uns angerufen.« Jon lässt sich neben Tabea auf einen der ziemlich wackeligen Stühle plumpsen und kratzt sich verlegen am Kopf. »Sie meinte, du bräuchtest eine kleine Aufmunterung und wir sollten uns mal in Ruhe unterhalten. Bei Würstchen und Pommes, weil du die liebst. Also kein Familienmittagessen heute.« Tabea grinst frech und strahlt Jon für einen kurzen Moment von der Seite an.

»Und bei uns gab's heute eh Sauerkraut.« Jons Gesicht sieht niedlich aus, wenn er die Nase kraus zieht. Niedlich und irgendwie aufgeräumt, ein bisschen schräg und ein bisschen schön.

»Ihr seid ja verrückt!« Ich bin so gerührt, dass mir die Tränen in die Augen schießen, als Jessica mit einem Tablett heißer Würstchen um die Ecke biegt. Sonntags ist hier Würstchentag, *All you can eat.* Und ich kann viel. Ich hatte gar nicht gemerkt, wie Jessica aufgestanden ist, um das zu holen.

»Ich dachte mir, hier gibt es einen Grund zum Feiern. Guten Appetit! Und beim Essen erzählst du den beiden mal die ganze Geschichte. Wenn du möchtest, natürlich nur. Ich weiß ja, dass du dich nicht scheust, mit vollem Mund zu reden.« Uff, Jessi kennt meine kleinen sozialen Schwierigkeiten, was Etikette angeht, ziemlich gut.

Während ich mit vollem Mund und ziemlich stockend zu erzählen beginne, legt sich Tabeas Hand immer wieder für einen kurzen Moment auf die von Jon und ich ahne allmählich den Grund, warum er so aufgeräumt aussieht. Aufgeräumt und mit Grinsegrübchen im Gesicht.

Fast hätte ich mich an einem dicken Würstchenstück verschluckt.

Ich rede ohne Punkt und Komma, schlucke, kaue, spreche, heule ein bisschen und werfe ab und zu fragende Blicke zu Jessica hinüber.

Die grinst ein wenig, mit nicht ganz so lebendigen Augen zwar, aber ansonsten ist sie ganz die Alte. In dem Moment wird mir klar, dass sie tatsächlich einer der feinsten Menschen ist, die ich je kennengelernt habe. Das mulmige Gefühl in meinem Magen verschwindet nach und nach und das schlechte Gewissen trollt sich ruhig und friedlich unter meinen Stuhl.

Später, als wir uns zu einer Partie Billard erheben, ist Jon neben mir, und das schlechte Gewissen beißt mich herzhaft ins Bein, weil ich ihn doch erst vorgestern geküsst habe. Was hatte ich mir nur dabei gedacht?

»Hey, Jon! Alles klar zwischen uns?« Mein Herz schlägt laut, viel zu laut.

»Hey, Lana!« Jon steht ganz dicht vor mir, nur ist es ein bisschen anders als sonst. Mir fällt nicht gleich auf, woran das liegen könnte, obwohl er fragend auf mich herabschaut.

Moment mal, herab?

Wenn ich es nicht besser wüsste, würde ich denken, dass er ein kleines Stückchen gewachsen ist. Ein Stückchen und noch ein Stückchen in ganz kurzer Zeit.

»Wie geht's dir?« Ungläubig lege ich meine Hand auf seinen Kopf, wie ein Lineal, so als wollte ich messen, wie groß er ist.

»Gut, danke – Kleine!«

Fassungslos lege ich meine zweite Hand nun auf meinen Kopf. Zwischen meinen beiden Händen klafft ein merklicher Höhenunterschied. Wann ist er nur so viel gewachsen und wie konnte es sein, dass ich es nicht bemerkt habe? Die Schuhe sind auch keine anderen als sonst. Mein lieber, guter, großer Jon! Ich bin gerührt und fühle mich ein bisschen so wie Marge Simpson.

»Tut mir leid, dass ich solch ein doofes Schaf gewesen bin!« Mein Herz kann also doch noch lauter.

»Ich weiß.« Jon klopft mir freundschaftlich auf die Schulter. »Du bist meine beste Freundin und das ist doch gut. Mach dir keine Sorgen wegen des Kusses von vorgestern. Als du weg warst, habe ich anschließend Tabea nach Hause gebracht. Das war der erste und wahrscheinlich einzige Tag in meinem Leben, an dem mich zwei verschiedene Frauen geküsst haben.

Also geht's mir gut. Ich schätze, nach den ganzen Würstchen gönnen wir uns einen kleinen Sonntagsspaziergang zu zweit.« Jon grinst wie ein Honigkuchenpferd, der Schelm.

Und Tabea? Tabea strahlt orangerot wie eine Laterne, während ihre Hand lässig in Jons Armbeuge ruht.

Am Nebentisch spielen die beiden Mädchen aus der Zwölften Billard, Antonia und Greta – das Pärchen, das in der ganzen Schule bekannt ist wie ein bunter Hund oder besser gesagt zwei bunte Hunde. Und eine Dritte haben sie sogar auch dabei, ein Mädchen mit raspelkurzen, hellgrünen Haaren in ausgeblichenen Armeeshorts.

Ja, wirklich, sie trägt Armeeshorts, obwohl es beinahe Winter ist! Und sie scheint sich blendend mit Jessica zu verstehen.

Als Tabea und Jon sich verabschiedet haben, gesellen wir uns zu den beiden an den Tisch. Jessicas Haare und die von dem Mädchen leuchten im schummrigen Neonlicht um die Wette, ganz normal schräg eben.

Wenn ich mir das so anschaue, könnte ich glatt glauben, dass die beiden ziemlich intensiv miteinander flirten. Wie gesagt, die Liebe ist schon eine ziemlich verrückte Frau. Dass das nicht nur eine Frage der Grammatik ist, daran besteht für mich kein Zweifel mehr.

Auf dem Weg nach Hause muss ich abwechselnd an Papa und an Mira denken, lege mir Worte der Entschuldigung für ihn zurecht, drehe und wende sie im Mund wie einen zu großen Kaugummi.

Der Kaugummi unter meinem Schuh quietscht übrigens kaum noch beim Laufen, mein persönlicher Monsterkaugummi hat sich zur Ruhe gesetzt, vielleicht neben mein schlechtes Gewissen unter den Billardtisch.

Die dunkelgraue Herbstluft beißt mir flachsend ins Gesicht, immer dann wenn ich um eine Ecke biege, und ich muss wirklich höllisch aufpassen, dass ich nicht über meine eigenen Füße stolpere, weil es jetzt schon so zeitig finster wird.

Fast Winter eben – und in meinem Herzen lacht die liebe Sonne darüber wie über einen richtig guten Witz, lässt meine Füße hüpfen, fast schon tanzen in einen beinahe bunten Sonnenuntergang hinein.

Kapitel zwanzig

Mira

Endlich ist Feierabend und ich fühle mich auf dem Weg nach Hause ein bisschen wie auf Wolken. Schneeflocken fallen mir sanft ins Gesicht und zerrinnen auf meinen glühenden Wangen zu feinen Wassertropfen.

Ist das jetzt der Herbst, der Tränen seines unschlüssigen Abschieds über die Schaufensterscheiben herablaufen lässt, oder der beginnende Winter, der feuchtfröhlich Hallo schreit und vergeblich auf ein freundliches Echo wartet?

Die Menschen, die mir entgegenkommen, hetzen mit Plastiktüten oder Handtaschen über den Köpfen von Hauseingang zu Hauseingang, zu müde, um sich gegenseitig anzulächeln.

Mein Lächeln ist mir wie ins Gesicht gezimmert und sitzt ein bisschen schief zwischen den Mundwinkeln, fast so, als hätte ich Angst, nach Hause zu kommen und Lana in meinem Bett zu finden – oder eben nicht.

Das realistischere der beiden Teufelchen oder Engelchen oder was auch immer mir da auf der Schultern hockt und sich streitet, weiß, dass sie schon längst nach Hause gegangen ist. Klaus hat so etwas erwähnt, als sie ihn vorhin angerufen hat. Ich schätze, die wollten sich ausquatschen wegen gestern Abend.

Das andere Wesen auf meiner gegenüberliegenden Schulter will sich einfach zu Lana in die Kissen fallen lassen, will sie umarmen, ganz festhalten und stundenlang küssen.

Kopfschüttelnd wische ich beide Schulterhocker zusammen mit den nassen Schneeflöckchen von meiner Jacke, bevor ich die Haustür aufschließe und auf den Fahrstuhlknopf drücke.

Felix läuft mir höflich distanziert aus dem Fahrstuhl über den Weg. »Hallo, Mira. Mistwetter, was?« Und dackelt zielstrebig weiter.

Komisch, den habe ich ja noch nie so wortkarg erlebt.

Und in der krassen Wetterjacke dürften den die Witterungsbedingungen eigentlich herzlich wenig interessieren. Außer, na klar, wegen der Frisur – glatt gekämmt wie immer.

»Hallo. Schönen Abend noch!« Meine Worte hallen im Hausflur wider, während die Tür beinahe geräuschlos ins Schloss fällt.

Meine Wohnung riecht irgendwie anders als gestern noch, bewohnter, würde ich sagen. *Wohnst du noch oder lebst du schon?* Wie auch immer die Antwort lauten mag, ich werde mir keine neuen Möbel kaufen.

Müde lasse ich mich aufs Sofa fallen und starre Löcher in die Dämmerung, weil ich ja immer noch kein richtiges Licht habe außer der Schreibtischlampe.

Auf meiner Bettdecke tummeln sich ein paar blasse Kaffeeflecken, von denen ich schwören könnte, dass sie heute Morgen noch nicht dagewesen sind. Außer dem zarten Lanaduft in der Polstern deutet nichts auf die Anwesenheit einer anderen Person hin, einer ganz gewissen Person.

Ich muss wohl für einen Moment eingenickt sein, denn ich erschrecke fürchterlich, als es plötzlich an der Tür klingelt. Mein Herz hüpft zur Decke, bevor ich meinen trägen Körper auch nur einen einzigen Zentimeter bewegt habe, und meine Füße sind sich selber im Weg, als sie dem Herzen hinterherhechten wollen. Mit einem lauten Knall schlage ich lang hin, ausgerechnet auch noch auf die Knie, die mir vom langen Stehen ohnehin schon weh tun, und rappele mich halb lachend, halb heulend wieder auf.

Allzu viele Leute kennen meine Adresse noch nicht und der hoffnungsvolle Teufel hat den anderen, den wirren, zaudernden einfach von meiner Schulter geschubst. Und mich gleich mit.

Vielleicht ist es ja auch der Briefträger, meldet der Wirre sich von irgendwo unter dem Teppich, obwohl ja heute Sonntag ist.

Atemlos reiße ich die Tür auf und starre direkt hinein in die tiefsten und sonnigsten Augen der Welt. Hier drinnen ist kein Mistwetter, so viel ist mal klar! Plötzlich scheint auch das Zimmer viel heller, was bei näherer Betrachtung aber auch am Treppenhauslicht liegen kann, das zu mir hereinscheint.

Mein Mund will sich nicht öffnen, die Lippen sind wie versteinert, dafür aber öffnen sich jetzt meine Arme – gerade so weit, dass Lana bequem hineinschlüpfen kann.

Das tut sie auch nach zwei bis drei endlos langen Sekunden, in denen gar nichts geschieht, außer dass die Erde sich mit unverschämter Langsamkeit einfach weiter- und weiterdreht.

Dann bleibt die Erde stehen und Lanas weicher Körper schmiegt sich perfekt an meinen. Ich schnuppere an ihrem duftenden Haar, das mir frech an der Nasenspitze kitzelt, und bin sicher, dass meines immer noch ein bisschen nach Pommes und Kartoffelbrei riecht, aber das scheint nicht zu stören.

»Hallo«, raune ich in Lanas Haarspitzen und versuche, meinen leisen Knieschmerz ebenso zu ignorieren wie das sanfte innere Schaukeln, das kurz vor dem Schwindel kommt.

»Hallo«, flüstert sie zurück und sonst nichts. Sie sagt es, ohne mich loszulassen. Ihre Hände liegen warm und gemütlich auf meinem Po.

»Wie geht's dir?« Meine Stimme ist kaum mehr als ein Wispern, so als wolle ich die Stille um uns herum nicht zerstören. Irgendwo unten auf der Straße hupt ein Lkw beharrlich, aber unserer Stille tut das keinen Abbruch.

»Schön!« Schön, ja, wie kann es einem eigentlich schön gehen, frage ich mich und weiß zugleich, dass es tatsächlich geht.

»Und wie war's mit deinem Dad?« Eine flauschige Haarsträhne streichelt meine Wange, Aprikosenhaar.

»Ich habe mich bei ihm entschuldigt ... Ich schätze, Nadine hat eine Chance verdient. Eigentlich will ja jeder nur glücklich sein – mit jemandem, meine ich. Jemand Bestimmtem. Und sie scheint ja diejenige zu sein, die Papa sich ausgesucht hat. Ich glaube, ich habe mich gestern ganz schön danebenbenommen.«

Lana brummelt den letzten Satz heiser in meine Schulter, von der das Engelchen – oder Teufelchen – verschwunden ist, und es kostet sie einige Überwindung.

Zahm lehnt sie an mir, wie ein Kind am Klettergerüst, das sich nicht länger anstrengt, einfach weil es weiß, dass es das schon lange kann.

»Ja, zuerst schon. Aber nachher war es einfach schön!« Verdammt, meine Stimme zittert wie ein Ästlein im Wind, während Lana mich sanft, aber bestimmt in den Raum hineinschiebt und die Tür hinter sich schließt.

Man sagt ja immer, wenn sich eine Tür schließt, geht eine andere auf und ich denke, ich habe ziemlich viel Glück gehabt, dass ich die Tür zu Rüdigers Wohnung hinter mir geschlossen habe, damit sich diese hier öffnen kann.

Und natürlich habe ich wahnsinnig viel Glück, dass mich ausgerechnet dieses verschlafene Nest auf der Autokarte angesprungen hat. Dieses Nest mit dem eigenartigen Restaurant, seinem lieben Chef und dessen grandioser Tochter, die mich soeben kurzerhand aufs Sofa schubst, weil das nun mal mitten im Raum steht. Und weil sie es *will.*

Fragend blicke ich in ihr Gesicht, das ganz dicht über mir im dämmrigen Licht schwebt, und sehe ihre Lippen, die sich zum Verrücktwerden nah an meinen bewegen. Unsere Silhouetten spiegeln sich schemenhaft im Fenster.

»Ich war heute mit Jessica im Moskito und habe ein bisschen gequatscht, weil ich nicht wusste, was nun ist … mit mir, meine ich, mit dir und allem. Weil du doch gar kein Junge bist, also, kein Mann.« Lanas Worte sind ziemlich verdreht und treffen die Sache doch ziemlich genau auf den Punkt.

»Nein, ich bin kein Mann. Und mal ganz ehrlich, du bist auch keiner. Also sind wir quitt, schätze ich. Zumindest was das angeht, sollten wir beide gleichermaßen überrascht sein. Oder hast du so was schon mal bei dir geahnt?« Meine Lippen treffen ihre für einen kurzen Moment – ganz sachte, ganz vorsichtig.

»Nein. Nie. Aber ich habe auch nie darüber nachgedacht. Jon und Tabea sind auch dagewesen. Denen habe ich die Geschichte von uns beiden auch erzählt, weil es halt meine besten Freunde sind, du weißt schon.« Lanas Kopf ruht rastlos in meiner Armbeuge, während unsere Augen sich wieder in der Scheibe treffen. Ich sollte mir Gardinen anschaffen oder zumindest Vorhänge, sonst glotzt man ja abends ständig so blöd zum Fenster. Obwohl es auch praktisch ist, wenn ich mich ankleide und sehen möchte, wie das Outfit sitzt, weil ich ja gar keinen Spiegel besitze …

»Wie haben sie reagiert?« Meine Hand streift langsam über Lanas Bauch, eine kleine Bewegung nur, der sie sich seufzend hingibt.

»Mhhh, schön, deine Hand meine ich … Total gut eigentlich. Und lieb haben die mich auch noch immer. So ein Gruselmonster bin ich wohl gar nicht.«

Kein Gruselmonster, definitiv! Mein Zeigefinger fährt gedankenverloren den Schwung von Lanas Lippen nach.

»Und weißt du, was das Lustigste ist? Die beiden sind jetzt ein Paar oder so etwas. Daran habe ich ja noch nie gedacht! Manchmal hätte ich eher glauben können, dass Tabea mich mit Jon verkuppeln will. Also, nicht so richtig, aber irgendwie schon.«

»Kann ja sein, dass sie dir den Vortritt lassen wollte, weil sie dachte, dass du ganz fürchterlich in ihn verschossen bist.« Ich mag den Gedanken nicht sonderlich, ich meine den, wonach Lana in Jon verschossen ist, obwohl ich ihn für einen feinen Kerl halte.

Hinter Lanas Stirn kämpft ein Gedanke gegen einen anderen, huschen und wuseln Fakten, Tatsachen, Vermutungen und Ängste hin und her. Das kann ich sehen, selbst wenn ich ihr Gesicht nur in der Scheibe betrachte.

»Wie geht's eigentlich Jessica?« Hinter meiner Stirn rattert es jetzt auch gewaltig, obwohl ich sie auf keinen Fall unterbrechen will. Gedankenströme zittern durch den Raum, knistern flirrend in der Luft wie einer dieser Elektrozäune um eine Pferdewiese herum, von dem ich als Kind mal einen gewischt bekommen habe.

»Gut. Eigentlich. Ich ... Ja. Ein bisschen doof.« Als Lanas Augen flackern, streifen ihre Wimpern meine Wange wie hauchzarte Schmetterlingsflügel.

»Ein bisschen doof?« Ich ahne etwas. Ein Pferd tritt mich unsanft in den Magen.

»Die Jessica hat mir da was anvertraut. Sie, na ja, wie soll ich's sagen ... sie fand dich wohl ziemlich toll. Ach, was rede ich um den heißen Brei! Verknallt in dich ist sie, war sie, aber sie ist eigentlich nicht wirklich böse oder so. Weil die Liebe halt nun mal so ist und so ...« Und so und so und so.

Eine kaputte Schallplatte orgelt mitten zwischen meinen Ohren und ich verstehe, verstehe, verstehe, was ich schon viel früher hätte verstehen sollen, und was um mich herumgeschlichen ist wie ein listiger Fuchs um den Hühnerstall.

Fassungslos klatsche ich mir mit der Hand an die Stirn, weil ich nicht fassen kann, wie blöde ich doch gewesen bin. Ich Schussel. Ich blöde Kuh. »Lana! Ich sollte in Zukunft eine bessere Freundin sein.« Eigentlich spreche ich eher zu mir selber, vielleicht ein bisschen zu uns. »Ach, Mist! Lana, ich glaube, ich liebe dich!«

Die Worte gehen mir schwer, aber heiter von der Zunge, auf einem feurigen Kuss lasse ich sie hinüber zu Lanas Lippen gleiten.

»Ich dich doch auch, du blöde Kuh!«

Ja, genau, ich blöde Kuh.

Und die blöde Kuh öffnet ihren Mund für lange Zeit erst einmal nicht mehr zum Sprechen, sondern genießt mit jeder Faser ihres Körpers und Herzens.

JULIA DANKERS

wurde in Stade geboren. Sie lebt mit ihrer Lebensgefährtin und deren zwei Kindern in einer Stadt, der man nachsagt, dass dort der Hund mit dem Schwanz bellt. Neben dem Schreiben arbeitet sie als Köchin und Hauswirtschaftsleiterin einer Kindertagesstätte.

Zum Weiterlesen ...

Ulrike Karner

Allah und der Regenbogen

Roman. 350 Seiten. 978-3-89741-296-5

Die siebzehnjährige Ebru verliebt sich – in eine Frau! Als Tochter türkischer Immigranten ist die junge Muslimin über sich selbst wohl am meisten erschrocken. Was sagt dazu bloß Allah, mit dem sie in ihrem Tagebuch rege korrespondiert? Und soll sie es wagen, ihren Gefühlen zu folgen? Neugierig erkundet Ebru die Liebe zu ihrer Freundin.

Auf keinen Fall aber dürfen die Eltern und Bruder Tarik etwas von ihren Neigungen erfahren ... Zum Glück hat Tarik momentan nur seine neue Flamme Lena im Kopf. Allerdings böte auch sie in den Augen der muslimischen Familie genug Stoff für einen handfesten Skandal, denn Lena hat zwei Mütter – und die sind ein Liebespaar!

Ulrike Karner

Regenbogenlicht

Roman. 350 Seiten. 978-3-89741-329-0

Jetzt ist es heraus: Die junge Muslimin Ebru ist lesbisch! Der Skandal in ihrer Familie fiel entsprechend groß aus. Vor der väterlichen Wut musste Ebru zeitweise sogar in ein Wohnheim flüchten. Inzwischen wohnt sie jedoch mit ihrer besten Freundin Lena in einer studentischen WG und lebt und liebt, wie es ihr gefällt. Wobei sie letzteres eventuell ein wenig übertreibt … Auch Ebrus Bruder Tarik steht unter dem Druck der Tradition: Die Familie hat für ihn kurzerhand eine türkische Braut einfliegen lassen. Tarik jedoch wehrt sich – schon weil ihm Lena nicht aus dem Kopf geht.

Daniela Schenk

Diejenige welche

Roman. 280 Seiten. 978-3-89741-290-3

Die Liebe trifft Liv wie ein Blitz aus heiterem Himmel. Seit Jahren ist sie eine zufriedene Single, hat gute Freunde – insbesondere Mandel, eine quirlige, braungelockte Goldschmiedin. Doch eines Tages sieht Liv an einer Bushaltestelle Vera. Einen intensiven Blickwechsel später weiß sie, dass dies die Frau ihrer bislang ungeträumten Träume ist: Diejenige welche!

Nichts mehr ist wie vorher. Liv ist verstört, kann nicht schlafen und vernachlässigt ihre Arbeit im Übersetzerbüro, wo sie fürs Schwedische zuständig ist. Sie kennt nur noch einen Gedanken: Wo findet sie die große Unbekannte? Wochen später begleitet sie ihren Vater in die Oper und macht eine überraschende Entdeckung ...